Lizzie Doron
Who the Fuck is Kafka

Ein Selbstmordattentäter? Ein Sprengstoffgürtel? Nein, Nadim hatte nur seine Reiseunterlagen unterm Hemd mit schwarzem Isolierband auf die Haut geklebt. – Eine Friedenskonferenz in Rom. Dort beginnt die wechselvolle Feind-Freundschaft zwischen der israelisch-jüdischen Schriftstellerin Lizzie Doron und dem palästinensisch-muslimischen Journalisten Nadim. Beide stecken voller Vorurteile, die sie immer wieder an die Grenzen der Verständigung treiben, aber sie sprechen miteinander, lernen einander kennen. Sie begreifen, dass sie dieselbe Irrenanstalt bewohnen, nur in verschiedenen Gebäuden: Lizzie hat den Holocaust im Gepäck, Nadim die Nakba – die große Katastrophe –, wie die Palästinenser die Folgen des 48er-Krieges nennen. Lizzie und Nadim wollten zunächst das Terrain dieses Schauplatzes gemeinsam vermessen: Warum sitzt Nadims Frau nie mit am Tisch, wenn Lizzie zu Besuch kommt? Wie erträgt Nadim das Misstrauen von Lizzies Peace-Now-Freunden? Die Anfeindungen, die sein Kontakt mit einer Israelin unter den eigenen Leuten provoziert? Wieder und wieder gerät das gemeinsame Projekt ins Stocken, Nadims Leben in Gefahr …

Lizzie Dorons Doku-Roman führt uns hautnah heran an einen unlösbar erscheinenden Konflikt – und doch scheint es manchmal, als hielten sich Verzweiflung und Hoffnung auf die Möglichkeit einer friedlichen Koexistenz die Waage.

Lizzie Doron, geboren 1953 in Tel Aviv; heute lebt sie dort und in Berlin. Sie studierte Linguistik. Ihr erster Roman ›Ruhige Zeiten‹ wurde mit dem von Yad Vashem vergebenen Buchman-Preis ausgezeichnet. 2018 erhielt sie den Friedenspreis der Geschwister Korn und Gerstenmann-Stiftung. In ihren Büchern verwebt Doron persönliche mit fiktionaler Geschichte. Von ihrem zentralem Thema – dem Schicksal der zweiten Generation – hat Lizzie Doron sich mit diesem Buch verabschiedet.

Lizzie Doron

Who the Fuck Is Kafka

Roman

Aus dem Hebräischen
von Mirjam Pressler

dtv

Von Lizzie Doron
ist bei dtv außerdem lieferbar:
Das Schweigen meiner Mutter
Warum bist du nicht vor dem Krieg gekommen
Ruhige Zeiten
Es war einmal eine Familie
Der Anfang von etwas Schönem
Sweet Occupation
Was wäre wenn

Wir danken dem Manesse Verlag und dem Übersetzer Armin Eidherr für die freundliche Genehmigung zum Abdruck der Textstelle aus Scholem Alejchem, ›Tewje, der Milchmann‹, auf Seite 171.

MIX
Papier aus verantwortungsvollen Quellen
FSC® C019821

7. Auflage 2023
2016 dtv Verlagsgesellschaft mbH & Co. KG, München

Umschlaggestaltung nach einem Entwurf
von Wildes Blut, Atelier für Gestaltung.
Stephanie Weischer unter Verwendung eines Fotos
von plainpicture/Mohamad Itani
Gesetzt aus der Fairfield light
Satz: Fotosatz Amann, Memmingen
Druck und Bindung: Druckerei C.H.Beck, Nördlingen
Printed in Germany · ISBN 978-3-423-14484-1

Dieses Buch ist Nadims Mutter gewidmet.
Und allen Müttern, die ihre Kinder dazu bewegen konnten,
Frieden zu wählen und nicht Krieg.

Nadim ist ein fiktiver Held. Er steht für viele meiner palästinensischen Freunde, die ihre Geschichten mit mir teilen und mir auf diese Weise halfen, eine Figur wie ihn zu erschaffen, ein Buch wie dieses zu schreiben.

Lizzie Doron

Rabbi Chaim von Tzanz sagte:

In meiner Jugend brannte in mir die göttliche Flamme.
Ich glaubte, ich würde die ganze Welt verbessern.
Als ich älter wurde, erlosch die Flamme der Begeisterung, und ich sagte:
Die ganze Welt werde ich nicht mehr heilen, das liegt nicht in meiner Macht.
Ich werde versuchen, die Söhne meiner Stadt zu bessern.
Jahre vergingen, mir wurde klar, dass ich zu viel gewollt hatte.
Ich sagte: Es genügt mir, wenn ich die Menschen meines Hauses zum Guten führe.
Jetzt, am Abend meiner Tage, träume ich nicht mehr.
Ich habe nur noch einen Wunsch: Hoffentlich gelingt es mir wenigstens, mich selbst zu bessern.

Prolog

Tel Aviv, Juli 2014

Es ist ein gewöhnlicher Vormittag im Sommer. Die Sonne scheint, die große Stadt ist hell, und in Gaza tobt der Krieg.

Ich sitze an meinem Schreibtisch, mit Formulierungen und Interpunktion befasst, und dann heult die Sirene, zerbricht die Stille, mein Herz macht einen Satz, ich springe auf.

Aus dem Nebenzimmer kommt die trockene Stimme des Radiosprechers, der die Einwohner im Großraum Tel Aviv auffordert, sich in die Schutzräume zu begeben.

Meine Beine und Hände zittern, ich atme tief ein, schnappe mir aus der Küche noch eine Flasche Wasser und das Handy, das dort liegt, und renne zu unserem Schutzraum am Ende der Wohnung.

Ab dem ersten Ton der Sirene muss ich innerhalb von eineinhalb Minuten im Schutzraum sitzen.

Ich bin gehorsam, befolge genau die Anweisungen der Armee, also befinde ich mich wieder in dem Raum aus Stahlbeton, ohne Fenster, nur eine Stahltür. In diesem Raum gibt es Stühle für alle Familienmitglieder, eine Notbeleuchtung, einen Erste-Hilfe-Koffer, Gasmasken und eine Packung trockene, inzwischen abgelaufene Kekse vom letzten Krieg.

Der Raum ist klein, zwei Meter lang, zwei Meter breit, das ist der Schutzraum, der mein Leben retten soll.

An diesem Morgen bin ich allein zu Hause, ich sitze da und höre meinen Herzschlag und das Echo der Explosionen.

An diesem Morgen ist die Stimme des Krieges näher als je zuvor.

Ich schicke eilige SMS an meine Familie, um mich zu vergewissern, dass auch sie in einem Schutzraum sind, dann gibt es eine weitere Explosion und noch ein Sirenenheulen, und dann klingelt das Telefon.

Die Nummer ist unterdrückt.

Ich nehme das Gespräch an.

»Meine Liebe«, ich erkenne die Stimme sofort, »ich möchte, dass du weißt, du bist eingeladen, zu uns zu kommen. Ich nehme an, dass sie keine Raketen nach Jerusalem schicken werden, du sollst wissen, ab sofort ist mein Haus auch dein Haus, deines und das deiner ganzen Familie.«

»Wie geht es dir?«, frage ich. Meine Stimme zittert. Was für eine Geste, denke ich.

»So gut es eben geht«, antwortet er sachlich.

»Und, Nadim, kannst du mir vielleicht sagen, wie das alles weitergehen wird?« Schließlich ist er der Sachverständige für den Nahen Osten. Er, der mir über zwei Jahre lang nur über Telefon und Internet Lebenszeichen geschickt hatte.

An Feiertagen schickt er Textnachrichten oder er ruft an, auch an Geburtstagen und an unseren Gedenktagen.

Und immer verspricht er, dass wir uns wieder treffen, doch dann zieht er sich abermals zurück und verschwindet.

»Um auf deine Frage zu antworten«, sagt er, »ich glaube, dass alles immer noch schlimmer werden kann.«

Beide brechen wir in verzweifeltes Lachen aus.

»Wie dem auch sei, ich danke dir für dein Angebot«, sage ich. »Aber du weißt …«

Er unterbricht mich, er lässt meine Absage nicht gelten.

»Du sollst wissen, dass du in Ost-Jerusalem ein Zuhause hast.« Nadim will mir unbedingt klarmachen, dass er es ernst meint.

Am Ende des Gesprächs, wie hätte es anders sein können, versprechen wir uns gegenseitig, einander bald wiederzusehen.

Vier Tage später.

Es ist Abend, in Jerusalem heulen die Sirenen.

Ich rufe ihn an. »Und was jetzt?«

Nadim schweigt.

»Wo bist du?«, frage ich bedrückt. »Sag doch was.«

»Diesmal *verspreche* ich dir, dass wir uns wiedersehen, wenn wir das überleben«, sagt er.

»In Tel Aviv oder in Jerusalem?« Ich will konkret sein, ich will die Gelegenheit nutzen und dieses Treffen fest vereinbaren.

»In Rom«, sagt er. »Meine Liebe, treffen wir uns doch in Rom.«

Zwei Jahre zuvor, am Vorabend des Prozesses,
17. Juni 2012

»Er hat also gesagt, dass er morgen kommt?«

»Er wird kommen!«

Dani grinst. »Das glaubst du wirklich?«

»Vielleicht wäre es sogar besser, wenn er nicht kommt«, sage ich. »Der Oberste Gerichtshof wird auch ohne ihn tagen.«

»Auch den Frieden werden wir ohne die Palästinenser machen müssen«, bemerkt Dani trocken.

Sechs Uhr abends, und ich denke schon seit ein paar Stunden an Laila. Immer wieder sehe ich die Frau mit der ruhigen Stimme und den toten Augen vor mir. Die Frau, die gelernt hat, Blicke über die Baumwipfel zu schicken und nichts zu hoffen. Sie ist schlank und hübsch.

Ich denke an Nadim, der sich in Zyklen bewegt wie die Jahreszeiten – er kommt und geht, er kommt und geht, Herbst, Winter, Frühling und Sommer. Manchmal stürmisch, manchmal ruhig, manchmal blühend, manchmal welk, manchmal warm, manchmal kalt und wie erstarrt.

In seinem Leben gebe es nur gute oder schlechte Tage, Honig oder Zwiebel, beschrieb er selbst einmal seine inneren Konflikte.

Seit sechs Monaten habe ich Nadim nicht mehr gesehen, er weicht mir aus, beantwortet nur selten meine SMS.

»Wie geht es dir?«, habe ich ihn vor kurzem gefragt.

»Im Krieg wie im Krieg«, hat er geantwortet und mir das Herz schwer gemacht.

Rom

Cinecittà

»Ich bin Nadim aus Jerusalem«, hörte ich einen Mann in fließendem Englisch und mit starkem arabischen Akzent sagen. Ich hatte den Vortragssaal zu spät betreten. Maria, die italienische Gastgeberin, eine etwa vierzigjährige Frau mit mediterranem Aussehen, brünettem Haar und der heiseren Stimme einer Raucherin, drängte mich, schnell meinen Platz auf dem Podium einzunehmen.

Ich gab mir Mühe, mich leise auf den freien Stuhl zu setzen, der mich erwartete, und betrachtete neugierig den Menschen, der jetzt sprach.

Die dämmrige Beleuchtung erschwerte mir die Sicht. Ich hörte Nadims warme, angenehme Stimme, und in meinem Kopf wurde eine andere Stimme laut.

»Operation gegossenes Blei« hatte der Nachrichtensprecher den Krieg genannt, der in dem Land herrschte, aus dem ich kam. Er berichtete, die Luftwaffe und Bodentruppen seien in Gaza eingedrungen und hätten das Feuer erwidert, als Reaktion auf Schüsse an der Grenze zum Gazastreifen. Er nannte die Terrororganisationen, die während der letzten Wochen über sechzig Raketen auf die grenznahen Siedlungen abgeschossen hatten.

Es war schon Krieg, als mich die Einladung zu einem Wochenende in Rom erreichte. Eine Vereinigung von Träumern, die die Realitäten im Nahen Osten verändern wollten, lud israelische und palästinensische Friedensaktivisten zu einem dreitägigen Kongress ein.

Ich hatte zugesagt, war nach Rom gereist und lauschte jetzt den Worten Nadim Abu Henis aus Ost-Jerusalem.

»Ich kam vier Stunden vor dem Abflug zum Flughafen«, sagte er, »und gab dem Sicherheitsmenschen mein Ticket. Ich wurde zum Security Check geführt und der Willkür des Metalldetektors überlassen, der mir zu Ehren begeistert zu pfeifen begann. Man brachte mich in einen Nebenraum, und dort ging es los mit den Fragen. Ein Sicherheitsbeauftragter wollte wissen, wohin ich fuhr und warum. Ich sagte, ich führe nach Rom, um Frieden zu bringen. Bei diesen Worten brachen die Umstehenden in lautes Gelächter aus.«

Bevor ich das Haus verlassen hatte, hatte Dani, mein Mann, beklagt, dass uns dieser Traum viel Geld koste, seit Jahren würden wir meine Reisen in Sachen Frieden finanzieren. Für ihn, als Finanzberater, lohnten sich solche Ausgaben nicht. »Du bist schon seit dreißig Jahren damit beschäftigt, ohne dass es etwas gebracht hätte. Wärst du meine Klientin, hätte ich dir schon längst geraten, den Laden dichtzumachen.«

Ich hatte geschwiegen. Ich wusste, dass er Recht hatte.

»Vor dreißig Jahren bist du allerdings nur zu Demonstrationen gegangen«, erklärte er, »und das hat nichts gekostet.«

Etwas in mir sagte mir, dass dies eine meiner letzten Friedenskonferenzen sein würde.

»Danach werden wir nur noch für Kriege Geld ausgeben«, versprach ich, um Dani aufzumuntern.

Ich brachte die Gedanken, die mir durch den Kopf schossen, zum Schweigen und konzentrierte mich auf Nadims Worte.

»›Ich verstehe‹, sagte der Securitymensch mit übertriebenem Ernst und bat mich zu warten. Erst, nachdem er in seinem Rechner Informationen eingeholt hatte, erklärte er, ich sei vermutlich in Ordnung und entschuldigte sich dafür, dass er die Gefahr, die von meiner Familiensituation ausgehe, kontrollieren müsse. Er stellte eine Reihe von Fragen zu meiner Frau und meinen Kindern und erkundigte sich, ob unter ihnen ein Terrorist sei. Was Laila, meine Frau, betraf, fiel meine Antwort eindeutig aus, doch in Bezug auf meine Kinder, sagte ich, falle es mir schwer zu antworten, denn mein ältester Sohn sei zehneinhalb und der jüngere neun. Dann kamen die anderen Verwandten an die Reihe. Ich erklärte, dass ich acht Geschwister hätte, oder besser gesagt Schwestern, leider sei ich der einzige Sohn meines Vaters.

›Gibt es Terroristen in Ihrer Familie?‹, wollte er wissen.

Falls es einen Terroristen gibt, dachte ich, kann nur ich es sein. Meine Schwestern sind längst verheiratet und haben sich in alle Winde verstreut, sie leben in Jordanien, in Gaza, in Dubai, in Ägypten.

›Sind Sie Mitglied einer terroristischen Vereinigung?‹

›Nein.‹

›Hat sich jemand aus ihrer Familie an Terroraktionen beteiligt? Dafür gespendet? Sich freiwillig gemeldet?‹

Acht Mal antwortete ich mit Nein.

Über zwei Stunden später gestatte er mir zwar auszureisen, ließ mich aber wissen, dass das Flugzeug, mit dem ich fliegen wollte, schon gestartet sei. Er versuchte mich mit der Mitteilung zu beruhigen, dass gleich, das hieß in fünfeinhalb Stunden, die nächste Maschine gehe, und mir war klar, dass ich auch diesmal die Zeit im Duty free shop vertrödeln würde.

Bestimmt verstand der Mann nicht, warum ich ihn anlächelte, er konnte ja nicht wissen, dass ich das Duty Free liebte, und das Duty Free liebte mich. Alle dort kannten mich – Nadim Abu Heni aus Ost-Jerusalem, er kauft Schuhe, Hemden, Trainingsanzüge, Unterhosen … er kauft alles, er hat immer Zeit.

Wie Sie gewiss verstanden haben, verpasste ich meinen geplanten Flug und kam verspätet in Rom an, dafür aber mit neuen Turnschuhen.« Er deutete auf seine Füße.

Im Publikum wurde wieder gelacht, und ich merkte, dass ich ebenfalls lachte.

»Ich bitte Sie, meine Verspätung zu entschuldigen«, schloss er.

Er weiß, wie man eine Geschichte erzählt, dachte ich bewundernd.

»Was tun Sie? Ich meine beruflich?«, erkundigte sich einer der Zuhörer.

»Für meinen Lebensunterhalt unterrichte ich Italienisch an der Universität, und in meiner Freizeit arbeite ich für Menschenrechtsorganisationen.«

»Was tun Sie da?«, fragte der Mann.

»Ich filme«, antwortete er kurz und schwieg.

»Sie filmen also das, was sie Ihnen antun?«, kam ein Ruf aus dem Publikum.

Nadim antwortete nicht, er hatte das Mikrofon schon an Maria weitergereicht.

Ich ahnte nicht, dass an diesem Tag etwas zwischen uns begann, und dass ich drei Jahre später an einem Juniabend in meiner Küche sitzen und mich fragen würde, ob wir uns am folgenden Morgen um elf Uhr dreißig bei Gericht treffen würden, wer hätte das gedacht?

Ich betrachtete ihn genauer, die schön geschwungenen Lippen, das runde Gesicht. Mein Blick blieb an den langen Wimpern hängen, die seine Augen verschatteten. Eine hochgeschobene Brille mit silbernem Gestell schmückte sein Haar wie eine Krone.

Araber tragen keine Brille, schoss es mir durch den Kopf, und sofort schob ich diesen rassistischen Gedanken beiseite.

Das Publikum dankte Nadim mit einem Applaus für seine Rede.

Maria wandte sich mit einer Frage an mich.

»Ich bin aus Israel, aus Tel Aviv«, antwortete ich.

»Und, sind Sie am Flughafen auch ausgezogen worden?«, rief jemand.

Ich wollte dem netten Mann antworten, dass wir keine Flugzeuge kidnappten und keine Wohnblocks sprengten oder Bomben in Straßen explodieren ließen, und dass wir im allgemeinen auch keine Sprengladungen in Schultertaschen spazierentrugen, aber ich entschied, den Zwischenruf zu ignorieren. Höflich entschuldigte ich mich für meine Verspätung.

»Der Abflug verzögerte sich, wie üblich, aus Sicherheitsgründen, und deshalb bin ich zu spät gekommen.«

Abermals traf mich ein Zwischenruf: »Warum habt ihr wieder einen Krieg angefangen?«

Gewiss würde ich die Raketen gegen israelische Ziele nicht gegen die Kampfflugzeuge aufrechnen, die Hintergründe der Kämpfe waren schwer zu erklären, und um die Wahrheit zu sagen, war ich auch über die Einzelheiten nicht informiert. Ich beschloss, mich nicht auf eine direkte Konfrontation einzulassen.

»Der Staat Israel hat alle Juden aus der Diaspora aufgenommen, die vertrieben wurden«, fing ich stattdessen an. »In unser Land kamen Überlebende des Holocaust. Es kamen auch diejenigen, die vor der stalinistischen Bedrohung und vor den Pogromen in den arabischen Ländern flohen. Der Staat Israel ist im Grunde eine psychiatrische Anstalt für posttraumatisierte Juden.« Ich überlegte, wie ich es erklären könnte. »Wir alle kamen nach Israel, um uns gegenseitig zu helfen, um Schutz vor einer existenziellen Bedrohung zu finden. Wir suchten Heilung für unsere Seele und unsere Körper, wir wollten unsere Traumata überwinden.«

Ich sagte, dass die Menschen in meinem Land hospitalisiert seien, dass sie sich nach einem normalen Leben sehnten, verzweifelt einen Arzt suchten, der ihnen Heilung und Ruhe bringe. »Die Menschen in diesem Land suchen nach einem Weg, um zu überleben. Doch bis heute, weder im Frieden noch im Krieg, haben sie die Ruhe und die Sicherheit gefunden, nach der sie sich sehnen.«

Ich sagte, unser Sanatorium treffe auf weitere Probleme, die Situation werde immer komplizierter, denn weder die Palästinenser noch unsere arabischen Nachbarn würden unsere Anwesenheit akzeptieren.

Ich suchte Nadims Augen, ich wollte sehen, ob meine Worte ihn berührten, aber ich konnte seinem Blick nichts entnehmen.

Ich war enttäuscht.

Ich trank einen Schluck Wasser, um Zeit zu gewinnen. Maria nutzte die Unterbrechung und griff nach dem Mikrofon.

»Eine psychiatrische Anstalt«, sagte sie, »damit haben Sie uns überrascht.« Das Publikum lachte.

Sie wollte wissen, ob es Fragen gebe.

Es gab keine.

»Dann ist es Zeit, zum Schluss zu kommen«, sagte Maria und dankte dem Publikum und allen Gästen auf dem Podium. Ich atmete erleichtert auf, ich hatte bereits Erfahrung mit derartigen Konferenzen und wusste, dass die harten Fragen noch kämen, aber vorläufig würde ich mich ein bisschen vom Flug erholen und für die anstehenden Kämpfe und Streitgespräche Kraft sammeln können.

Die Mitglieder der Delegation schüttelten einander die Hände. Ein palästinensischer Schriftsteller, ein israelischer Journalist, ein israelischer Professor für Gender-Studien, eine junge Frau aus Dschenin, deren Schwester an Terroraktionen teilgenommen hatte und bei den Vorbereitungen ums Leben gekommen war, eine Lehrerin aus Ramallah und Nadim, wir alle versuchten, freundlich zu sein, aber der Händedruck von Nadim und mir war etwas wärmer.

»Hören Sie, die Sache mit der Sicherheitskontrolle tut mir wirklich leid, aber Sie wissen, dass es keine andere Möglichkeit gibt«, sagte ich zu ihm. »Schließlich wollen wir doch alle leben.«

Er legte seine andere Hand auf meine. »Ich weiß, letzten Endes bin auch ich in euer Krankenhaus eingeliefert worden.« Er lächelte.

Er hatte also doch zugehört.

»Nur dass ich auf der Station für Sonderfälle bin«, fügte er hinzu, und ich musste lachen.

»Und auf welcher Station sind Sie?«, wollte er wissen.

Mir blieb keine Zeit für eine Antwort, Maria drängte zur Eile und wir gingen zum Speisesaal.

Auf dem kurzen Weg rief ich zu Hause an, um zu fragen ob alles in Ordnung sei. Ich erkundigte mich, welche Nachrichten es von der Front gab. »Wie üblich, in Gaza wird geschossen«, sagte Dani, und er beendete das Gespräch mit dem Satz: »Gut, dass du in Rom bist und ich in Tel Aviv.«

Im Speisesaal sah ich ihn. Er lächelte mir entgegen. Ich begriff, dass er mir einen Platz freigehalten hatte.

Als ich näher kam, stand er auf, um mir aus dem Mantel zu helfen. Nur aus Verlegenheit und Überraschung ließ ich es zu. Nadim hängte meinen Mantel schnell und geübt über die Stuhllehne. Ein palästinensischer Gentleman, dachte ich, eine Formulierung, die mir nie zuvor in den Sinn gekommen war.

»Ich habe mich Ihnen nicht vorgestellt«, sagte der Gentleman, »Nadim Abu Heni, aus Ost-Jerusalem.«

Bevor ich mich hinsetzte, betrachtete ich ihn. Man merkte ihm an, dass er Araber war, gestreiftes Hemd, gestreifte Socken und natürlich der Akzent. Wenn schon Araber, dann ist er hoffentlich Christ, schoss es mir durch den Kopf.

Hör auf mit diesen rassistischen Gedanken, wies ich mich zurecht.

Ich hatte mich kaum gesetzt, da betrat eine Gruppe Musiker den Saal und fing an, italienische Lieder zu spielen. Nadim sang mit, er kannte die Texte und Melodien. Ich zog die Augenbrauen hoch.

»Ich habe hier studiert. Ich war neunzehn, als ich kam, und fünfundzwanzig, als ich nach Hause zurückkehrte, nach Silwan.«

Meine Augenbrauen kehrten an ihren Platz zurück.

»Ist es schwer, in Silwan zu leben?« Ausgerechnet Silwan, dachte ich, der Stadtteil von Jerusalem, der so oft in unseren Nachrichten genannt wurde.

»In der letzten Zeit hat sich unsere Lage verbessert«, erwiderte er. Ich entdeckte ein kryptisches Lächeln auf seinem Gesicht. »In der letzten Zeit hat sich bei euch das Gerücht verbreitet, dass euer Messias aus Silwan kommen wird, deshalb wurde zu seinen Ehren eine Polizeieinheit aufgestellt, die dafür sorgt, dass niemand mit Raketen oder Schusswaffen herumläuft. Bevor ich mein Haus betrete, werde ich von Sicherheitsleuten durchsucht. Ihr habt vermutlich Angst, dass ich mich selbst in die Luft sprenge, oder, Gott behüte, euren Messias, der in Bälde erwartet wird.« Das Lächeln blieb auf seinem Gesicht.

Geschieht dir ganz recht, dachte ich. Du hast gefragt – und eine Antwort bekommen.

»Es tut mir leid, dass Sie die Ehre haben, die fünfzig verrücktesten Juden des Landes zu treffen«, sagte ich entschuldigend. »So ist es in Jerusalem nun mal, in dieser Stadt versammeln sich alle Irren.«

»Jetzt sind wir in Rom.« Nadim deutete auf die Speisekarte, um die Atmosphäre zu entspannen. »Darf ich etwas empfehlen?«

»Klar«, sagte ich, selbst erstaunt über meinen leichten Ton.

Er bestellte beim Kellner zweimal Tortellini und zum Nachtisch Crème brûlée. »Neben Ihnen sitzt ein Experte für italienisches Essen und für persische Teppiche, einer, der den Italienern während seines Studiums Wein und Teppiche verkauft hat.«

Ich war froh, dass er sprach. »Wenn dem so ist, sind Sie eingeladen, nach Tel Aviv zu kommen«, antwortete ich und erzählte ihm von der Ben-Jehuda-Straße. Dort breiteten die Händler Teppiche auf dem Gehweg aus, um den Passanten ihre Waren zu zeigen.

»Ich komme nicht nach Tel Aviv, für mich ist Jerusalem das Zentrum der Welt«, sagte er trocken. »Übrigens, sind Sie das erste Mal in Italien?« Er wechselte das Thema, fragte nach mir.

»Rom, Mailand, Florenz«, zählte ich die Orte auf, an denen sich unsere Familie schon vergnügt hatte, und fragte: »Und Sie? Fahren Sie auch mit Ihrer Familie nach Italien?«

»Wir fahren nicht ins Ausland«, sagte er kurz angebunden.

»Warum?«

»Wegen Laila, meiner Frau«, antwortete er nur.

»Ist sie krank?«

»Schlimmer, sie ist aus Hebron.« Wieder lächelte er, aber nur mit den Lippen, seine Augen blickten starr.

»Und das heißt?« Ich verstand seine Antwort nicht.

»Sie hat keinen israelischen Pass. Sie hat nur den Status eines geduldeten Bürgers. Sie kann das Land nicht verlassen.«

»Was soll das bedeuten?«

»Wenn sie das Land verlässt, darf sie nicht mehr zurückkommen.«

»Aber ihr seid doch aus Israel, aus Jerusalem, die Stadt ist doch vereint«, sagte ich erstaunt.

»Die Stadt ist vereint, aber ihre Bewohner sind es nicht. Was Laila betrifft, ist sie eine Palästinenserin aus Hebron, so wurde sie geboren, so wird sie sterben, auch wenn wir schon seit vierzehn Jahren verheiratet sind. Sie hat kein Recht auf einen israelischen Pass und wird nie einen bekommen.«

»Wirklich?« Ich war verwirrt.

»Wirklich.« Er warf mir einen Blick zu, offenbar abgestoßen von meiner Ignoranz. »Kurz gesagt, wenn sie das Land verlassen will, benötigt sie eine Sondererlaubnis, die wir nie im Leben bekommen würden.« Er sprach ruhig, aber ich bemerkte, dass sein Bein unter dem Tisch zuckte vor unterdrücktem Zorn.

»Unsere Geschichte ist kompliziert«, sagte ich, um ihn zu beruhigen. »Sie wissen es doch auch, wenn man jeder Palästinenserin, die einen arabischen Israeli heiratet, einen israelischen Pass gäbe, würde ganz Palästina nach Jerusalem ziehen.«

Nadim schwieg, er lehnte sich in seinem Stuhl zurück, als versuche er, die Distanz zwischen uns zu vergrößern.

Ein Spruch meiner verstorbenen Mutter fiel mir ein: Manchmal ist es besser, zu schauen und zu hören und zu schweigen. Etwas verspätet beschloss ich, ihrem Rat zu folgen und den Mund zu halten. Ich betrachtete die Gastgeber und die anderen Geladenen, die das Essen genossen.

Warum, zum Teufel, bin ich nur hergekommen?, flüsterte eine Stimme in meinem Inneren.

Wirklich, warum?, frage ich mich auch heute, an diesem Abend, drei Jahre nach dem Treffen in Rom. Ich habe doch schon damals gewusst, dass diese Friedenskonferenz so erfolgreich sein würde wie alle vorhergehenden auch. Wir würden ein gemeinsames Wochenende verbringen und dann mehr oder weniger zufrieden nach Hause zurückkehren, und die Kriege würden weitergehen und eine neue Hilfsorganisation würde sich bilden und zu einer weiteren Friedenskonferenz einladen, nach der wieder Qassam-Raketen fliegen und Flugzeuge wieder Bomben abwerfen würden, und man würde ihre und unsere Verluste zählen.

Vielleicht, dachte ich, fuhr ich ja, weil ich seit Schmuliks Tod im Jom-Kippur-Krieg vor fast vierzig Jahren immer wieder denselben Traum träumte.

Immer wieder laufe ich mit zwei Freundinnen am Strand zwischen Tel Aviv und Jaffo entlang. Die Nacht wird von schwachem Mondlicht erhellt. Plötzlich dringt ein Schrei an unsere Ohren.

Ich schaue mich um, und trotz der Dunkelheit sehe ich ein Fahrzeug ohne Räder, das im Sand steckt. Darin sitzt eine schwarz gekleidete Frau, die ein Bündel aus weißem Tuch an ihr Herz drückt – vielleicht ist es ein Gegenstand, vielleicht ein Baby.

»Es ist etwas Schreckliches passiert«, sage ich zu meinen Freundinnen.

»Du träumst«, erwidert die eine von ihnen. Sie hat weder ein Gesicht noch einen Namen.

»Hört ihr es denn nicht? Jemand ruft um Hilfe! Hilfe! Hilfe!«

Ich schreie zusammen mit der Frau. »Dort in dem Wagen ist eine Frau mit einem Baby.« Ich deute auf das Fahrzeug.

»Das ist einfach ein verlassenes Auto«, sagt die andere Freundin, auch sie ist namenlos und ohne Gesicht. »Da ist niemand.«

»Hilfe! Hilfe!«, schreie ich, und meine Stimme bricht, schmerzt in meiner Kehle.

»Dort ist ein Baby, vielleicht erstickt es, vielleicht ist es verletzt …« Ich versuche, die Frauen zu schütteln.

»Alice im Wunderland«, sagen beide im Chor. »Sie übertreibt mal wieder.«

Ich will zu der Frau im Wagen hinüberlaufen.

»Und wenn du hingehst, was, glaubst du, kannst du tun?«, fragt eine meiner Begleiterinnen spöttisch.

»Hilfe! Hilfe!«, schreie ich und kann nicht aufhören damit.

»Was hast du? Du schreist wie eine Verrückte«, beschimpft mich die andere.

Am Morgen steht es in der Zeitung: Ein neugeborenes Baby ist am Strand gestorben, seine Mutter behauptet, um Hilfe gerufen zu haben, drei junge Frauen seien an ihr vorbeigegangen und keine habe reagiert.

Wir stehen vor Gericht.

Die erste Freundin behauptet, sie habe nichts gesehen und nichts gehört. Sie wird freigesprochen.

Die zweite Freundin behauptet, sie habe nicht helfen können. Sie wird freigesprochen.

Als ich an die Reihe komme, stehe ich mit wackligen Knien im Zeugenstand. Der Richter betrachtet mich mit glasigem Blick und sagt: »Wir werden Sie benachrichtigen.«

Nadim riss mich aus meinen Gedanken. »Cinecittà«, sagte er.

Cinecittà, der Klang gefiel mir.

»Ist das für Sie eine Art Abrakadabra?«, fragte ich.

»Ja«, sagte er.

»Cinecittà«, wiederholte er leise.

Der Kellner kam mit den Tortellini.

Ich machte mich vergnügt ans Essen.

»Das haben Sie gut gemacht«, sagte ich. Nadim blätterte in der Weinkarte und las die Namen laut vor.

»Marsala, Martini, Martini Prosecco, Chianti aus der Sangiovese Traube.«

»Ihr Italienisch ist großartig«, sagte ich bewundernd. Er akzeptierte das Lob mit einem freundlichen Lächeln.

»Was möchten Sie trinken?«, fragte er.

»Ich nehme den Chianti, und Sie?«

»Ich trinke keinen Wein«, antwortete er.

Also war er Moslem.

Ich gebe zu, dass es mich enttäuschte.

Was habe ich auf dieser Friedenskonferenz verloren, wenn mir solche Gedanken durch den Kopf gehen?, fragte ich mich.

Ich wandte mich wieder zu ihm. »Warum haben Sie sich ausgerechnet für Italien entschieden, um zu studieren?«

»Meine Urgroßmutter war Italienerin.«

»Wirklich?« Also war er kein hundertprozentiger Araber. Diese Antwort gefiel mir, ich wollte die ganze Geschichte hören und erkundigte mich nach Einzelheiten.

»Soweit ich weiß«, sagte Nadim bereitwillig, »reiste mein Urgroßvater Anfang des vergangenen Jahrhunderts aus geschäftlichen Gründen von Jerusalem nach Jaffo und von Jaffo nach Rom, und kehrte dann mit einem schönen Turiner Mädchen namens Cosima zurück.«

Der Name Cosima ließ mich lächeln, ich hoffte auf eine Fortsetzung der Geschichte, aber jetzt wollte Nadim Näheres über mich erfahren.

»Was arbeiten Sie eigentlich?«, fragte er.

»Ich bin Schriftstellerin«, antwortete ich.

»Tatsächlich? Wie kommt man dazu, Schriftsteller zu werden?«

»Bei mir ist es die Schoah. Meine Mutter war eine Überlebende des Holocaust. Eine, die nie etwas über ihr Leben erzählte. Sie hatte eine Art Schweige-Grundsatz, verstehen Sie«, sagte ich und ertappte mich sofort bei dem Gedanken: Wie kann er das verstehen?

Seine Augen verengten sich ein bisschen. Vielleicht bedauerte er, diese Frage gestellt zu haben.

»Meine Mutter gehörte zu denen, die schwiegen, wenn man sie fragte, was dort während des Krieges geschehen war. Viele Jahre nach ihrem Tod sollte meine Tochter die Geschichte unserer Familie in der Schule erzählen. So wurde ich gezwungen, über meine Mutter zu sprechen und mich zu erinnern. Aus meinen Erinnerungen wurde eine Geschichte, aus der Geschichte ein Buch.« Ich sprach schnell, für mein Gefühl klang das, was ich zu sagen hatte, banal und abgedroschen.

»Haben Sie Sehnsucht nach Ihrer Mutter?«

Seine Frage traf mich unvorbereitet. »Nicht wirklich«, sagte ich ehrlich.

Ich bemerkte das Erstaunen in seinen Augen. Er senkte den Blick und sagte mit matter Stimme, seine Mutter sei vor ein paar Jahren gestorben und er sehne sich nach ihr, sie sei das Licht seines Lebens gewesen. Ich sah ihn an und dachte, dass mein Blick nie so sehnsüchtig und verlangend gewesen war, weder bei dem Gedanken an meine lebende noch an meine tote Mutter. Diese Einsicht raubte mir den Atem.

»Menschen und ihre Mütter«, sagte ich und wurde rot.

Nadim holte Tabletten aus seiner Hosentasche. »Was fehlt Ihnen?«, fragte ich unverblümt.

»Eigentlich nichts Besonderes, irgendetwas tut mir immer weh. Jetzt zum Beispiel ist es mein Kopf.« Und mit einem halben Lächeln fragte er: »Wollen Sie auch eine?«

Er schien seinen Kopfschmerzen nicht erlauben zu wollen, unsere Unterhaltung zu stören. Er nahm eine Tablette aus der Packung und schluckte sie ohne Wasser.

Ich lächelte ihn an und sagte, dass ich ebenfalls mit einer Erste-Hilfe-Apotheke reiste und in Panik geriet, wenn mir einmal nichts weh tat.

»Nun, was möchte die Dame?« Höflich bot er mir eine Auswahl der Tabletten an, die er in seinem Repertoire hatte.

»Ich halte mir die Option offen«, versprach ich.

Nadim kehrte zum Thema zurück. »Also was schreiben Sie noch, außer der Geschichte Ihrer Mutter?«

Ich erzählte ihm, dass ich Geschichten über Menschen schriebe, die einen Krieg führten, über ihre Traumata. Über jene, die mit Alpträumen kämpften und dennoch zu einem neuen Leben aufstünden.

»Dann könnten Sie über mich schreiben«, sagte er und lachte. Mit einem Lächeln bedankte ich mich für das Angebot.

»Und was arbeiten Sie?«, fragte ich interessiert.

»Wie ich bereits auf dem Podium gesagt habe: Zum Broterwerb unterrichte ich Italienisch und in meiner Freizeit arbeite ich für Menschenrechtsorganisationen.«

»Und was genau tun Sie für diese Organisationen?«, beharrte ich.

»Ich fotografiere.«

»Sie sind Fotograf?«

Er seufzte. »Schön wär's. Das ist ein Kindheitstraum. Sie werden es nicht glauben, aber ich fing im Oktober 1973 an zu fotografieren.« Ohne abzuwarten, ob ich etwas fragte, fuhr er fort zu sprechen. Er nutzte die Gelegenheit, mir die ganze Geschichte zu erzählen.

»Ich war acht, als draußen die Sirenen aufheulten und meine Eltern erschrocken Schutz im Keller suchten. Damals begriff ich noch nicht, wovor man sich fürchten sollte.« Wieder lachte er laut. »Heute weiß ich es sehr genau«, sagte er wie zu sich selbst, dann fuhr er fort: »Aber damals, als eure Flugzeuge über den Himmel donnerten, lief ich mit dem Fotoapparat meines Vaters in den Hof. Ich wollte die Flugzeuge fotografieren und die Aufnahmen ans Fernsehen schicken, aber als ich auf den Hof kam, waren die Flugzeuge schon wieder weg. Trotzdem gab ich nicht auf, mit der Kamera folgte ich den Kondensstreifen am Himmel. Ich erinnere mich an den Blick eines Nachbarn, der erschrak, als er mich auf dem Hof herumlaufen sah, während das Sirenengeheul noch immer auf- und abschwoll. Erst nach der Entwarnung ging ich zurück ins Haus. Mein Vater tobte, er bestrafte mich dafür, dass ich mich während des Alarms hinausgeschlichen hatte, und verkündete, dass ich seinen Fotoapparat nie mehr anrühren dürfe. Danach habe ich wirklich die Finger von seiner Kamera gelassen, aber ich habe nicht aufgehört zu träumen, dass ich eines Tages Fotograf sein würde. Davon träume ich übrigens heute noch. Leider bin ich im Träumen wirklich gut«, schloss er mit einem angedeuteten Lächeln und schwieg.

Das Schweigen breitete sich aus, und ich versank in meinen eigenen Erinnerungen an den Luftalarm, von dem er erzählt hatte. Sirenen heulten durch meinen Kopf. Ich dachte an den Schauer, der mir über den Rücken gelaufen war, als ich die Uniform anzog und zu der Einheit eilte, bei der ich damals diente.

Wie eine Welle schlugen das Klingeln der Telefone und die Schreie Rafis, unseres Kommandanten, der mich und Dafna anbrüllte, wieder über mir zusammen.

»Macht was! Schickt den Rettungsdienst! Krankenwagen!«

»Wie denn?«, rief Dafna. »Wen denn? Es ist doch keiner da!« Sie versuchte Rafi zu erklären, dass die Basis leer war, dass alle bereits mit Panzern zur Front gefahren waren. Aber Rafi wiederholte immer wieder, man müsse Hilfe schicken.

Dann stürzte Roni, der Bataillonskommandant, mit Dutzenden von Erkennungsmarken ins Zimmer, die von den ersten Opfern des Schlachtfelds eingesammelt worden waren, und legte sie auf den Tisch.

»Während des Jom-Kippur-Kriegs habe ich auch Flugzeuge gesehen«, sagte ich zu Nadim. Mein Herz klopfte wie wild, ich schaute ihm nicht in die Augen.

»Was heißt das?«, fragte er.

Ich sagte, ich sei damals Soldatin gewesen und sofort zu meiner Basis gefahren, als die Sirenen losgingen. Dort hatte ich nur eine Offizierin angetroffen, Dafna, nur sie und ich waren dort gewesen, und wir standen im Zimmer des Kommandanten, den Blick auf die Erkennungsmarken gerichtet, die sich auf dem Holztisch häuften, und Dafna hatte sofort angefangen, sie zu sortieren.

»Die sind alle gefallen?«, hatte ich sie gefragt.

Sie hatte nicht geantwortet.

Ein paar Stunden später hielt ich vier silbrige Erkennungsmarken in den Händen.

Jede hatte einem Freund aus der Kindheit gehört: Zwika Gold, Amir Tal, Jossi Sjubisch und Schmulik Levi.

Wieder meinte ich, die metallische Berührung der Erkennungsmarken zu spüren, eine Berührung, die meine Finger und mein Herz verbrannte.

Wieder erlebte ich die Minuten, als Roni, der Bataillonskommandant, mich bat, die Familien aufzusuchen, deren Söhne gefallen waren. »Ihr seid doch Nachbarn«, begründete er seine Bitte.

Am Abend jenes Tages verließ ich die Basis, setzte mich in den Militärjeep, der Richtung Tel Aviv fuhr, und schlich mich in unser Haus. Ich ging in mein Zimmer, schloss die Fenster, ließ die Rollläden runter, rollte mich, noch in Uniform, auf dem Bett zusammen und zwang mich, still zu liegen.

»Wer ist gefallen?«, fragte meine Mutter.

Sie nannte die Namen aller Freunde, die zusammen mit mir eingezogen worden waren. Sie sah meinem Gesicht an, wer lebte und wer tot war.

Schmuliks Mutter kam in mein Zimmer. »Vielleicht weißt du ja schon etwas?« Ihre Stimme klang flehend.

»Meine Tochter ist sehr krank«, sagte meine Mutter mit Nachdruck.

Über zehn Tage lang war ich sehr krank, bis endlich Vertreter des Militärs kamen, um den hinterbliebenen Familien die bittere Nachricht zu überbringen.

Jetzt sah ich wieder Dafnas grüne Augen, die sich auf mich und die Erkennungsmarken richteten.

»Gehören die alle dir?«, hörte ich sie fragen. Und ihre Stimme zitterte, als sie sagte: »Und das ist meine.« Sie hielt nur eine Erkennungsmarke in der Hand.

Ich las den eingravierten Namen. David Stein.

David. Dudi. Dudi war ihr Freund.

Ein Schauer überlief mich.

Dafna und Schmulik, die Erinnerung schnürte mir die Kehle zu.

Ich meinte wieder die Stimme des Nachrichtensprechers zu hören: »Beim Anschlag auf das Café ist heute Morgen auch Doktor Dafna Schiff aus Jerusalem umgekommen, siebenundvierzig Jahre alt und Mutter zweier Kinder, Leiterin der Station für

Augenkrankheiten des Krankenhauses Hadassa. Die Familie wurde benachrichtigt.«

Das Atmen fiel mir schwer.

»Geht es Ihnen nicht gut?«, fragte Nadim, der bemerkte, wie bedrückt ich plötzlich war.

»Lassen Sie nur«, antwortete ich und versuchte sogar zu lächeln.

»Essen Sie noch etwas«, schlug er vor.

Schweigend aßen wir unsere Tortellini.

So ist es, wenn man mit Menschen aus dem Nahen Osten bei einem guten Essen sitzt, dachte ich. Es dauert keine fünf Minuten, da hörst du das Echo der Worte Schoah, Krieg, Besatzung, Intifada.

Schließlich brach Nadim das Schweigen, er wollte zu unserer Unterhaltung zurückkehren. »Cinecittà«, sagte er.

»Warum haben Sie ihr Zuhause verlassen und sind zum Studium nach Italien gegangen?«, fragte ich bereitwillig.

»Euretwegen«, sagte er mit einem Lächeln.

Ich wartete auf eine Erklärung, doch er stand auf, entschuldigte sich ohne einen Grund zu nennen, versprach aber, gleich zurückzukommen und mir die ganze Geschichte zu erzählen.

Als er den Speisesaal verließ, gingen in meinem Kopf die Warnsignale an.

Er ist knapp über vierzig, dachte ich, zur Zeit der ersten Intifada war er ungefähr zwanzig, genau das richtige Alter für einen Terroristen. Ist er ein Terrorist, der sich unter einem Deckmantel in diese Konferenz geschlichen hat? Die Alpträume meines Lebens, sie kamen alle gleichzeitig.

Reiß dich zusammen, befahl ich mir, und eine beruhigende innere Stimme sagte: Dafür bist du schließlich hergekommen.

Nach einigen Minuten kam er zurück und sagte, er habe mit seiner Schwester sprechen müssen. Doch er hielt sich nicht mit weiteren Erklärungen auf, stattdessen begann er mit der versprochenen Geschichte. »Als ich neunzehn war, beharrte mein Vater darauf, dass ich das Hotelfach studieren solle. Er war überzeugt, dass dieser Beruf es mir ermöglichen würde, an jeden Ort der Welt zu fliehen. Damals begannen die Unruhen in der Westbank und die Armee ließ die Universität schließen. Mit der Unterstützung meines Vaters packte ich also meine Siebensachen und fuhr nach Italien. Nachdem ich mein Studium beendet hatte, wollte ich nach Hause zurückkehren, aber damals herrschte bei uns die erste Intifada und mein Vater schickte mich sofort wieder nach Rom. Zu meiner Freude bot mir der Professor für Politikwissenschaften eine Stelle als Assistent an. In den folgenden drei Jahren nutzte ich meine Kenntnisse und übersetzte Aufsätze und Dokumente über den Nahost-Konflikt aus dem Arabischen ins Italienische.«

»Da haben wir Ihnen also keinen schlechten Dienst erwiesen«, platzte ich heraus.

»Sicher«, antwortete er mit der Andeutung eines Lächelns, »ich bin wirklich sehr dankbar. Umso mehr, als das Hotelgewerbe bei uns nicht gerade blüht, wie Sie bestimmt wissen, schließlich kommen zu uns nur Touristen in Uniform.«

»Sie werden es vielleicht nicht glauben«, sagte ich, »aber auch meine Mutter hoffte, so wie Ihr Vater, ich würde einen Beruf wählen, der mich notfalls retten könne. Sie wollte, dass ich Ärztin werde. Immer wieder hat sie mir von meiner Tante erzählt, ihrer Schwester, die Zahnärztin war und deshalb überlebt hat. Sie hat auch erzählt, dass Doktor Mengele derjenige war, der sie aus der Reihe der zum Tod Bestimmten herauswinkte und sie zum Leben auswählte.«

Nadim nickte und sagte, sein Onkel sei ebenfalls Zahnarzt.

Er hat keine Ahnung, wer Mengele war, schoss es mir durch den Kopf. Und eine andere Stimme fragte: Was willst du von ihm?

Sein Handy summte.

Nadim setzte die Brille auf und schaute aufs Display. »Bei Bombardierungen in Gaza durch die Armee wurde ein Wohnviertel getroffen …« Er las mir den Text laut vor und sagte, eine seiner Schwestern lebe in Gaza. Er warf mir einen langen, kalten Blick zu, als wäre ich diejenige, die in diesem Moment Bomben auf sie warf.

Wir sind Feinde und werden immer Feinde bleiben, dachte ich. Und dann: Hör auf damit. Ich wollte mich erkundigen, wie es seiner Schwester ging, aber wir wurden dadurch unterbrochen, dass jemand mit einem Löffel unüberhörbar an ein Glas schlug.

Wir erschraken, wir reagierten beide empfindlich auf laute Geräusche.

Es war Maria, die um Ruhe bat, sie wollte Gästen und Gastgebern danken. Sie setzte zu einer Rede an und behauptete, sowohl die Palästinenser als auch die Israelis seien letztlich Menschen, die sich nach Frieden sehnten, doch ihre politischen Führer würden sie in den Kampf führen. Die unschuldigen Menschen, die zu dieser Konferenz gekommen seien, sagte sie, müssten den Frieden zu den Türen ihrer Regierungen befördern.

Und während der Kellner den Tisch abräumte, hörte ich zum wer weiß wievielten Mal, dass der Frieden kommen werde. Ich hörte, dass die hier Versammelten, hier und jetzt, in Rom, ihn vorantreiben würden. Maria behauptete auch, von unserer Zusammenkunft gehe eine Botschaft aus. Das Publikum klatschte.

Nadim erhielt eine weitere Nachricht. »In Gaza sind heute Dutzende von Zivilisten ums Leben gekommen …« Er steckte das Handy weg. »Genug davon.«

Mir war klar, dass es ihm ebenso schwer fiel wie mir, im Saal zu bleiben und all die Reden und Versprechungen über sich ergehen zu lassen.

Noch bevor der Nachtisch serviert wurde, befand ich mich bereits mit Nadim und weiteren sechs Mitgliedern der Delegation im Aufzug.

»Sagt, was sein wird«, brach es aus mir heraus.

Alle ignorierten mich. Sie hatten Recht.

Im dritten Stock verließen die sechs anderen den Aufzug und verteilten sich auf ihre Zimmer. Nadim und ich blieben zurück.

Im vierten Stock öffnete sich die Aufzugstür. Mein Blick fiel auf den Flurspiegel. Ich sah einen Mann Anfang vierzig, und neben ihm eine Frau Anfang fünfzig. Er war klein, sie groß, er dunkel, sie hell, Morgenland und Abendland. Sie passen zusammen wie ein Pferd und ein Ochse, die man zusammen vor einen Pflug gespannt hat, dachte ich, und die jiddische Redewendung amüsierte mich. Also wirklich, und wir sollen den Frieden bringen?

»Am Schluss muss der Frieden kommen«, erklärte Nadim.

»Wenigstens einer, der optimistisch ist«, sagte ich lachend und wünschte ihm angenehme Träume.

»Ich liebe Träume«, sagte er, bevor wir uns verabschiedeten und jeder auf sein Zimmer ging.

Über den Fernsehbildschirm flimmerten Bilder des Schlachtfelds.

Feuer erhellte die Nacht im Nahen Osten. Auf meinem Bett fand ich die Agenda für den folgenden Tag. Ich las, dass man uns erst zu einem Treffen mit Studenten bringen würde und danach zu einem Interview bei einem populären Radiosender. Nachmittags hätten wir Zeit zum Shoppen und am Abend würden wir uns zu einem festlichen Essen treffen.

Der Frieden schreitet mit großen Schritten voran, zischte ich, als ich den Plan auf den Tisch legte. Ich brauchte dringend eine

Tablette, die mich von meinen plötzlichen Kopfschmerzen befreien würde.

Ich schaute gerade die Nachrichten, als plötzlich mein Zimmertelefon klingelte.

»Wie geht es dir?«, fragte mein Mann.

»Ich mache Frieden«, sagte ich kurz.

»Wenn du den Fernseher aus- und die Augen zumachst, wirst du vielleicht sehen, wie der Frieden naht«, erwiderte er.

Trotz seiner Empfehlung machte ich weder den Fernseher aus noch schloss ich die Augen.

Ich sah das brennende Gaza, ich sah politische Führer, die voller Selbstgefälligkeit leidenschaftliche Reden schwangen. Ich sah Soldaten, die in Panzern vorwärts stürmten und in Krankenhäusern litten, ich sah Trümmer, Verwundete und Beerdigungen.

Der Krieg siegt, er tötet den Frieden.

Und doch, solange es solche Konferenzen gab, solche Menschen wie Maria und Nadim, war ich bereit, dem Frieden einen Vorschuss an Hoffnung zu geben. Vielleicht lag er im Sterben, aber noch war er nicht tot. So sprach ich mir selbst Mut zu, bevor ich schließlich den Fernseher, das Licht und meine Gedanken ausschaltete.

*

Am Morgen suchte ich mir im Speisesaal einen Platz am Fenster und schaute hinaus auf die Baumwipfel. Auf den Zweigen lag glitzernder Tau. Ich betrachtete die gleißende Szenerie, tröstete mich mit ihrer Schönheit.

»Cinecittà«, sagte Nadim, der plötzlich vor mir stand. »Darf ich mich zu Ihnen setzen?«

»Cinecittà«, antwortete ich, was hieß, ›natürlich, gern‹.

Er setzte sich und blickte ebenfalls aus dem Fenster.

»Warum sind Sie von Rom nach Jerusalem zurückgekehrt?«, fragte ich.

»Was glauben Sie denn?«, fragte er verwundert. »Ich bin schließlich ein Glückspilz. Zwei Tage nach meiner Rückkehr habt ihr euch ein Gesetz ausgedacht, nach dem ein Araber alle Rechte, seinen Besitz und die Möglichkeit verliert, nach Hause zurückzukehren, wenn er hundertachtzig Tage außer Landes war.«

Ich begriff, dass ich keineswegs eine Expertin für Verordnungen war.

Jeder kümmert sich um seine eigenen Probleme, sagte ich mir.

Die Hauptsache ist, ich mache mir in Gedanken eine Notiz, dass er nicht weiß, wer Mengele ist.

Maria unterbrach unser Gespräch, als sie sich im Speisesaal erhob und den Mitgliedern der Delegation verkündete, es stünden ihnen drei intensive Tage bevor, voller Zusammenkünfte und Interviews. Ab sofort würde unsere Gruppe in Paare aufgeteilt. Jedes Paar, ein Palästinenser und ein Israeli, solle sich nach dem Frühstück gemeinsam zu verschiedenen Terminen in der Stadt auf den Weg machen.

»Wir sind ein Paar«, sagte Nadim laut.

»Kein Problem«, sagte Maria.

»Es hätte gerade noch gefehlt, dass sie nein sagt«, flüsterte er mir zu, »ich hätte sie in die Luft gesprengt.«

»Natürlich«, sagte ich, und wir lachten beide.

Kurze Zeit später zogen wir los, um Studenten der Universität Rom zu treffen.

Im Taxi wurde Nadim gesprächig. Er erzählte, er gehöre zu einer Gruppe, die mit Hilfe von Spendengeldern in Ramallah ein Jugendzentrum gegründet habe. Dort gebe es Unterricht in Kunst, Sprachen und Medienkunde. Er unterrichte Italienisch, und manchmal vertrete er auch den Lehrer des Film-Clubs und erkläre den Jugendlichen, dass sie ihre Lage auch ohne Waffen verändern könnten. »Ich mache ihnen klar, dass ein Film wesentlich effektiver sein kann als ein Sprengstoffgürtel.«

Ich warf ihm einen misstrauischen Blick zu. Was sollte dieses Gerede? Sprengstoffgürtel für eine Explosion zu präparieren und uns zu vernichten, das lernte man schließlich auch bei ihnen. Ich rutschte etwas von ihm weg, drückte mich an die Tür des Taxis und legte die Hand auf den Griff. Mir war klar, dass ausgerechnet seine eigentlich beruhigenden Worte, seine angenehme Art und seine Offenheit schuld daran waren, dass mich der Verfolgungswahn packte.

Mir kann, Gott behüte, alles passieren, wiederholte ich in Gedanken einen der Leitsätze meiner Mutter, die mich stets ermahnt hatte, das ja nicht zu vergessen und bloß auf mich aufzupassen.

Im Foyer der Universität erwartete uns bereits ein gut aussehender Professor in einem gelben Blazer und roten Sportschuhen, der sich als »Marino« vorstellte und uns begeistert die Hand drückte. Er war bezaubernd.

Wir betraten eine voll besetzte Aula. Nachdem wir auf dem Podium Platz genommen hatten, wandte sich Marino mit der Bitte an mich, zu Beginn etwas von mir zu erzählen.

»Ich wurde im Israel der fünfziger Jahre geboren«, fing ich meine übliche Rede an. »Ich bin die einzige Tochter von Holocaust-Überlebenden, meinen Vater habe ich nicht kennengelernt, er war tuberkulosekrank und starb, als ich ein Kind war. Meine Mutter zog mich allein auf, in einem Viertel, dessen Bewohner alle Überlebende des Holocaust waren, Menschen, denen es schwerfiel, sich zurechtzufinden in dem neuen Land. Alles war ihnen fremd: die Sprache, die Gebräuche, das israelische Klima. Sie versuchten, sich in den Nahen Osten einzufügen, hörten aber nicht auf, von ihrem Vorkriegseuropa zu träumen. Und wir waren Kinder, wir wollten das neue Leben, wir wollten uns von ihnen und ihrem Europa unterscheiden, wir wollten zu dem neuen Land gehören.

Als Jugendliche träumte ich davon, so israelisch wie möglich zu sein und Offizierin bei der Armee zu werden. Aber jedes Mal, wenn ich nach Hause kam, traf ich auf den Geschmack, die Sprache und die Sehnsucht nach dem Europa, das meine Mutter verloren hatte.«

Aus irgendwelchen Gründen kamen diese Worte schwer und zäh aus meinem Mund. Ich machte eine Pause, ließ den Blick zum Fenster wandern, und sah, dass sich der Himmel verdunkelt hatte. Heftiger Hagel ging auf die Straßen nieder. Mit einem Mal war da dieser Schmerz, ein Stechen in meinem Innern, und wie meine Mutter wünschte ich mir nichts sehnlicher, als dass weißer, weicher Schnee fiele.

»Mama, warum stehst du am Fenster?«

Sie schweigt.

Ich lasse nicht locker. »Auf wen wartest du?«

»Auf den Schnee«, antwortet sie.

»Warum?«, beharre ich.

»Weil dort mein Zuhause ist.«

»Im Schnee?«

»Ja«, sagt sie, »ja, im Schnee.«

Plötzlich hatte ich das Gefühl, ihrer Landschaft zu begegnen, ihre Sehnsüchte nachzuempfinden. Ich stellte mir vor, meine Mutter wäre noch immer hier. Schließlich befanden sich Österreich, Deutschland und Polen – die Länder ihrer Kindheit – auf der anderen Seite der Alpen, gar nicht so weit von hier, und für den Bruchteil einer Sekunde lebte ich ihr Leben auf europäischer Erde, zusammen mit der ganzen Familie, die ich eigentlich hätte haben sollen.

»Obwohl Israel mein Zuhause ist, kommt mir plötzlich der Gedanke, dass ich nur wegen jenes Kriegs Israelin bin.«

Ich ließ die Studenten an meinen Gedanken teilhaben, doch blieb mir keine Zeit, mich über das zu wundern, was ich gesagt hatte, denn nun war Nadim an der Reihe.

»Ich bin der Sohn einer Familie, die ihr Schicksal mit Jerusalem verbunden hat. Schon als Kind hörte ich vom Vater meines Großvaters, der unter den Türken in Jerusalem gelebt hatte. Sein Sohn Mustafa, mein Großvater, lebte unter britischem Mandat in Jerusalem und hoffte, mit dem Ende des Mandats einen eigenen Staat zu bekommen. Doch zu seinem Unglück brach der Zweite Weltkrieg aus. Danach sprach die Welt unser Land den Juden zu, und wir wurden Untertanen des jordanischen Königs. Schon als Kind begriff ich, dass der palästinensische Traum ausgeträumt war. Ich begriff, dass die Gründung eines jüdischen Staates eine Katastrophe für uns war. Ihr Land zwang meine Familie, unter der Herrschaft des jordanischen Königs zu leben.« Er schaute mich an, ich blickte zum Fenster, in das gleißende Licht.

»Nach dem Krieg von 1967 änderte sich unser Status erneut«, hörte ich ihn sagen. »Nach jenem Krieg wurden wir unter das Joch der israelischen Besatzung gezwungen.«

Nach dem Ende seiner Ansprache erwartete ich anklagende und provozierende Fragen, aber der erste Student, der sich meldete, bedachte mich mit einem entschuldigenden Blick und sagte: »Mir ist plötzlich klar geworden, dass auch wir mitschuldig sind.« Man sah ihm an, wie betroffen ihn diese Erkenntnis machte. »Unsere Eltern waren es, die Ihre Eltern aus Europa vertrieben haben, und danach begann seine Geschichte.« Er warf auch Nadim einen freundlichen Blick zu.

Nadim lächelte mich an. »Also sind *sie* schuld.«

Ich lächelte zurück, schließlich war ich daran gewöhnt, allein die Schuld zu tragen.

Dann ging es los. Die Studenten stellten Fragen nach der politischen Führung und nach dem Frieden. Manche versuchten, Fangfragen zu stellen und Schuldige zu finden. Das war der vertraute Streit darum, wer im Recht war, wer gut und wer böse, wer schuldig und wer unschuldig.

Ich ergriff die Initiative. »Nadim hat recht, aber ich auch, das müssen Sie verstehen«, begann ich. »Mir ist bewusst, dass er zur Zeit mehr leidet als ich, aber auch ich will schließlich leben. Wir beide sind Opfer einer Situation, an der wir nicht schuld sind, einer Situation, die wir nicht selbst herbeigeführt haben, und die uns das Leben schwer macht.«

Nadim traute seinen Ohren nicht, er unterbrach mich. »Sie sind ein Opfer?« Er schaute mich fassungslos an, sein Gesicht nahm einen empörten Ausdruck an.

Eine Studentin nutzte diesen Moment zu einer Frage. »Sagen Sie, hassen Sie einander eigentlich?«

»Noch nicht«, antwortete ich schnell.

»Es hat sich noch nicht ergeben«, präzisierte Nadim.

»Ist es möglich, dass Sie sich in Israel treffen?«

»Nein«, antworteten wir beide gleichzeitig.

»Aber vielleicht werden wir eines Tages gemeinsam mit dem Autobus Linie 18 in die Luft gesprengt«, fügte Nadim hinzu.

»An ein solches Happy End habe ich noch gar nicht gedacht.«

Wir ernteten freundlichen Beifall.

Als wir den Raum verließen, wahrten wir einen gewissen Abstand voneinander.

»Es scheint, als könnten wir eine Reihe gemeinsamer Auftritte starten«, bemerkte ich mit einem bitteren Lächeln.

Nadim versuchte noch nicht einmal zu lächeln, als er sagte, er habe Angst, wir könnten das Publikum begeistern und wären dann gezwungen, mehr als hundertachtzig Tage im Jahr durch Europa zu ziehen. Dann könne er nie mehr nach Hause zurückkehren und müsse in Italien bleiben.

»Was ist schlecht an Italien?«, fragte ich, als wir die Straße überquerten und an einer Pizzeria vorbeigingen, aus der der verlockende Duft von Oregano kam.

»Leider besitze ich kein Talent zum Emigranten, nur bei euch ist die Diaspora genetisch bedingt. Sie haben bei der Veranstaltung selbst gesagt, sie kämen ein bisschen aus Europa, für Sie wäre es kein Problem, dorthin zurückzukehren.« Seine Antwort auf meine Frage war ernst gemeint.

Ich dachte an Nassers Versprechen in den sechziger Jahren: »Wir treiben sie alle ins Meer, wir werden alle Juden ertränken.«

Und ich hörte die Stimmen hinter dem Beifall: *»Dschihad! Allahu akbar!«*

Das Taxi wartete auf der anderen Straßenseite auf uns. Der italienische Fahrer forderte uns auf, einzusteigen, und beeilte sich, uns zu unserem nächsten Termin zu bringen. Wir saßen auf dem Rücksitz, jeder nahe an seiner Tür.

Ich betrachtete durch das Fenster das lebhafte Treiben auf den Straßen Roms und führte in Gedanken Selbstgespräche.

Was denkt er sich eigentlich? Glaubt er etwa, dass mich irgendjemand hier zurückhaben will? Dass mir jemand einen europäischen Pass anbietet, weil meine Eltern von hier gekommen sind? Ich sah zu Nadim hinüber und dachte, wie viele Grenzen es doch zwischen uns gab.

»Denken Sie wirklich, ich hätte das Talent zur Emigrantin?«, fragte ich.

»Jedenfalls mehr als ich«, kam seine scharfe, klare Antwort. »Schauen Sie sich an, Sie sind blond und hochgewachsen, Sie passen zu Europa. Und ich? Mir sieht man doch an, dass ich nach Jerusalem gehöre.«

»Wie schön es hier ist«, sagte er nach einem langen, bedrückenden Schweigen und erstickte den Brand in meinem Inneren.

Ich stimmte ihm zu, es war ein besonders schöner Tag, einer jener Wintertage, an denen das Licht und die klare Luft eine besänftigende Wirkung ausübten.

»Janan tricha«, stieß er einen Fluch aus, den ich nicht kannte, und fügte bedauernd hinzu: »Die Kamera, wie konnte ich nur die Kamera vergessen?« Er war wütend auf sich. »Es heißt, die Palästinenser vermasseln immer alles«, sagte er und brachte sogar ein Lächeln zustande.

*

Eine Stunde später saßen wir im Studio eines Radiosenders, neben einem Moderator, dessen große Augen hinter einer John-Lennon-Brille begeistert hin und her flitzten.

»Es ist mir eine große Freude, Sie zu interviewen«, sagte er und weckte damit Befürchtungen in mir.

Ein Jude kann sich auf seine Phobien verlassen, und tatsächlich setzte unser Gastgeber nach einer kurzen Begrüßung zu einem langen Geschwätz an.

Er sprach von Fundamentalisten und schaute dabei Nadim an. Er sprach von Imperialisten und schaute dabei mich an. Man habe die Nase voll von den Siedlern, sagte er und warf mir einen vorwurfsvollen Blick zu.

Ich hätte gern gesagt, dass auch ich die Nase voll von ihnen hatte, aber man spricht vor Fremden nicht alles aus, man wäscht keine schmutzige Wäsche in der Öffentlichkeit.

»Wir haben auch die Nase voll von Ihren Terroristen«, sagte er. Er musterte Nadim mit einem herrischen Blick und fragte: »Was soll denn das heißen, siebzig Jungfrauen?«

Ich hätte mich gern auf das Mikrofon gestürzt, um auf die Terroristen und ihre Führer einzudreschen, aber ich hörte Nadims schweres Atmen und sah seine geschlossenen Augen.

Ich war befangen. Nadims Anwesenheit verunsicherte mich.

Mit Feinden kann man sich nicht anfreunden, dachte ich, nicht mal, wenn man es möchte, und vielleicht lohnt es sich auch nicht.

»Die Welt verzweifelt an all den Kriegen, besonders an den Kriegen im Nahen Osten«, hörte ich den Moderator über unseren Kopf hinweg zu seinen Hörern sagen. Man müsse begreifen, dass heute im Nahen Osten zwei rückständige Völker lebten, die Unruhe in die Welt brächten, die den fundamentalistischen Islam hervorriefen und die Kolonialzeit zurückholten. Er warf mir einen anschuldigenden Blick zu und behauptete, wir wären die letzte Besatzungsmacht. Wieder schenkte er Nadim diesen herrischen Blick und erklärte, sein Volk habe die Vorteile der Demokratie noch nicht erkannt.

»Wir sind die Kriege leid«, schloss er sein hochmütiges Interview, das er nur mit sich selbst geführt hatte. Als im Hintergrund italienische Popmusik erklang, empfahl er seinen Hörern, der Sendung treu zu bleiben und kündigte ihnen an, dass sein nächster Gast ein Porno-Sternchen sei.

»Ich verstehe«, sagte ich »wir waren die Vorguppe, wir sollten die Stimmung anheizen.«

Nadim lachte in sich hinein. »Jeder sollte wissen, wo sein Platz ist.«

Diesmal lächelten wir, als wir das Gebäude verließen.

*

»Flugzeuge haben eine Schule in Gaza bombardiert, die Armee untersucht die Umstände …« Abends, im Speisesaal, traf mich die Stimme des Nachrichtensprechers hart.

»Kann man das Gerät etwas leiser stellen?«, bat ich den Kellner.

»Woher sind Sie?«, wollte er wissen.

»Aus Jerusalem«, antwortete Nadim.

»Oh, Jerusalem«, sagte der Kellner erregt. »Diesen Ort liebe ich mehr als alles auf der Welt.« Und nachdem er den Ton abgeschaltet hatte und nur noch Bilder zu sehen waren, fügte er hinzu: »Schade, dass Sie sich dort bekämpfen.«

»Oh, Jerusalem«, hatte ich zu meiner Freundin Dafna gesagt, als sie an der Medizinischen Fakultät angenommen worden war. »Ein Traum ist wahr geworden«, sagte sie, während ich ihr half, ihre Sachen zu packen, bevor sie von Tel Aviv in ihr neues Leben in der Hauptstadt aufbrach.

»Ich glaube, Sie sollten alle zum Christentum übertreten«, verkündete der Kellner, als er uns die Speisekarten reichte. Nadim und ich wechselten einen schnellen Blick. »Schließlich war Jesus Jude, und es gibt nur einen Gott.« Ihm war der Stolz auf die großartige Lösung anzusehen, die er für die Probleme des Nahen Ostens gefunden hatte.

»Die Idee ist nicht schlecht, aber er ist Muslim«, sagte ich zu dem Kellner, dessen Vorschlag mich aus den Gedanken an Dafna gerissen hatte.

Er ließ sich nicht beirren. »Egal, wer oder was, wenn alle Christen werden. Der Papst wird unser Vater sein, und Jesus wird uns retten, und keiner wird mehr den anderen umbringen.« Er freute sich, seine Vision vom Jüngsten Tag mit uns zu teilen.

Ich sah, dass Nadim sich kaum beherrschen konnte, sein Bauch zitterte vor unterdrücktem Lachen.

»Das wäre wirklich eine hervorragende Lösung«, sagte ich höflich. Dann wandte ich mich an Nadim. »Für Dani und mich wäre es ein Problem, weil wir keinen Gott haben, aber würden Sie, Laila und Sie, zustimmen?«

»Ich wäre einverstanden«, antwortete Nadim. »Fangen wir an mit der Revolution, schließlich hat Maria gesagt, von hier werde die Botschaft ausgehen.« Jetzt brach sich das Lachen Bahn, er brachte gerade noch den Satz heraus. Der eifrige Kellner fuhr fort, uns überzeugen zu wollen, er erklärte, wir müssten uns dazu nur taufen lassen. Er breitete seine Lehre vor uns aus, und wir lachten, bis uns die Tränen kamen, bis Maria zu uns trat, sein Geplapper unterbrach und sagte, sie benötige unsere Pässe.

»Was?«, fragte Nadim. Er sah erschrocken aus.

Maria erklärte, wir würden aus Sicherheitsgründen darum gebeten, unsere Pässe im Hotelsafe aufzubewahren.

Ich reichte ihr meinen Pass. Nadim jedoch erstarrte, reglos saß er da. Dann sagte er, er könne nur eine Kopie im Safe hinterlegen, das Originaldokument müsse er behalten.

Maria erklärte, es handle sich um Sicherheitsanweisungen, die für alle gälten.

Nadim hob sein Hemd und zeigte uns, dass das Dokument an seinem Körper befestigt war. Er hatte es sich mit Isolierband auf die Haut geklebt.

»Ein Sprengstoffgürtel …«, versuchte ich, mein Erstaunen zu überspielen.

»So etwas ähnliches«, murmelte er.

»Was ist das?«, fragte Maria verblüfft.

»Das ist ein Passierschein, den mir der Staat Israel zugestanden hat, und obwohl er nicht das große Los ist, darf ich ihn nicht verlieren.« Er erklärte Maria und mir, dass er im Fall eines Verlusts oder eines Diebstahls als *stateless* gelte und dann vom Staat Israel nach Jordanien geschickt werde. »Jordanien wird mich nach Israel zurückschicken und ich werde bestenfalls einen palästinensischen Pass bekommen und mein Haus in Jerusalem nur noch von den Höhen Schomrons aus sehen. Ich gehe kein Risiko ein. Von diesem Ausweis werde ich mich nicht trennen. Sie können eine Kopie davon machen, aber das Original bleibt bei mir.«

Maria und Nadim gingen zusammen zum Büro, um diese Angelegenheit zu regeln.

Ich blieb bestürzt sitzen.

»Was ist das für eine Geschichte?«, fragte ich, als er zurückkam.

Er hielt mir den Passierschein hin. »Das ist die Geschichte.«

Name: Nadim Abu Heni.
Nationalität: Araber
Religion: Muslim
Staatsangehörigkeit: Jordanisch.
Dieser Ausweis wurde vom Innenministerium des Staates Israel ausgestellt.

»Also, wer sind Sie?«, fragte ich.

»Das frage ich mich auch«, antwortete er, und auf seinem Gesicht erschien wieder sein Lächeln, das mich noch mehr verwirrte.

Ich erinnerte mich an den Tag, als ich mit meinem ersten Personalausweis nach Hause kam. Meine Mutter saß in der Küche und hörte Radio. Ich legte das Dokument wie beiläufig auf den Tisch. Sie stand auf, nahm es in Augenschein und verlangte, ich solle es in meine Tasche stecken.

»Setz dich«, befahl sie mir und zog ihren eigenen, in einem Etui neben einem weiteren, rosafarbenen, Dokument steckenden Personalausweis aus der Tasche. »Das ist der Ausweis, den ich nach dem Krieg bekommen habe«, sagte sie, »und jetzt hör mir gut zu.« Ich begriff, dass sie etwas über sich selbst sagen würde und erschrak. Ich wollte, dass sie wieder Radio hörte, ich wollte, dass sie wieder schwieg. Sechzehn Jahre lang hatte sie geschwiegen, warum wollte sie jetzt über Vergangenes sprechen? Ich floh in mein Zimmer und warf die Tür hinter mir zu. Sie stand noch lange hinter der Tür. Sie redete, aber ich hielt mir die Ohren zu.

Nadim befestigte den Ausweis wieder an seinem Körper, zwischen Brust und Hüfte.

»Auf der linken Seite, nahe dem Herzen«, sagte er und versuchte zu lächeln.

Ich schaute ihn hilflos an.

»Was ist passiert?«, fragte Nadim, als er sah, dass ich den Tränen nahe war. Er könne mit allen möglichen Tabletten dienen, sagte er. Ich versuchte zu lächeln, aber die Tränen waren da.

»Palästinenser sind an Tränen gewöhnt«, sagte er.

»Ehrlich gesagt, wir auch«, entgegnete ich und bat ihn um Verständnis, dass ich mich zurückziehen wollte.

Ich ging in mein Zimmer, warf mich auf's Bett und schloss die Augen.

»Es tut mir leid,«, hatte die Schwester im Krankenhaus gesagt, als sie mir die Handtasche meiner Mutter aushändigte. In der Tasche befanden sich ihre Perlenkette, ihr Ehering, die Hausschlüssel und drei Ausweise: ein Mitgliedsausweis vom »Bund des Friedens«, – dieser Bund hatte bereits während der Mandatszeit versucht, einen Weg zu finden, um das gemeinsame Leben von Juden und Arabern in *Erez Jisrael* zu ermöglichen – und zwei Personalausweise, der blaue israelische und ein rosafarbener.

An jenem Tag betrachtete ich den rosafarbenen Ausweis zum ersten Mal.

Name: Helena Hochdorf
Volkszugehörigkeit: Jüdisch
Staatsangehörigkeit: staatenlos.
Ausstellende Behörde: UNRRA, United Nations Relief and Rehabilitation Administration.

Ich hätte ihr gern gesagt, dass ich jetzt verstand, was sie mir damals hatte sagen wollen, und ich hätte ihr gern versprochen, dass ich immer auf meinen Ausweis achtgeben würde. Aber die Schwester sagte, meine Mutter sei schon ohne Bewusstsein. Ich hatte die Gelegenheit verpasst. Hätte ich ihr zugehört, als sie damals vor meinem Zimmer stand, könnte ich vielleicht heute, wenn ich das Wort »Mutter« hörte, eine ebenso große Sehnsucht empfinden wie Nadim.

Das Telefon in meinem Hotelzimmer klingelte.

Dani, dachte ich und nahm den Hörer ab.

»Ich wollte nur wissen, ob es dir gut geht«, sagte eine männliche Stimme auf Englisch, mit arabischem Akzent, und dann erst: »Ich bin's, Nadim. Ich möchte nur wissen, ob alles in Ordnung ist.«

Es kostete mich meine ganze Kraft, die Tränen zurückzuhalten. Ich bedankte mich und sagte, mir gehe es wirklich gut.

Ein paar Minuten später klingelte das Telefon erneut.

»Wie könnte ich dich in einem solchen Zustand allein lassen?«, fragte er.

Ich war gerührt, meine Stimme versagte.

»Warum solltest du traurig und allein sein?«, fragte er beim dritten Anruf. »Vielleicht möchtest du, dass ich zu dir komme?«

»Nein, danke«, sagte ich erschrocken.

Vor Mitternacht, allein in meinem Hotelzimmer, vernahm ich Schritte im Flur. Ich hörte auf zu weinen und hatte nur noch Angst. Er kommt, um mich umzubringen, er wird mir ein Messer ins Herz stoßen, vielleicht wird er mich vergewaltigen ... Ich stürzte in den Karneval meiner Alpträume. Und schließlich erhob ich mich zum Verteidigungskampf.

Ich zerrte den Tisch vor die Tür, stellte einen Stuhl darauf. Ich beschwerte diesen mit meinem Koffer. Ich befestigte das Zimmer, baute mir einen Schutzwall. Ich entdeckte in mir die Kräfte Samsons.

Ein Glück, dass Dani mich nicht so sieht, schoss es mir durch den Kopf, er hätte das für eine sehr seltsame Methode gehalten, Frieden zu schaffen.

Erschöpft ging ich schließlich zu Bett, aber mein Körper war in höchster Anspannung, meine Ohren weit offen.

Cinecittà, das Wort, das Nadim beim Abendessen mehrmals gesagt hatte, beunruhigte mich.

Cinecittà, bestimmt war das eine Chiffre, ein geheimer Code.

Ich sprang aus dem Bett und suchte im Internet.

»*Cinecittà*«, las ich, »*ist die große Filmstadt in Rom, gegründet 1937 von Mussolini. Im Zweiten Weltkrieg errichteten die Deutschen dort ein Kriegsgefangenenlager. Nach dem Krieg wurde Cinecittà von der Amerikanischen Militärverwaltung in ein Flüchtlingslager verwandelt. In den fünfziger Jahren wurde der Ort wieder zu einem Zentrum der italienischen Filmindustrie. Etwa dreitausend Filme entstanden während der fünfziger und sechziger Jahre dort. Fellini drehte die meisten seiner Filme in Cinecittà, wie Pasolini, Visconti, Rosselini, Vittorio de Sica …*«

Der Paranoide glaubt, man könne ihn in einem Löffel Wasser ersäufen, pflegte meine Mutter zu sagen. Wie konnte man Frieden mit Angsthasen machen? Ein Migräneanfall packte mich. Ich nahm eine Kopfschmerztablette. Erst gegen Morgen schlief ich ein.

*

Ich hörte den Wecker nicht, stand zu spät auf und lief ins Badezimmer. Vor dem Spiegel machte ich mich für den neuen Tag zurecht, verwischte die Spuren der vergangenen Nacht. Die Empfangsdame, an der ich auf dem Weg in den Speisesaal vorbeikam, teilte mir mit, mein Freund habe bis morgens um vier in der Lobby auf mich gewartet.

Ich verkniff mir die Antwort, dass er nicht mein Freund sei.

Von weitem sah ich den potentiellen Terroristen, er winkte mir, ein Sandwich, das er für mich vorbereitet hatte, in der Hand, und sagte, es sei schon spät, wir müssten gleich los, zum nächsten Termin.

Vielleicht war er doch ein Freund? Ich lächelte ihn an.

Im Taxi verschlang ich das Sandwich.

Meinetwegen und wegen des Verkehrschaos' kamen wir mit einer kleinen Verspätung zu der Veranstaltung. »Das Publikum wartet schon darauf, eure Geschichten zu hören«, erklärte Maria, die dieses Gespräch moderieren würde.

»Geschichten worüber?«, fragte ich, als ich mich hinter das Mikrofon setzte.

»Krieg, Soldaten, Kämpfe«, schlug jemand aus dem Publikum begeistert vor.

»Für sie ist Krieg eine Geschichte«, sagte Nadim.

Im Saal wurde gelacht.

Dann, mit dem Mikrofon in der Hand, geriet ich durcheinander. Plötzlich wusste ich nicht, was ich erzählen sollte. Für mich bedeutete Krieg immer Schmulik, meine Jugendliebe, Schmulik, der sich am Vorabend von Jom Kippur mit einem Lächeln von mir verabschiedet hatte, das bedeutete: Ich werde siegen und sehr bald zurückkommen. Der, den ich ziehen ließ. Nicht mal ein Grab blieb mir von ihm. Nachdem er im Oktober '73 gefallen war, am Ende der Kämpfe, war ich auf die Straße gegangen, um laut für den Frieden einzutreten.

Ich dachte wieder an jenen Moment, an dem die Stille des Jom Kippur unterbrochen worden war.

Schmulik und ich standen vor der Tür der Synagoge.

Ich betrachtete ihn und überlegte. Er war der einzige Sohn seiner Eltern, er müsste nicht an die Front, wenn er darum bitten würde, in der Etappe zu bleiben. Aber ich sah das Blitzen in seinen Augen, ich sah, dass er kämpfen wollte, und statt auf ihn einzureden, ihn zu bitten, hierzubleiben, umarmte ich ihn nur, ich umarmte ihn und schwieg.

Oder sollte ich von Dafna erzählen? Ein plötzlicher Gedanke, aber ich schwieg.

Gemurmel im Publikum, und Nadims Hand, die sich einen

Moment lang auf meine Schulter legte, brachten mich in die Gegenwart zurück.

Dann fing ich an, von meiner Familie zu erzählen. »Wir sind eine typische israelische Familie, vielleicht ein bisschen ängstlicher als der Durchschnitt. Ich habe einen Mann und zwei Kinder«, sagte ich, »und in meiner Wohnung gibt es, wie in jeder israelischen Wohnung, einen besonderen Schutzraum, ein Zimmer mit bombensicheren Wänden gegen die Raketen.«

Ich sagte, ich liebte dieses Zimmer, denn darin seien Gasmasken, Taschenlampen für den Fall, dass die elektrische Versorgung getroffen würde, Wasserflaschen und ein Erste-Hilfe-Koffer. Meine Kinder, die in der Zeit der Intifada aufwuchsen, seien nur mit dem Taxi in die Schule gefahren, denn Autobusse wurden in die Luft gesprengt. Filme hätten sie nur zu Hause gesehen, auf Video, denn der nächste Terrorist hätte in ein Kino eindringen können. Pizza werde bei uns ins Haus geliefert, weil sie auch Restaurants in die Luft sprengten. Ich sprach davon, dass ich meine Kinder gezwungen hatte, Arabisch zu lernen, nicht nur, um Kontakte zu knüpfen, sondern auch, damit sie den Feind verstehen könnten. Meine Mutter habe mir erzählt, sie habe sich nur retten können, weil sie die Sprache des Feindes verstand. Und ich sei in ihrer Welt der Ängste aufgewachsen.

Auf einmal ertappte ich mich bei dem Gedanken: Was rede ich da für einen Blödsinn. Ich war wütend auf mich selbst, weil ich von meinem Leiden erzählte, weil ich ihr Verständnis dafür wollte, dass auch ich litt, dass diese Geschichte nicht nur Nadim betraf.

Erinnerungen stiegen in mir auf. »Dafna, ich sehe alles verschwommen«, hatte ich geklagt.

Sie schob nicht gern etwas auf die lange Bank. »Komm, treffen wir uns morgen zum Frühstück im Café, und anschließend gehen wir in die Praxis und ich untersuche dich.«

Plötzlich bemerkte ich, dass ich vor Publikum saß und schwieg. Aller Augen waren auf mich gerichtet. Ich war verwirrt, wusste nicht, wie ich ihnen klar machen sollte, dass ich in meinen Ängsten und in meinem Zorn gefangen war.

Wieder war es Nadim, der begriff, was mit mir geschah. Er nahm die Flasche und goss mir ein Glas Wasser ein.

Ich wandte mich ans Publikum, aber vor allem an Nadim. Ich wollte, dass er meine Situation verstand, unsere Situation. »Vor fünf Jahren, auf dem Höhepunkt der zweiten Intifada, feierte mein Sohn seinen zwölften Geburtstag.«

Ich stellte fest, dass er zuhörte, und meine Stimme wurde fester. »Er wollte ins Kino, essen gehen und an den Strand. Zu Ehren des festlichen Ereignisses nahm ich meinen Mut zusammen und wir zogen los. Erst gingen wir ins Kino. Wir saßen neben dem Ausgang, möglichst weit entfernt von einem Terroristen, der sich mitten im Saal in die Luft sprengen würde. Am liebsten hätten wir in der letzten Reihe gesessen, damit uns niemand ein Messer in den Rücken stoßen konnte, und nahe am Gang, um notfalls zu fliehen. Als wir uns setzten, fiel mir auf, dass die beiden jungen Männer, die hinter uns saßen, arabisch sprachen. Mit einem schnellen Blick nahm ich wahr, dass einer von ihnen eine große Tasche hatte, viel zu groß für meinen Geschmack. Ich befand mich in meinem eigenen Film, stellte mir vor, wie unsere Glieder in alle Richtungen flogen. Ich erinnerte mich, dass der Effekt von Sprengladungen in geschlossenen Räumen um ein vielfaches stärker war als unter freiem Himmel. Ich verkündete meinem geliebten Sohn, wir würden kein Risiko eingehen. Wir verließen den Saal bereits während der Werbung.

Und nun das Restaurant, tröstete ich ihn. Er war enttäuscht.

Wir suchten eine beliebte Tel Aviver Pizzeria auf, und während wir ausdiskutierten, welche Pizza besser sei, eine Pizza Margherita oder eine Pizza mit Pilzen, hörten wir in den Nachrichten von einer Explosion in einer Pizzeria in Jerusalem. ›Wir nehmen beide, eine Margherita und eine mit Pilzen‹, beschloss ich, ›und dann entscheiden wir unterwegs.‹

Wir bezahlten für die beiden Pizzen und warteten nicht auf das Wechselgeld.

Wir flohen.

Draußen sah ich, dass nicht nur wir uns in Sicherheit gebracht hatten.

Endlich kamen wir zum Strand und suchten uns einen Platz in einer Liegestuhlreihe nahe am Meer. Mein Sohn zog sich schnell aus und rannte zum Wasser. Ich sah, wie er zwischen den Wellen herumsprang, wie er die Arme hob und mir zuwinkte.

Wenigstens ein bisschen Geburtstag, dachte ich und ließ mich in einen Liegestuhl fallen.

›Ich bitte um Aufmerksamkeit, es gibt einen verdächtigen Gegenstand, ich wiederhole, einen verdächtigen Gegenstand‹, verkündete der Bademeister über die Lautsprecher. ›Alle Badegäste werden gebeten, den Strand sofort zu verlassen.‹

Wir flohen auch von dort.

Auf dem Heimweg schlug ich meinem enttäuschten Sohn vor, sich noch etwas zu wünschen. Ich war bereit, alles zu kaufen, was er wollte. ›Ach, Mama‹, sagte er wütend, ›ich wünsche mir ein anderes Land.‹

Das ist es, was ich Ihnen erzählen wollte, die Geschichte eines Geburtstags«, schloss ich, und dann sagte ich, ich würde meinem Sohn gern Italien schenken.

Jemand aus dem Publikum fragte, ob meine Kinder normal seien.

»Von mir aus könnten sie verrückt sein, Hauptsache, sie bleiben am Leben«, antwortete ich.

Alle klatschten Beifall.

Ich betrachtete die aufmerksamen Gesichter der Zuhörer. So ist es also, wenn man einen Alptraum zu einer bühnenreifen Geschichte umformt, dachte ich, und plötzlich wollte ich die Eltern im Publikum fragen, wer von ihnen nachts aufwacht, weil sein Kind, das ausgegangen ist, vielleicht in einer Diskothek in die Luft gesprengt wird. Ich wollte fragen, wer von ihnen Tag um Tag am Radio sitzt, wie ich, und Angst hat, in den Nachrichten von einem Terroristen zu hören, der in die Klasse seiner Tochter eingedrungen ist und sie und die anderen Schüler in die Luft gesprengt hat. Nur Nadim konnte wissen, wovon ich sprach. Ich betrachtete ihn und hätte gern gewusst, was ihm durch den Kopf ging, aber er hielt bereits das Mikrofon in der Hand.

»Vor einem Jahr verhängte die israelische Armee, wie so oft, eine Ausgangssperre über den Stadtteil, in dem ich wohne«, sagte er mit sicherer Stimme und in fließendem Englisch. »Bei dieser Ausgangssperre stand ich wie bei allen vorhergehenden am Fenster meiner Wohnung und beobachtete Nafs, einen geistesschwachen jungen Mann, der schon seit Jahren bei jeder Straßensperre auf der leeren Straße sang und tanzte.

Alle kennen Nafs, die Palästinenser, die Siedler, die israelischen Soldaten, und ich. Ich hatte ihm oft genug zugeschaut und gedacht, es gebe also wenigstens einen, der die Straßensperre feiere. Auch an jenem Tag war Nafs hinausgegangen, um sich auf den stillen Straßen zu vergnügen, doch dann tauchten Reservesoldaten auf, die ihn nicht kannten.

Sie schrien ihn an: ›Stehenbleiben!‹

Er lachte.
›Stehenbleiben!‹
Er rannte.
›Stehenbleiben!‹, schrien sie noch einmal.
Er rannte weiter, sie zielten auf seine Beine.
Er hielt das für ein Spiel, auch als seine Beine blutüberströmt waren, er lachte und sprang, bis er zusammenbrach, und ich stand am Fenster und fotografierte.«

Ich hörte Nadim zu. Seine Stimme war angenehm und ohne Vorwurf. Er beschrieb das Ereignis, wie ein Fotograf aufnimmt, was ihm vor die Linse kommt.

»Am Abend wurde ich gebeten, die Bilder zu einem Menschenrechtsaktivisten in unserem Viertel zu bringen. Ich gab sie ihm, die Untersuchungsakte wurde geschlossen, man fand keine Schuldigen. Man sagte, dies sei ein bedauerlicher Zwischenfall, man behauptete, es habe sich um den Irrtum eines Offiziers gehandelt, der nichts von diesem Jungen gewusst habe.
Aber mich lässt diese Geschichte nicht los, noch heute höre ich die Schüsse und die Schreie, ich sehe wieder und wieder und wieder, was meine Linse gesehen hat, wieder trifft mich der überraschte Blick des jungen Mannes und ich sehe, wie er zu Boden sinkt, in einem Schwall von Blut.«

Maria bat ausgerechnet mich, auf Nadims Worte zu reagieren.
»Das ist nicht einfach«, stotterte ich, »wirklich nicht einfach.« Doch dann fasste ich mich. »Die alltägliche Lage der Palästinenser ist härter als meine. Es stimmt, dass wir sie einschränken, und es stimmt auch, dass sie leiden, aber unsere Besatzung dient nicht dem Ziel, sie zu vernichten. Sie sind es, die gefordert haben, uns zu vernichten. Und ich glaube ihnen, was bleibt mir anderes

übrig? Sie haben schon versucht, uns zu vernichten, ein ums andere Mal.«

Ich hörte Unruhe unter den Zuhörern und wusste, dass sie enttäuscht von mir waren, sie erwarteten Empathie von mir, eine Sympathiebekundung und vielleicht Entschuldigungen.

»In diesem Konflikt kämpfe ich um mein Leben und zugleich habe ich Schuldgefühle, weil Menschen wie Nafs und Nadim dafür bezahlen müssen«, versuchte ich zu erklären.

Aber die Zeit drängte. Die Organisatoren baten, den Saal zu verdunkeln, man wollte einen Film über die Checkpoints zeigen. Auf der Leinwand sah man Kinder auf dem Weg zur Schule, Frauen auf dem Weg zur Arbeit. Sie wurden an einer Straßensperre von bewaffneten Soldaten aufgehalten.

Die Bilder brachten mich ins Schleudern. Wie sollten unsere Zuhörer verstehen, wie kompliziert die Sache war? Wie sollten sie verstehen, wie viel Hass auf unseren Straßen gesät wurde, wie nahe bei uns der Tod war?

Ich wollte ihnen erklären, dass die Zahl der Terroraktionen gesunken war, seit wir die Mauer und den Zaun errichtet hatten und dass bei Straßensperren immer wieder Terroristen gefasst wurden.

Ich sprach mir Mut zu, aber die verzerrten Gesichter der Zuschauer zeigten mir, dass ich von vornherein verloren hatte. Die Bilder würden sich als stärker erweisen, sie würden ihre Aufgabe erfüllen.

Irgendwann hielt ich es nicht mehr aus, ich wandte mich ab und schaute durch das Fenster in eine andere Welt, ich beobachtete die Menschen, die auf der Straße vorbeigingen oder in ihren Autos vorüberfuhren, aus dem Augenwinkel sah ich eine Bäckerei, eine Metzgerei und eine Frau, die auf dem Bürgersteig wartete, um die Straße zu überqueren. Sie schien alle Zeit der Welt zu haben.

Ich schaute aus dem Fenster, bis der Film zu Ende war.

Am Schluss wurde geklatscht, und ich wollte nur eines: fort.

»Ich bin Rachel Luzzati«, sagte eine hochgewachsene mit Schmuck behängte Frau in einem Pelzmantel zu mir. Erstaunt bemerkte ich, dass sie eine Goldkette mit einem Davidstern um den Hals trug. Ich lächelte sie an und dachte, sie sei gekommen, um mir die Hand zu geben, ich dachte, sie würde sagen, wie kompliziert die Lage sei und dass sie verstehe, wie schwer es sei, all diese Dinge zu erklären.

»Ich empfehle dir, zurückzufahren und deiner Regierung zu sagen, sie soll endlich den Krieg in Gaza beenden«, schrie sie, und ihre Augen glühten und schleuderten Blitze. »Was habt ihr dort verloren?«

Trotz meiner Verblüffung gelang es mir, ihr zu antworten: »Komm zu uns, bring uns Frieden, ich habe alle Sympathie der Welt für Zauberer.« Doch meine Antwort gefiel Frau Luzzati nicht, sie ballte die Hand zur Faust. Ich wich zurück, bis ich mit dem Rücken an die Wand stieß. Diejenigen, die noch im Saal geblieben waren, starrten uns an, als würde ihnen gleich ein Gladiatorenkampf geboten. Ausgerechnet eine von uns, schoss es mir durch den Kopf, und dann sah ich, dass es Nadim war, der sie bremste.

»Entschuldigen Sie, meine Dame«, sagte er, »draußen wartet ein Taxi auf uns.« Er zog mich vom Kampfplatz, doch Frau Luzzatis Hand flog schon durch die Luft und schlug ihm die Brille, die er sich in die Haare geschoben hatte, vom Kopf.

Das war sein Tag, Nadim der Gentleman wurde befördert und zum Ritter geschlagen.

»Ihr Palästinenser vergeudet eure Energie«, sagte ich zu meinem Ritter, als ich wieder Luft bekam. »Ihr braucht bloß einen Fuß vor den anderen zu setzen und Kaffee mit Kardamom zu kochen, dann zerstören wir uns schon selbst.«

Nadim lächelte, versprach, diese Botschaft seinem Volk zu überbringen, doch zuvor wolle er einen Optiker aufsuchen und seine Brille reparieren lassen.

Sofort bot ich an, den Schaden zu bezahlen. Nadim lehnte das Angebot ab.

Am Abend beschloss ich, ihn für seine Tapferkeit zu belohnen und ihn zum Essen einzuladen.

»Was geht dir durch den Kopf?« Ich hatte bemerkt, dass er sich unwohl fühlte, er rührte den Risotto nicht an, den er bestellt hatte. Seine Blicke irrten unruhig umher.

Er wich aus. »Es ist etwas Persönliches.«

»Trotzdem«, drängte ich.

»Ich habe Blitze im Kopf«, antwortete er.

»Epilepsie?«, fragte ich.

Er versuchte zu lächeln. »Etwas Ähnliches. Immer wieder überfallen mich Gedanken an den Tod. Ich bin ein Mensch, der sich vor dem Sterben fürchtet.«

»Originell«, sagte ich. Eine andere Antwort auf diesen überraschenden Satz fiel mir nicht ein.

»Du wirst das nicht verstehen«, stellte er fest.

»Was werde ich nicht verstehen?«

»Dass ausgerechnet ihr mich zwingt, zu leben.«

Ich bekam große Augen. »Was soll das heißen?« Ich fürchtete, er sei verwirrt.

»Wenn ich sterbe, verliert Lailas Aufenthaltsgenehmigung ihre Gültigkeit, und sie wird innerhalb von Stunden nach Gaza ausgewiesen, und dann bleiben meine Kinder, die sozusagen Israelis sind, allein in Jerusalem, oder …« Plötzlich wurde er rot. »Lassen wir das, es ist kompliziert.« Er wollte das Gespräch beenden.

… oder auch sie müssen fort, beendete ich in Gedanken den Satz, der nicht laut ausgesprochen wurde. Nadim wollte nicht, dass seine Kinder nach Gaza geschickt wurden, aber vor mir würde er nicht zugeben, dass es ihnen in Jerusalem besser ging.

»Warum hast du eigentlich nichts gegessen?«, fragte ich, als der Kellner den Tisch abgedeckt und den Nachtisch vor uns hin gestellt hatte.

Nadim lächelte, als er eine Tablette aus seinem Medikamenten-Portfolio zog und mir erklärte, er müsse etwas gegen das Sodbrennen unternehmen, das ihn plötzlich angefallen habe.

»Jetzt ist alles gut«, verkündete er, während sich die Tablette in seinem Mund auflöste.

»Ich wünsche dir ein langes Leben«, sagte ich aufrichtig.

»In meiner Situation ist nicht ganz klar, ob das ein Fluch oder ein Segen ist«, erwiderte er lachend, und ich meinte die Stimme meiner Mutter zu hören: Aus dem Leid erlöst uns nur der Tod.

»Wie dem auch sei, jetzt sind wir in Rom«, sagte Nadim, um das Thema zu wechseln. Er wollte über Pizza, Pasta, Tiramisu reden und über den Zauber dieser Stadt.

*

Damals kam es mir nicht in den Sinn, dass ich mich drei Jahre später damit quälen würde, Lailas Geschichte nicht schon bei diesem ersten Gespräch begriffen zu haben.

Ich wusste noch nicht, dass ich es mir übel nehmen würde, dass Pasta und Tiramisu ihren Platz eingenommen hatten und ihr Leid auf später verschoben wurde.

Heute überlege ich frustriert, wieviel Zeit vergeudet wurde.

Das denke ich, obwohl ich weiß, dass Nadim gern in Rom war, an einem Ort, der es ihm erlaubte, zu träumen, und dass er Jerusalem vergessen wollte, sein Zuhause, den Ort, an dem die Realität alle Träume zunichte machte.

Als wir das Lokal verließen, bedankte ich mich bei ihm.

»Wofür?«, fragte er erstaunt.

»Dafür, dass du mich aus den Fängen von Frau Luzzati gerettet hast.«

Er lachte. »Ich danke dir.«

»Wofür?«, wollte ich wissen.

Er lachte wieder. »Dafür, dass du zugehört hast. Normalerweise schießt ihr doch gleich.«

Einmütig erreichten wir das Hotel, Nadims Hand berührte meine Schulter. Als wir die Lobby betraten, sahen wir die anderen Mitglieder der Delegation. Sofort ließ Nadim mich los, als wären wir uns zu nahe gekommen, und jeder verschwand in seinem Zimmer.

*

Für den Abend hatten unsere Gastgeber eine Party organisiert. Als ich in die Lobby kam, sah ich, dass jemand den Fernseher ausgeschaltet hatte. So feiert man, dachte ich, mit Wein, Liedern, Tänzen und ohne Fernseher.

Nur die Italiener tranken, tanzten und sangen. Am Rand der Lobby versammelten sich die Israelis und die Palästinenser in zwei Gruppen, die sich nicht mischten. Ich sah Nadim an der Bar. Er winkte mich zu sich.

Ich setzte mich neben ihn. Von meinem hohen Barhocker aus fiel mein Blick auf Maria, die zwischen den Gästen herumwirbelte und versuchte, Kontakte und Gespräche anzuregen, und wenn das nicht möglich wäre, sollten sie wenigstens zusammen tanzen. Ich spürte, wie sehr sie sich wünschte, dass sich alle amüsierten, dass es ihnen gut gehe, sie tanzte und sang vor allem für uns. Mein Herz flog ihr zu.

»Glaubst du, das ist der Wein?«, fragte Nadim. Natürlich waren ihm Marias Bemühungen, uns mitzureißen, nicht entgangen.

»Warum bist du eigentlich hergekommen?«, fragte ich.

»Weil ich zum Frieden keinesfalls nein sage«, antwortete er.

Und dann stellte er die Gegenfrage: »Und du?«

»Auch ich sage zum Frieden keinesfalls nein«, sagte ich.

Maria kam zu uns. »Ihr seid wunderbar«, lobte sie und meinte, wir seien reif für gemeinsame Bühnenauftritte und uns stehe eine große Zukunft bevor. Sie streckte uns die Hände entgegen und schlug vor, zusammen zur Tanzfläche zu gehen. Doch sie begriff schnell, dass dies nicht das Richtige für uns war.

»Eines Tages werdet ihr etwas gemeinsam unternehmen, ich spüre das«, sagte sie, bevor sie zurück zu den Tanzenden ging.

»Am Schluss wirst du noch ein Buch über mich schreiben«, sagte Nadim, nachdem sie fort war.

Warum nicht, dachte ich, eine Reaktion, die mich selbst erstaunte.

»Und, wirst du es tun?«, fragte er, als hätte er meine Gedanken gelesen.

Ich sah ihn mit anderen Augen, aber ich hatte Angst, etwas zu versprechen, deshalb lächelte ich nur. Schließlich machte ich ihm ein Kompliment und sagte, ich träfe nicht alle Tage Menschen, die gut Geschichten erzählen könnten. Die eine oder andere würde ich ihm bestimmt klauen.

»Was heißt da klauen?«

Ich war gespannt.

»Du bekommst sie umsonst.«

Das Klingeln seines Handys unterbrach unser Gespräch.

Er wurde blass. »Das Viertel meiner Schwester wird bombardiert.«

»Was?« Ich war erschrocken.

»Ich habe dir doch gesagt, dass ich eine Schwester in Gaza habe«, antwortete er ungeduldig. Seine Nasenflügel weiteten sich, Blut stieg ihm in den Kopf, dann stand er auf und verließ die Lobby.

War er charmant oder manipulativ? Ein Freund oder ein Feind? Ein Romantiker oder ein Junge, der in den Arm genommen werden will? Held oder Feigling? War er ein Hypochonder oder gab es Grund zur Sorge? Jedes dieser Attribute traf irgendwie zu, dachte ich.

Was mache ich nun?, fragte ich mich und schaute mich um. Mir war klar, dass ich nicht auf die Tanzfläche passte, ich war alles andere als in geselliger Stimmung.

Ich ging auf mein Zimmer und schaltete den Fernseher ein. Wieder tanzten Kriegsbilder über den Bildschirm. Was würde sich wirklich ändern? Ich dachte an Maria, die sich solche Mühe gab, ich dachte an die Gastgeber, die Organisatoren, die Spender, die ihren Gästen aus dem Kriegsgebiet etwas Gutes tun wollten. Ich dachte an Nadim und überlegte, dass ich seine Geschichten vielleicht aufschreiben sollte. Am Ende dieses Tages hatte die Druckwelle der Bombe, die in Gaza gefallen war, auch Nadim und mich getroffen und auseinander gerissen. Die ganze Nacht lang schaute ich fern und hoffte nur eines: jemand würde das Ende des Krieges verkünden.

*

Am letzten Tag der Konferenz stand ich früher auf als nötig. Im Programm las ich, dass wir an diesem Morgen eine Kirche besuchen würden. Nun, wenn es Krieg gibt, muss auch Gott daran teilnehmen, dachte ich. Ich ging hinunter in die Lobby, wo Nadim schon auf mich wartete. Ich erkundigte mich nach seiner Schwester.

»Es geht ihr so gut, wie es eben möglich ist«, antwortete er mit unbewegtem Gesicht.

»Was heißt das?«, wollte ich wissen.

»Meine Liebe, wir sind in Rom«, antwortete er entschieden.

*

In der Kirche betrachteten wir die gewölbte Decke und die Wände, die mit Fresken bunter Engel bemalt waren. Das Licht war stahlblau und es herrschte schreckliche Kälte. Der Priester war von Dutzenden junger Männer in Schwarz umgeben. Nadim und ich setzten uns in die Reihe der Ehrengäste, um uns herum brannten kleine Kerzen. Wir beide befanden uns in einer fremden Welt.

Eine kühle Stimme hallte zwischen den Wänden und der Decke wider. »Heute sind unter uns Juden, Muslime und Christen, und alle bitten um Frieden …«

Wir schauten uns an. Es war klar, dass wir uns in den kommenden Stunden Reden über Reue und Vergebung würden anhören müssen, über die Größe Gottes und seine Rätsel, über Frieden und Menschenliebe, Reden, deren fromme Wünsche sich in dieser Welt nicht verwirklichen ließen, vor allem nicht in unserer.

»Im Heiligen Land lebten Jesus und Maria …« Wieder einmal hörte ich von der Heiligkeit Nazareths, Bethlehems und Jerusalems. Der Kardinal, der Bischof und andere Würdenträger empfingen mit Freude die angehenden Priester. Wir, so stellte sich heraus, waren Staffage, unsere Anwesenheit erinnerte die jungen Priester daran, dass es in dieser Welt noch Aufgaben gab.

Zwei Stunden später verließen wir halb erfroren die Kirche.

Nadim meinte, dies sei wohl der böse Plan unseres Kellners gewesen, jenes Mannes, der Jerusalem, Jesus und Gott mehr als alles andere liebte.

»Weißt du«, sagte ich, »wenn Gott Jerusalem wirklich geliebt hätte, hätte er es zu Rom gemacht.« Aber Nadim wollte nicht, dass ich so sprach, nicht über Jerusalem und nicht über Gott. »Ich habe auch so schon genug Probleme im Leben«, sagte er.

Ich lachte.

Als der Abschied nahte, schlug er vor, in ein Café zu gehen. Er zog einen Fotoapparat aus seiner Tasche.

»Darf ich?«, fragte er. Nachdem er einige Erinnerungsfotos geschossen hatte, erzählte er, wie er vor vielen Jahren seine erste Liebe nicht weit von diesem Café hier getroffen habe.

»Am Tag meiner Ankunft in Rom saß ich mit ein paar Freunden in einem Café. Sie unterhielten sich, und ich fotografierte sie. Eine junge Frau, die am Nebentisch saß, geriet ins Bild. Ich lachte und sagte zu ihr, nun hätte ich eine Erinnerung an sie.

Bevor sie ging, kam sie zu mir, reichte mir ihre Telefonnummer und ihre Adresse und bat mich, ihr einen Abzug zu schicken.

Ich betrachtete den Zettel und sah, dass sie Mona hieß, wie meine Mutter. Ich war verblüfft. Sie war katholisch, wie du dir wohl denken kannst, katholisch wie unser Kellner.« Nadim lachte. »Stundenlang lauschte sie meinen Geschichten über Jerusalem, und unter diesen Geschichten erblühte unsere Liebe.«

Ich sog jedes Wort auf, fasziniert von seinem Charme, seiner Stimme, der Art, wie er mich ansah und lächelte. Und wieder ging mir der Gedanke durch den Kopf, dass es gar keine schlechte Idee sei, seine Geschichte aufzuschreiben.

Ich wartete auf die Fortsetzung, aber Nadim war verstummt.

»Was ist passiert?«, fragte ich.

»Eines Tages war es zu Ende.« Ihm war anzusehen, dass er keine Lust hatte, näher darauf einzugehen.

Trotzdem fragte ich: »Und warum war es zu Ende?«

»Weil sie, obwohl sie gern Geschichten über Jerusalem hörte, nur in Rom leben wollte.«

»Und?« Ich verstand ihn nicht ganz.

»Die Frau, die mich liebt, muss in Jerusalem leben wollen.«

»Das ist eine interessante Bedingung für eine Liebe«, sagte ich.

Er lächelte, als er antwortete: »Ich bin eben anspruchsvoll«, doch es war deutlich, wie ernst es ihm damit war.

Nach dem Besuch in dem Café wollte ich noch ein bisschen durch die Stadt laufen. Ich wollte Ruhe. Doch Nadim, der Gentleman, wollte mich nicht allein gehen lassen.

Ich gab nach, und gemeinsam schlenderten wir durch schmale, gewundene Gassen, betrachteten Wohnhäuser und Schaufenster und sprachen nicht über Frieden, nicht über Gott und auch nicht mehr über Mona.

Wie heißen deine Kinder?

Und deine?

Und dein Mann?, fragte er zögernd. Was tut er?

Wo habt ihr euch getroffen? Wie habt ihr euch kennen gelernt?

Und Ihr, wo habt ihr euch kennen gelernt?

Wir waren beide vorsichtig.

»Ein Freund hat mir Laila vorgestellt«, erzählte er. »Sie war seine Schwester.«

»Ich habe Dani bei einer Party zum Unabhängigkeitstag getroffen. Eine Freundin machte uns miteinander bekannt, sie war seine Cousine.«

Ich atmete tief ein. Ich sagte nicht, dass es Dafna gewesen war.

Das Gehen empfand ich als angenehm, auch wenn wir nicht über alles sprachen. Froh gestimmt kamen wir zum Hotel zurück.

»Es gibt kein anderes Land unter Besatzung auf der Welt«, rief eine Stimme mit arabischem Akzent an der Theke der Lobby.

»Und es gibt kein anderes Land auf der Welt, das ein anderes Land auslöschen will«, hörte ich die israelische Antwort.

»Ihr habt uns von unseren Ländereien vertrieben«, schrie der Palästinenser.

Nadim und ich standen nebeneinander und beobachteten den Streit.

»Hättet ihr 1947 die Entscheidung der UN-Generalversammlung akzeptiert und nicht versucht, *uns* zu vertreiben, könntet ihr noch immer in euren Dörfern leben!« Die Mitglieder der Delegationen waren in Streit geraten.

»Hier gibt es viele Sachverständige für den Frieden«, zischte Nadim.

»Deshalb gibt es Krieg«, stellte ich fest.

Es verging eine ganze Weile, und erst die SMS, die Nadim erhielt, beendete den Streit schlagartig.

»Meine Damen und Herren, der Krieg ist zu Ende«, verkündete er allen.

*

Am nächsten Morgen traf ich Nadim nicht an, als ich zum Frühstück kam.

Maria meinte, er sei von der Universität, an der er studiert hatte, zu einem Vortrag eingeladen.

Es tat mir leid, dass wir uns nicht verabschieden konnten.

So sind solche Konferenzen, sagte ich mir.

»Ich habe dir schon ein Taxi bestellt, das dich zum Flughafen bringen wird.« Maria gab mir meinen Pass zurück, den sie aus dem Hotelsafe geholt hatte.

Auf dem Weg zum Taxi traf ich ihn dann doch noch, ein freundlicher Mann, ein charmanter Teddybär, alles andere als bedrohlich.

Er lächelte mich an. »Du kehrst also nach Hause zurück …«

Wie hast du ihn für einen Terroristen halten können, warf ich mir zornig vor.

»Man muss etwas tun …«, sagte er und man sah ihm an, dass er verwirrt war.

Der Taxifahrer lud mein Gepäck bereits in den Kofferraum. Ich hatte schon einen Fuß im Taxi, da zog Nadim eine Visitenkarte heraus.

»Cinecittà«, sagte er, als wir uns verabschiedeten.

»Warum eigentlich Cinecittà?«, fragte ich.

Er lächelte nur.

Während der Taxifahrt wirbelten in meinem Kopf die Geschichten und Ereignisse der vergangenen Tage durcheinander. Der schwachsinnige Junge, der durch die leeren Straßen rennt, Laila in Gaza und ihre Kinder in Jerusalem, Bomben auf das Haus von Nadims Schwester in Gaza, eine Krankenschwester, Mutters Perlenkette, ihre Mitgliedskarte vom Friedensbund, der blaue und der rosafarbene Ausweis.

Ich war froh, dass die Konferenz, wie der Krieg, endlich vorbei waren.

Ich wollte nach Hause.

Zwanzig Minuten später erreichten wir den Flughafen.

Ich betrat den Terminal und ging zum Schalter.

Der Koffer, der Mantel, der Schal, die Tasche – ich hatte alles dabei, auch die Perlenkette und das Portemonnaie. Nur mein Pass war verschwunden.

Ich stülpte meine Tasche und die Manteltaschen um.

»Ich habe meinen Pass verloren«, rief ich hysterisch.

Wie war das möglich? Maria hatte ihn mir doch gegeben, unmittelbar bevor ich das Hotel verlassen hatte. Vielleicht war er mir im Taxi aus der Tasche gerutscht? Vielleicht hatte ich ihn eben erst verloren, auf dem Flughafen? Vielleicht war der Taxifahrer ein Kollaborateur, schließlich warnte die Terrorbekämpfung vor Terroristen, die israelische Pässe stahlen. Bestimmt wartete schon eine Attentäterin auf meinen Pass, sie würde in das Flugzeug steigen und sich umbringen. Ich war in einem Film, und in mir brodelte es, ein wahrer Hochofen der Angst …

Ich rief Maria an. »Mein Pass ist verschwunden.« Ich war in Panik.

»Beruhige dich erstmal«, sagte sie und erschien dann, wie versprochen, ziemlich schnell am Flughafen, um mir zu helfen.

»Ich habe unterwegs schon für alles gesorgt«, erklärte sie. »Die Polizei ist benachrichtigt, und euer Konsulat kümmert sich um die Angelegenheit. Sie haben versprochen, dass du bis morgen eine Flugerlaubnis bekommst. Ich habe dich auf den Flug um drei Uhr nachmittags gebucht und dir ein Hotelzimmer nicht weit vom Flughafen reserviert.«

Ich dankte ihr von Herzen.

Die freundliche Maria trank noch einen Kaffee mit mir, und bevor sie ging, schlug sie vor, ich solle zu meiner persönlichen Sicherheit lieber im Hotelzimmer bleiben. »Schließlich hat der Krieg erst gestern aufgehört.«

Ich begriff, dass sich auch in ihrem Kopf ganze Filme abgespielt hatten, bestimmt hatte auch sie Angst, man könnte mich entführen. Es machte mich dankbar, dass meine Paranoia nicht einfach abgetan wurde.

Als sie gegangen war, schloss ich mich in meinem Zimmer ein, schaute mir eine Kochsendung im Fernsehen an und wartete. Gegen Abend kam ein Beamter mit einer Genehmigung von der Botschaft.

Nadims Stimme erklang als Echo in meinem Kopf. »Der Staat Israel wird mich nach Jordanien schicken, Jordanien wird mich nach Israel schicken, und ich, verflucht, werde nie wieder in meine Wohnung in Jerusalem zurückkehren.«

Am folgenden Tag kehrte ich nach Hause zurück.

Bei der Passkontrolle in Tel Aviv prüfte eine missmutige Polizistin meine Dokumente.

»Ach, das ist bitter, nicht wahr?«, sagte sie mit überraschender Empathie. »Gut, dass Sie jetzt wieder zu Hause sind.«

Noch vom Gepäckband aus rief ich Nadim an, es war ein Drang, der sich nicht beherrschen ließ.

»Ich habe an dich gedacht«, sagte ich.

»Was ist los?«, fragte er erschrocken.

Ich beruhigte ihn. »Ich habe meinen Pass verloren.«

»Wie denn das?«

»Keine Ahnung.«

»So etwas kann passieren«, sagte er.

Ich spürte, dass er sich freute, meine Stimme zu hören, aber plötzlich wusste ich nicht mehr, was ich sagen sollte. »Übrigens, morgen lese ich in einer Bibliothek in Mevasseret, nicht weit von Jerusalem«, stotterte ich. »Vielleicht kommst du auf einen Kaffee vorbei?«

Er lachte. »Nur wenn du versprichst, ein Buch über mich zu schreiben.«

»Cinecittà«, sagte ich verlegen. »Dann bis morgen, um sechs in der Bibliothek, am Eingang?«

»Inschalla«, sagte er.

Tel Aviv

Schalom – Ein vorläufiger Titel

Die Uhr zeigte fünf Uhr fünfundfünfzig. Nadim und ich trafen uns am Eingang zur Bibliothek. Wir umarmten uns flüchtig und gingen dann zu einem nahen Café.

»Woran hast du gedacht, als du entdeckt hast, dass dein Pass verschwunden ist?«, fragte er.

»An dich und an das Isolierband, natürlich.« Ich berichtete von Maria, die mir zu Hilfe gekommen war, und von den Stunden des Wartens im Hotel. Die Musik im Café war zu laut, man konnte kaum etwas verstehen. Wir suchten Stille. Wir setzten uns an die Bar. Nadim bestellte für uns beide Kaffee.

Ich fuhr fort zu erzählen, was mir widerfahren war, aber seine Haltung war angespannt und sein Blick unruhig. Seine hin und her flitzenden Augen erinnerten mich an die Zeit der Intifada und daran, wie ich damals die Umgebung immer argwöhnisch beobachtet hatte.

Wir sind nicht in Rom, dachte ich.

Wir warteten eine ganze Weile auf den Kaffee, dann bekam Nadim einen Anruf und entschuldigte sich, er müsse sofort los, einen Vorfall in Isawia fotografieren.

»Die Grenzpolizei zerstört dort ein Haus«, erklärte er und sagte, er würde sich freuen, wenn wir uns weiterhin träfen.

»Dann bei mir, in Tel Aviv«, erwiderte ich ohne zu zögern.

»Ich kann am Mittwoch, zwischen neun und zwei«, antwortete er schnell, als habe er die Einladung erwartet und im Voraus Tag und Uhrzeit festgelegt.

»Wirst du über mich schreiben?«, fragte er mit einem zufriedenen Lächeln und erwähnte, dass Maria ihm, bevor er Rom verließ, versprochen habe, jedes Projekt zu unterstützen, das er plane. Für sie sei es enttäuschend, wenn die Teilnehmer nach Konferenzen einfach verschwänden. Die Idee, er könne zum Protagonisten eines Buches werden, weckte ihre Begeisterung.

»Cinecittà«, sagte er, als sein Handy erneut klingelte.

Ich blieb mit zwei Tassen Kaffee zurück.

»Am Schalter des Flughafens in Rom entdeckte ich, dass ich meinen Pass verloren hatte …«. Ich fing in Gedanken an, das Buch mit den Geschichten über Nadim aus Ost-Jerusalem zu schreiben, und obwohl ich nur einen ersten, unverbindlichen Satz hatte, erfüllte es mich mit Euphorie.

*

Nadim stand vor meiner Wohnungstür in Tel Aviv, und überreichte mir einen Strauß Rosen in Zellophan.

Warum hatte er mir kein Baklava mitgebracht, ging es mir dumpf durch den Kopf, sie bringen immer Baklava mit. Ich stach mich an einem Dorn. Ein vielversprechender Anfang. Ich lächelte ihn an.

Er blickte zum Balkon, der nach Westen ging.

»Dort ist Cinecittà«, sagte ich, um einen Hauch Italien zu schaffen.

Er unterbrach die Peinlichkeit des ersten Besuchs und sagte: »Ich liebe das Meer.«

»Es gibt Araber, die das Meer lieben?« Was für eine unmögliche Bemerkung. Ich beeilte mich, den Rosenstrauß in eine Vase und diese auf den Küchentisch zu stellen.

»Weißt du, dass mein Mann die Augenbrauen hochgezogen

hat, und dass meine Kinder gefragt haben, was so ein Projekt ändern würde? Und meine Freunde haben mich vor dir gewarnt, sie haben gesagt, du wärst gefährlich, sie haben gesagt, du …«, ich berichtete im Ton einer Sportreporterin.

Er reagierte gelassen auf mein Gerede. »Sie haben recht.« Sein Blick fiel auf meinen blutenden Finger. »Ich habe ein Pflaster«, sagte er und zog eine Taschenreiseapotheke heraus. Er hat wohl vergessen, dass auch ich eine Expertin auf diesem Gebiet bin, dachte ich amüsiert.

»Das ist nichts«, sagte ich und klebte das Pflaster, das er mir hinhielt, auf den Kratzer. Dann deckte ich den Tisch für das Frühstück.

Ich verlegte mich auf meine Rolle als Gastgeberin. »Was für einen Kaffee möchtest du?«

»Einen starken Espresso«, bat er.

Die Gegensprechanlage läutete.

»Alles in Ordnung?« Es war der Mann vom Gebäudeschutz.

»Natürlich, warum?«, fragte ich.

»Ich habe das Auto gesehen, das auf Ihrem Gästeparkplatz steht.«.

»Was für ein Auto?« Ich vestand nicht, was er meinte.

»Das mit dem Kennzeichen aus Ost-Jerusalem. Ist er vielleicht ein Istallateur? Bei Kirschners ist ein Rohr verstopft.«

Bei dir auch, zischte ich und knallte den Hörer auf die Halterung der Sprechanlage. Als ich in die Küche zurückging, versuchte ich, meine Zornesröte zu verbergen.

»Möchtest du Milch in den Kaffee?«

»Nein, danke«, antwortete Nadim höflich. »Ich nehme mehr Milch als Kaffee«, erklärte ich, aber dann musste ich feststellen, dass die Milchpackung im Kühlschrank leer war. Ich ging zu unserem Zweitkühlschrank in der Speisekammer, aber auch dort war keine Milch mehr. Ich ging zu dem Kühlschrank im Schutzraum.

»Drei Kühlschränke?« Er war erstaunt.

Ich hatte nicht vor, an diesem Morgen meine Mutter zu erwähnen, ich wollte nicht über Nahrungsvorräte für mögliche Hungerzeiten sprechen. »Für den Notfall«, sagte ich, einfach um ihm eine Erklärung zu geben. Zum Glück fand ich im Kühlschrank im Schutzraum noch eine Milchpackung.

»Für den Notfall?«, wiederholte Nadim und fuhr fort: »Weißt du, seit ich mit Laila verheiratet bin, und das sind immerhin vierzehn Jahre, gehe ich jedes Jahr zum Innenministerium, um eine neue Aufenthaltsgenehmigung für sie zu besorgen. Und jedes Jahr muss ich Dokumente vorlegen, dass sie meine Frau ist. Zu diesem Zweck sammle ich Steuerbelege, Verträge, Impfausweise, Parkscheine und alles mögliche Andere. Jedes Jahr lege ich sie dem Beamten im Innenministerium vor und hoffe, dass er nicht auf die Idee kommt, Laila aus Jerusalem auszuweisen. Als du von Kühlschränken für den Notfall gesprochen hast, ist mir plötzlich klar geworden, dass ich deine Methode vervollkommnet habe.« Auf seinem Gesicht erschien ein amüsierter Ausdruck. »Bei mir zu Hause gibt es einen Schrank, vollgestopft mit Belegen und Unterlagen, und der Kofferraum meines Autos hat sich in ein Archiv verwandelt. Dort bewahre ich alle Kopien auf. Durch dich habe ich begriffen, dass mein ›für den Notfall‹ zugleich stationär und ambulant ist.« Das Lachen lag noch auf seinem Gesicht, aber ich sah auch, wie kurz bei Nadim der Weg von der Heiterkeit zur Depression war.

Ich versuchte, mir eine derartige Sammlung von Rechnungen, Arztrezepten und Parkzetteln vorzustellen. »Alle Achtung, wenn ich alle Unterlagen für jemand anderen sammeln und ordnen müsste, hätte das Innenministerium ihn längst verjagt.«

Ich meinte es anerkennend, aber Nadim schaute mich nur an und schwieg.

»Das hört sich an wie ein Alptraum«, sagte ich. »Was hat Laila eigentlich zu deiner Fahrt nach Tel Aviv gesagt?«

»Sie hat mich dazu ermuntert.«

Eine weitere Frage rutschte mir heraus. »Und deine Freunde?«

Nadim gab keine Antwort.

»Hast du keine Freunde? Was ist, sind sie alle Märtyrer?« Das sollte ein Witz sein, aber Nadim schwieg.

»Zucker?«, fragte ich, um die Situation zu entspannen.

»Drei Stück.«

»Süß wie es die Araber lieben.« Mein Gott, vor lauter Verwirrung rutschte mir eine dumme Bemerkung nach der anderen heraus, und wieder versuchte ich, das Lächeln einer Stewardess in der Business Class zu imitieren.

Ich stellte verschiedene Käsesorten, Salat und Brot auf den Küchentisch.

»Weißt du, dass dies das erste Mal ist, dass ich in der Wohnung von Juden bin?« Mir verschlug es die Sprache. »Als ich vor deiner Tür stand, hatte ich Angst, du würdest nicht aufmachen.«

Ich konzentrierte mich darauf, Butter auf eine Scheibe Brot zu streichen.

»Ehrlich gesagt, man hat mich schon öfter eingeladen, aber im letzten Moment ist immer etwas dazwischen gekommen. Du weißt bestimmt, wie das ist, die Großmutter hat die Shoah überlebt, und ich könnte sie erschrecken, der Bruder ist Siedler, und ich könnte die Stimmung verderben, und jeder hat einen Sohn beim Nachrichtendienst oder wenigstens einen, der zum Nachrichtendienst will, wenn er groß ist, dessen Sicherheitsbeurteilung ich verderben könnte. Ich wundere mich immer noch, dass du bei deiner Einladung geblieben bist.«

Endlich konnte ich ungezwungen lächeln. »Mit mir wirst du es leicht haben. Meine Großmutter ist in der Schoah umgekommen, ich habe keine Brüder, und mein Sohn hat den Dienst beim Nachrichtendienst schon hinter sich.«

»Du hast also keine Ausrede, mich wegzuschicken.« Er lachte, aber ich sah ihm an, dass er noch nicht ganz beruhigt war.

Vielleicht habe ich ihn wirklich in Schwierigkeiten gebracht? Ich denke an meine Freundin Dvora, die Aktivistin, die immer von mir verlangt hat, nicht zu vergessen, wer hier ein Risiko einging. Nach drei Jahren kenne ich ihr Repertoire.

»Er ist bedroht, man verfolgt ihn, mit ziemlicher Sicherheit werden seine Telefongespräche abgehört.«

Dvoras Erklärungen jagen mir regelmäßig einen Schauer über den Rücken.

Wer zum Teufel bedroht ihn, wir etwa? Sie? Vielleicht ist es sogar seine Familie? Oder ist er einfach paranoid?

»Maria hat sich gefreut, als sie hörte, dass wir uns treffen«, berichtete er, als ich meinen Laptop auf den Tisch stellte.

Sie hatte, wie er sagte, erwähnt, dass es für israelisch-palästinensische Kooperationen alle möglichen Institutionen gebe, die behilflich seien, Geld aufzutreiben. »Sie hofft, dass dein Buch die Friedensaktivisten in aller Welt unterstützt, und vielleicht auch jene, die im Nahen Osten leben.« Ich hörte den Zweifel in seiner Stimme. »Aber wir lassen uns darauf ein«, schloss er eifrig.

»Vermutlich habe ich mich in Schwierigkeiten gebracht«, antwortete ich und dachte, dass Maria in ihrer Begeisterung vielleicht den Wagen vor die Pferde gespannt hatte, statt umgekehrt.

Ich spürte, wie ich nervös wurde.

»Was möchtest du, ein Omelett oder einen Pfannkuchen? Rührei oder Spiegelei? Ein Ei oder zwei?«, fragte ich.

»Ein Rührei.«

»Mit Butter oder Olivenöl?«

»Olivenöl.«

»Wie kommt es eigentlich, dass du kein Hebräisch kannst?«, erkundigte ich mich.

»Hebräisch ist die Sprache der Besatzer«, antwortete er.

»Rechnest du etwa mit der Sprache ab?«

»Und warum kannst du kein Arabisch?«

»Ehrlich gesagt, ich habe ein bisschen Arabisch gelernt, aber diese Sprache …«

Er wartete meine gestotterte Antwort nicht ab.

»Diese Sprache passt euch nicht, ihr würdet eher Chinesisch lernen als Arabisch.«

Er wusste, dass ich wusste, was er meinte. Das sagte mir sein Blick.

Über die Küche senkte sich dumpfes Schweigen.

Ich kann Schweigen nur schlecht ertragen, schon seit jeher verwirrt es mich, wenn niemand etwas sagt, und während ich das Rührei briet, kam ich auf die Idee, Nadim ein paar hebräische Worte beizubringen. Ich erklärte ihm das Repertoire für Eier, gekochte, gerührte, gebratene:

»Und wie heißt das auf Arabisch?« Ich wollte Interesse zeigen.

»Bei uns gibt es vor allem *Schakschuka*«, sagte er. »Bestimmt weißt du, was das ist, oder?« Er sah mich interessiert an.

»Natürlich weiß ich das«, sagte ich, ein bisschen stolz.

»Klar, ihr habt uns das Schakschuka gestohlen, genau wie das Land«, fuhr er mich plötzlich an.

Ich begriff, dass er es nicht als Witz meinte.

Alles zwischen uns war aufgeladen – sogar das Schakschuka.

Während des Essens hielt ich den Blick auf den Teller gesenkt. Da waren ein Mann und eine Frau, die im selben Land geboren worden waren, für den einen hieß es Palästina, für die andere Israel, die Hauptstadt des einen war auch die Hauptstadt der anderen – nur nannte er sie El Kuds, und sie Jerusalem. Er sprach nicht Hebräisch und sie nicht Arabisch. Bestimmt dachte auch Nadim in diesem Augenblick, wie weit zwei Menschen im selben Land voneinander entfernt sein konnten, auch wenn nur fünfzig Autominuten sie trennten.

Insgeheim fürchtete ich, wir könnten uns vielleicht nur in Rom treffen, nur dort hätten wir die Chance, die Hindernisse zwischen uns zu überwinden.

Ich klammerte mich an das, was trotzdem möglich war, und sagte mir, wir sitzen beide hier, in meiner Küche. Ich hoffte, wir würden es wenigstens an diesem Vormittag schaffen, ich hoffte, wir könnten Cinecittà festhalten.

Ich war froh, als Nadim das Schweigen brach. »Ehrlich gesagt kann ich kein Hebräisch, weil ich weder Terrorist noch Handwerker bin«, sagte er. »Du weißt bestimmt, dass unsere Gefangenen in euren Gefängnissen Hebräischunterricht bekommen, und die palästinensischen Handwerker lernen eure Sprache, um ihren Lebensunterhalt zu verdienen. Aber mein Vater träumte wie gesagt davon, dass ich das Hotelfach erlerne, und in eurem Gefängnis war ich auch noch nie.« Er lächelte und warf einen Blick auf den Computer. »Nun, zurück zur Arbeit.«

»Was möchtest du denn, dass ich schreibe?«, fragte ich.

Er gab den Ball an mich zurück. »Du bist die Schriftstellerin.«

Ich fühlte mich verloren. »Es ist das erste Mal für mich, dass ich nicht allein vor dem Computer sitze.«

»Du hast gesagt, du liebst Traumata, und auf diesem Gebiet bin ich wirklich prima«, sagte er in dem Versuch, mir behilflich zu sein.

»Sag mir das erste, was dir in den Kopf kommt«, bat ich und legte die Hände auf die Tastatur.

»Ich war vierzehn«, fing er an, »und ich war ein pummeliger Junge.« Er deutete auf seinen Bauch. »Ich war hässlich, voller Pickel und verliebt in meine Cousine Naima.« Er lächelte. »Ausgerechnet an dem Abend, an dem ich beschloss, mein Äußeres zu ändern, am ersten und einzigen Tag meines Lebens, an dem ich mir die Creme ins Gesicht schmierte, die meine Schwester von ihrer Kosmetikerin bekommen hatte, ausgerechnet an jenem Abend kamen deine Freunde in Uniform zu Besuch. Als ich das Klopfen an der Tür hörte, machte ich einen Satz in den Schrank im Schlafzimmer meiner Eltern. Ich hoffte, dass sie, wie immer, meinen Vater suchen würden. Sie würden ihm ein paar Fragen stellen und wieder gehen. Aber der aufmerksame Befehlshabende bemerkte, dass im Schlafzimmer meiner Eltern die Schranktür zitterte. Er entsicherte seine Waffe und legte sie an. Als sie mich aus dem Schrank zogen, wollte er wissen, welchen geheimen Auftrag ich hatte. Ich wurde lange verhört, und irgendwann brach ich zusammen und bekannte, dass alles nur wegen der Liebe war. Zu meinem Glück sah der Offizier ein, dass meine Akne nicht die Sicherheit des Landes gefährdete.«

Er sprach, und ich hörte zu, wie damals in Rom, und ich erkannte, dass seine Geschichten auch in Tel Aviv lebendig wurden.

»Willst du etwas trinken? Oder hast du Lust auf etwas Süßes?«, fragte ich, nun wieder ganz Gastgeberin.

»Noch einen Kaffee«, bat er, »und Schokolade, wenn du welche da hast.«

»Und schreib, dass ich dahinschmelze, wenn ich Schokolade bekomme«, fügte er hinzu, während er genüsslich aß. »Wo waren wir stehengeblieben?«

»Im Schrank«, sagte ich lachend.

Er stimmte ein. »Ich kann dir noch ein Trauma bieten. Ein paar Monate nach diesem aknebedingten Vorfall besuchten wir Jericho. Diesmal war auch Naima dabei, es war Opferfest, und unsere Familien waren gemeinsam losgezogen, um zu feiern. Als wir Jericho am Abend wieder verließen, bekam meine Mutter heftige Bauchschmerzen. Sie krümmte sich und stöhnte.«

Nadim ließ sich von den Worten mitreißen, er wollte erzählen, und ich sah ihm an, dass er mir auch gefallen wollte. Meine Hände lösten sich nicht von der Tastatur.

»Mein Vater fuhr zurück nach Jericho. An der Straßensperre erklärte er dem Soldaten, wir bräuchten dringend einen Arzt, aber der Mann war stur, er bestand darauf, dass wir nach Jerusalem zurückfahren müssten. Mein Vater versuchte ihm klarzumachen, dass es sich um einen Notfall handele. Ich erinnere mich, dass er nicht aufhörte zu reden, er bat, er flehte und schrie, und der Soldat, der ihm den Mund stopfen wollte, hielt meinem Vater die Waffe an die Schläfe. Ich weiß noch, dass ich zu dem Soldaten sagen wollte, er solle meinen Vater in Ruhe lassen und meiner Mutter helfen, aber mein Mund war ausgetrocknet und ich zitterte am ganzen Körper. Schließlich stammelte ich ein paar Worte die nichts nützten: Die Soldaten an der Straßensperre befahlen uns, nach Jerusalem zurückzufahren. Als wir schließlich im Krankenhaus ankamen, stellte sich heraus, dass meine Mutter eine akute Blinddarmentzündung hatte. Glücklicherweise wurde sie nach der Operation wieder gesund, aber Naima entschied sich dafür, allen zu erzählen, ich wäre ein Feigling und hätte vor Angst fast in die Hose gepinkelt. Seit damals kann ich ihr nicht mehr in die Augen schauen, wenn ich sie treffe, so albern das auch ist.« Mit einem halben Lächeln beendete er seine Geschichte.

Er nahm die Brille vom Kopf und brach sich noch ein Stück Schokolade ab. Und während er kaute, hatte ich das Gefühl, er wäre wieder der verletzte Vierzehnjährige. »Noch einen Kaffee?«, fragte ich, denn was kann man in solchen Momenten schon sagen.

»Warst du schon mal in Jericho?«, fragte er plötzlich.

In mir regte sich eine alte Erinnerung. »Ja«, erwiderte ich. »Ich war mal dort, ein paar Tage nach dem Sechs-Tage-Krieg …«

»Dem Krieg von 1967«, unterbrach er mich und erklärte, es falle ihm schwer, den hochmütigen Namen zu ertragen, den wir diesem Krieg gegeben hatten.

Ich akzeptierte seinen Einwand. »Gut, also nach dem Krieg von 1967 war ich mit einem Freund in Jericho. Schmulik war damals schon Offizier, und wir fuhren mit seinem Militärjeep, er, seine Mutter, meine Mutter und ich.« Ich erwähnte mit keinem Wort, dass es, von mir aus gesehen, ein Moment des Ruhms war, auch nicht, dass Schmulik, der Fallschirmjäger, einen Orden für den Kampf um Jericho erhalten hatte, doch ich erzählte, dass dort, mitten in Jericho, ein Junge aus einer der Gassen kam, ein barfüßiger Junge in einer *Galabija*, der uns Zigaretten, Streichhölzer und Kugelschreiber verkaufen wollte, und dass meine Mutter zu ihm hin trat.

»Julek«, murmelte sie, »Julek!« Sie stand da, gebeugt und zitternd, und starrte ihn mit Tränen in den Augen an.

»Aber was heißt das, Ju-lek?«, fragte Nadim.

»Julek ist ein polnisch-jüdischer Name«, antwortete ich, »vermutlich hat meine Mutter sich an jemanden von dort erinnert.« Und dann, nachdem sie ihm alles abgekauft hatte, was er besaß, verlangte sie, nach Hause zurückzufahren. Als wir die Stadt verließen, atmete sie schwer, ihr Blick war in die Ferne gerichtet und sie sprach nur noch Deutsch. Zuhause rief Schmuliks Mutter den Arzt. Sie hatte einen Nervenzusammenbruch.

»Ich war vierzehn«, sagte ich, »und bis zum Ende jener Sommerferien schloss ich mich zu Hause ein. Ich wollte nicht, dass meine Freunde sahen, dass meine Mutter im Bett lag und auf Deutsch brüllte, der Krieg solle endlich aufhören. Ich schämte mich für sie.«

Ich sagte auch, dass ich mich vor allem vor Schmulik schämte und Angst hatte, er würde aufhören, mein Freund zu sein, nachdem er meine Mutter in diesem Zustand gesehen hatte.

»Es ist nicht einfach, Besatzer zu sein«, bemerkte Nadim trocken.

Seine Antwort brachte mich zum Schweigen. Sein Vater und seine Mutter waren unseretwegen fast umgekommen. Von seinem Blickwinkel aus gab es Schlimmeres als einen Nervenzusammenbruch.

Vorläufig schluckte ich meinen aufsteigenden Zorn und meinen Schmerz hinunter. Ich dachte, dies sei der passende Zeitpunkt, ihm einen weiteren Kaffee anzubieten, doch da klingelte sein Handy. Er nahm das Gespräch an und sprach Italienisch.

Ich blieb sitzen, sein Italienisch erinnerte mich an jenen tauglitzernden Morgen, den idealistischen Kellner, die angehenden Priester. Sogar die zornige Frau Luzzati tauchte vor mir auf, und ich musste lächeln.

»Nostalgie«, sagte ich, und dann gaben wir uns gemeinsam unseren Erinnerungen an Rom hin.

»Um vier muss ich in Ramallah sein«, unterbrach Nadim plötzlich unsere lebhafte Unterhaltung. Ihm war anzusehen, dass er es nun eilig hatte, seine Bewegungen wurden hastiger, auf seiner Stirn bildeten sich Schweißtröpfchen.

»Aber es ist erst halb eins«, sagte ich, ohne meine Enttäuschung zu verbergen.

»Meine Liebe, wenn du willst, dass ich bleibe, wende dich an den Sicherheitsminister und erkundige dich, warum ich an den Straßensperren auf dem Weg nach Ramallah oder Nablus kontrolliert werde. Erzähl ihm, dass ich auf dem Weg von Silwan zu dir an keiner einzigen Sperre vorbeigekommen bin. Und sag ihm, dass dein palästinensischer Freund dir im Vertrauen verraten hat, dass es viel leichter ist, sich in Tel Aviv in die Luft zu sprengen als in der Westbank.«

Ich spürte, Cinecittà, das hier in Tel Aviv, in meinem Haus, angefangen hatte lebendig zu werden, wurde wieder vernichtet.

»Wann treffen wir uns wieder?«, fragte ich zögernd.

»Du hast offenbar noch nicht kapiert, dass ich nicht Herr über mein Leben bin. Du hast noch nicht verinnerlicht, dass ich ein besetzter Mensch bin«, gab er mir zur Antwort, und es war offensichtlich, dass er seine Widerrede genoss.

»Er wird nicht mehr kommen«, sagte ich zu Dani, als er anrief und sich erkundigte, wie das Treffen verlaufen war.

»Was hast du denn gedacht?« Dani war Pragmatiker.

Mein Blick fiel auf das leere Schokoladenpapier, ich warf es in den Mülleimer und spürte wie Bitterkeit in mir aufstieg.

*

»Danke für die Bewirtung, wir sehen uns am Mittwoch in zwei Wochen.« So schrieb Nadim in einer Mail, die er mir zwei Tage später schickte.

Ich freute mich. Er würde also doch kommen.

Ich setzte mich an den Computer und schrieb all die Geschichten auf, die er mir in Rom erzählt hatte.

Ich schrieb über den Jungen, der den Himmel fotografierte, über den Mann, der Duty-Free-Shops liebte, über Nafs, der auf offener Straße zusammengebrochen war, über unsere flüchtige Begegnung in Mevasseret und auch über unser Treffen in meiner Küche.

»Schalom – ein vorläufiger Titel«, überschrieb ich die Geschichten.

*

Ein breites Lächeln erschien auf seinem Gesicht, als er meine Wohnung zum zweiten Mal betrat. »Ich stand die ganze Woche unter Druck und habe überlegt, was zum Teufel ich dir erzählen soll. Bis gestern morgen, quasi zu Ehren unserer Verabredung, eine Geschichte geboren wurde.«

Nadim legte ab und setzte sich an den Küchentisch, man sah ihm an, dass er darauf brannte, sie zu erzählen.

»Gestern Morgen traf ich mich mit einem Freund, der aus Italien zu Besuch ist. Als ich in seinem Hotel ankam, fand dort wunderbarerweise eine Pressekonferenz mit dem Premierminister statt. Alle Anwesenden waren in Anzug und Krawatte erschienen, und vor allem mit Einladungen in den Händen. Ich hingegen sah, wie hätte es anders sein können, so arabisch wie möglich aus – mit Rucksack, Turnschuhen und Jeans.«

Ich lächelte. »Kurz gesagt – ein Terrorist.«

»Warte! Schon als ich durch die Drehtür ging, wurde ein Sicherheitsmann auf mich aufmerksam. Er verlangte meinen Ausweis und wollte mich gründlich durchsuchen. Da stellte sich heraus, dass es in diesem Hotel keine Kontrolleinheit gab. Doch Mister Security ließ sich nicht entmutigen, er verwandelte kurzerhand die Telefonzelle in der Lobby in eine entsprechende Kabine, stell dir das bloß vor.« Nadim beschrieb ausführlich, wie er in der Telefonzelle in der Lobby stand, er erzählte, dass er gezwungen wurde, Mantel, Schuhe, Jacke und Hemd abzulegen. Dann wurde er aufgefordert, die Hose auszuziehen. Alle Hotelgäste hatten sich um die Telefonzelle versammelt.

»Bevor ich aber in Unterhosen dastand, stieß der Sicherheitsmensch ein *kos emak* aus und ließ mich laufen. Vermutlich hatte er Angst, man könnte ihn für schwul halten, obwohl er mich Motherfucker genannt hatte.« Nadim lachte aus voller Kehle.

Ich lachte mit ihm.

»Ich bedaure übrigens, dass er mit seiner Kontrolle nicht bis zum Letzten ging«, sagte er, als er sich wieder beruhigt hatte. »Somit habe ich die Chance verpasst, den Hotelgästen meine Designerunterhosen vorzuführen. Unterhosen, die ich am Flughafen gekauft habe, vor der Konferenz in Rom.« Und wieder lachte er.

Auch ich verließ seit der Intifada nur mit Designerunterwäsche das Haus, für den Fall, dass ich, Gott bewahre, nach einem Anschlag zerfetzt im Krankenhaus landete. Das erzählte ich ihm. »Die Ärzte würden aus der Qualität meiner Wäsche schließen, dass ich aus gutem Haus stammte und mir eine V.I.P.-Behandlung zukommen lassen.«

Er schaute mich ein bisschen verwirrt an.

Was redest du da, schalt ich mich selbst. Nun, vielleicht war dies meine Methode, Nadim daran zu erinnern, dass auch wir nicht an einem Ort der Ruhe und Gelassenheit lebten.

»Ein Omelett aus zwei Eiern?«, schlug ich vor, um meine Verlegenheit zu überspielen.

»Rührei, nur eines.«

Als ich am Herd stand, sah ich, dass er ernst geworden war.

Was redest du auch mit ihm über deine Unterwäsche? Ich hatte Angst, ihn verwirrt zu haben.

Schließlich fing Nadim wieder an zu sprechen. »Erinnerst du dich, wie du den Sechs-Tage-Krieg erwähnt hast, und ich dich bat, ihn den Krieg von 1967 zu nennen? Da ist noch etwas, es ist mir wichtig, dass du, wenn du mit mir sprichst, nicht das Wort Terrorist benutzt.«

»Was meinst du damit?«, wollte ich wissen.

»Vor einer Minute hast du ganz beiläufig gesagt, ›kurz gesagt, ein Terrorist‹. Bitte sei dir darüber im Klaren, dass ein Terrorist für mich ein *Schahid* ist.«

Ich goss Öl in die Pfanne.

»Ich weiß, dass das Wort Schahid bei euch nur eine negative Bedeutung hat, aber eigentlich ist es das arabische Wort für das griechische ›Märtyrer‹ und bedeutet Zeuge.«

Das Öl wurde heiß.

»Was genau willst du damit sagen?«, fragte ich.

»Ich will damit sagen, dass du in deinem Buch nicht die Worte Terrorist oder Attentäter verwenden sollst.«

Ich schlug das Ei schaumig und bedeutete ihm mit einem Blick, dass er mir eine Erklärung schuldete.

»Vergiss nicht, dass das Wort Terror eine Frage der Definition ist. Auch ihr habt auf dem Weg zu eurer Unabhängigkeit Terroranschläge verübt.« Er sprach über Etzel und Lechi und offenbarte ein erstaunliches Wissen, was die Untergrundbewegungen aus der Zeit vor der Staatsgründung anging.

Halleluja, dachte ich und ließ das Rührei fast anbrennen.

»Oder nimm die Partisanen, die deiner Meinung nach Freiheitskämpfer waren. Aus Sicht der Deutschen waren sie Terroristen.«

Ich drehte das Gas aus.

Ich warf ihm einen kühlen Blick zu und begann zu dozieren: »Der zweite Weltkrieg ist Teil der Menschheitsgeschichte, im Zweiten Weltkrieg war allen klar, wer die Guten und wer die Bösen waren. Dort ging es um *Genozid*.

Im Zweiten Weltkrieg hat man uns nicht ermordet, weil wir ein Territorium oder Unabhängigkeit verlangten, und ganz bestimmt hatten wir nicht vor, die Deutschen zu vernichten! Es war kein Krieg zwischen zwei verfeindeten Staaten, die verschiedene Interessen verfolgen. In jenem Krieg wollte eine der beiden Seiten die andere vernichten, sonst nichts. Es ging um Hass, Rassenwahn und Grausamkeit.« Ich schnappte nach Luft und fügte lauter hinzu: »Unsere Partisanen waren keine Typen wie Ahmad Yasin.«

Nadim, unbeweglich auf seinem Stuhl, versuchte die Lava zu stoppen, die aus mir herausbrach. »Letztlich kommen die Selbstmörder ihrem Ziel ja nicht näher«, räumte er ein. »Gewalt führt nur zu neuer Gewalt.«

Er hat mir wirklich zugehört, dachte ich wütend. Ich wollte, dass er eindeutig Stellung bezog: »Auf welcher Seite stehst du eigentlich?«

»Wenn ich die Ergebnisse betrachte, muss ich sagen, dass ich nicht an einen solchen Kampf glaube. Ich bin sogar dagegen«, antwortete er.

Die Ergebnisse! Wenn seine Schahids zweckdienlich wären, würde er sie dann unterstützen? Vielleicht war es gut, dass ich schon jetzt merkte, was für einer er war. Seine Ansichten würden jedes Schuldgefühl aus meinem Herzen wischen und mein schlechtes Gewissen beruhigen, sie würden meinen Zorn über die Besatzung besänftigen, genau wie die Kritik an den Mauern und an den Siedlern.

Ein Araber wie alle Araber, ging es mir durch den Kopf, als ich das Rührei nervös auf Nadims Teller schob.

»Sie versteht es nicht«, murmelte er vor sich hin.

»Was möchtest du trinken?«, fragte ich. Ich tat, als hätte ich ihn nicht gehört, ich wollte mit dem Sturm meiner Gefühle und Gedanken fertig werden. Trotzdem ist er dein Gast, ermahnte ich mich.

»Starken Kaffee mit drei Löffelchen Zucker«, bat er, und ihm war anzumerken, dass er, genau wie ich, versuchte, ruhig zu sprechen. Ich goss ihm Kaffee ein, fügte drei Löffelchen Zucker hinzu und legte eine Tafel Schokolade vor ihn auf den Tisch.

Angespanntes Schweigen breitete sich in der Küche aus.

An diesem Morgen gelang es uns nicht, unseren Zorn zu unterdrücken, aber wir verbargen ihn hinter Geplauder, wir lobten den Geschmack von Bitterschokolade, und ich erkundigte mich höflich, wie es Laila und den Kindern ging.

»Ehrlich gesagt muss ich heute etwas früher gehen. Ich muss zu einem Kurs in Animationstechnik«, entschuldigte sich Nadim. Das Gespräch war unterbrochen, und er begann, seine Sachen zusammenzupacken.

Ich verbarg mein Erstaunen nicht. »Wieso Animationstechnik?« Ich glaubte, er habe sich diese Ausrede aus den Fingern gesogen.

Er fuhr mich an: »Araber machen keine Animation, nur Dschihad?«

Endlich lächelte er. »Es ist euretwegen. Es geht um die Intifada.« Schon an der Tür, blieb er stehen und erklärte, damals, am Ende der Intifada, habe er angefangen, einen Kriegsfilm mit einem palästinensischen Schauspieler zu drehen. Er sei damals aus Italien zu Besuch gewesen. Und dann erwähnte er seine italienische Freundin.

»Mona war Studentin an der Filmhochschule«, sagte er. »Sie war es, die mich ermutigte, meinen Traum zu verwirklichen. Ich wollte selbst einen Film drehen, in meiner Stadt und mit meinem Volk. Aber eines schönen Tages ist mein Hauptdarsteller verschwunden. Er hat sich einfach in Luft aufgelöst.«

»Ist er umgekommen?« Ich ließ mich von dem Drama in meinem Kopf treiben.

»Keine Ahnung«, antwortete er. »Jedenfalls blieb ich mit einem unvollendeten Film zurück. Jahre später, in den Tagen der Osloer-Verträge, nahm ich den Stoff wieder auf. Ich entwickelte eine Liebesgeschichte zwischen einer israelischen Soldatin und einem palästinensischen Studenten, die an einer Straßensperre beginnt. Aber als das Oslo-Abkommen scheiterte, wurden alle Gelder eingefroren.

Diesmal ging ich den Schauspielern verloren, ich konnte sie nicht mehr bezahlen.

Im letzten Jahr habe ich einen neuen Anlauf genommen. Ich entschied mich für das Mittel der Animation, um von niemandem abhängig zu sein. Wenn ich den Kurs beendet habe, schreibe ich das Drehbuch.«

Mir fiel auf, dass sich sein Gesichtsausdruck änderte, während er sprach. Seine Augen leuchteten.

Auch ich wurde wieder aufmerksam, ich spürte, wie mein Zorn sich löste.

»Normalerweise gestehe ich es mir nicht zu, zu träumen, vor allem nicht laut, aber insgeheim lebt in mir Nadim Abu Heni, ein

Filmregisseur aus Hollywood, dem in der letzten Zeit, vielleicht seit wir uns getroffen haben, alle möglichen Drehbücher durch den Kopf gehen.« Er wurde rot.

»Und wovon handelt der nächste Film des Regisseurs aus Hollywood?«, fragte ich neugierig.

»Mein nächster Film wird von uns beiden handeln«, sagte er zögernd.

Nach Stunden erbitterter Feindschaft standen wir hier, zwischen Wohnungstür und Aufzug, und ich spürte, wie Cinecittà auflebte. Als der Aufzug kam, trat Ornat Schamir heraus, meine Nachbarin, eine wohlhabende und renommierte Gartenarchitektin.

»Holla, was renoviert ihr?«, fragte sie mit einem Blick auf Nadim.

»Wir renovieren Oslo«, antwortete ich, und der Aufzug schloss sich hinter Nadim.

Ornat blinzelte mich ungläubig hinter ihrer Gucci-Brille an. »Also wirklich«, sagte sie.

Ich erzählte ihr von Nadim, von Rom, von meinem Buch und von seinem Film.

»Du hattest schon immer Träume«, sagte Ornat abschätzig. »Glaubst du etwa, ein Buch und ein Film würden den Frieden bringen? Und außerdem, was haben Araber mit dem Frieden zu tun?« Sie war nicht zu bremsen. »Sag doch mal ehrlich, was ist das für ein Volk? Haben sie etwa einen Einstein? Einen Freud? Noch nicht mal bescheidenere Ausführungen haben sie. Was haben sie in die Welt gebracht? Blutrache, Dschihad und Schleier.«

Ich wollte ihr vorwerfen, dass sie voller Vorurteile sei, doch ich schwieg. Ich fand keine Erwiderung auf ihre Behauptungen, und um mich zu beruhigen, rief ich Dvora an.

»Ich halte das für eine großartige Idee«, sagte sie. »Nur Menschen wie er können eine Veränderung herbeiführen.« Sie riet mir begeistert, alles aufzuschreiben, was zwischen Rührei und Kaffee geschah.

In der Grundschule hatte uns die Lehrerin nebeneinander gesetzt. Sie und ich, die beiden Größten der Klasse, mussten ganz hinten sitzen. Dvora wurde *Jeanne d'Arc* genannt. Es hieß, sie versuche, die Welt zu retten, und sie würde keine Ruhe geben, bis man sie auf dem Scheiterhaufen verbrannt hätte. Mich nannten sie *Alice im Wunderland* und behaupteten, ich würde Geschichten erfinden. Selbst wenn sie wahr waren, hat mir niemand geglaubt. Seit damals waren wir Freundinnen, und am Schluss heirateten wir sogar zwei Freunde – sie heiratete Jossi, ich Dani.

»So werden wir also eine Veränderung herbeiführen.« Obwohl ich über diese Vorstellung lachte, über Dvora und über mich selbst, fiel es mir an jenem Tag schwer, sie beiseitezuschieben. Ich setzte mich an den Computer und fing an, alles aufzuschreiben, was zwischen Rührei und Kaffee geschehen war.

Acht Uhr dreißig. Dani ist nach dem Abendessen, das er sich selbst zubereitet hat, in der Zeitungslektüre versunken. Ich schlage vor, zusammen einen Kaffee zu trinken. Während ich den Kaffee koche, summt mein Handy.

Dvora hat mir eine Kurznachricht geschickt: »Viel Erfolg«, und sie verspricht, am nächsten Morgen anzurufen.

»Denkst du dran, dass wir morgen den Gerichtstermin haben?«, frage ich Dani, als ich ihm den Kaffee hinstelle. Er scheint in sich hineinzulächeln. »Du lässt doch gar nicht zu, dass irgendjemand das vergisst«, sagt er. »Du hast dafür gesorgt, dass all unsere Freunde daran denken, und sogar einige meiner Kunden. Sie haben angerufen und mir viel Erfolg gewünscht.«

»Wirklich?« Ich bin drauf und dran unseren Freunden ein Kom-

pliment zu machen, aber Dani bringt mich auf den Boden zurück. »Sie wollten wissen, ob es eine Chance gibt, dass du morgen, nach dem Gerichtstermin, wieder normal wirst.« Er lacht, und zwischen einem Schluck und dem nächsten wirft er einen Blick in die Zeitung.

Ich lache auch. Schließlich weiß ich, dass ich zu einem öffentlichen Ärgernis geworden bin, seit ich Nadim getroffen habe. Ich habe alle Feste verdorben und allen den letzten Nerv geraubt.

Ich erinnere mich, dass wir die Hochzeitsfeier von Schajs Sohn noch vor der Trauungszeremonie verlassen mussten, weil Dani der Meinung war, keiner, wirklich keiner wolle eine Minute vor dem feierlichen Moment hören, was einem zehnjährigen muslimischen Jungen aus Silwan auf seinem Nachhauseweg passiert war. Ich erinnere mich an das Frühstück im Frühjahr am Strand, als Ornat mit ein paar Freundinnen den Abschluss eines preisgekrönten Gartenprojekts feiern wollte, und niemand Lust hatte, mit mir das Problem der Straßensperren zu diskutieren, und dass ich aus Protest, der aber keinen interessierte, aufstand und ging.

»Was willst du?«, sage ich. »Wer sich über uns aufregt, wird am Ende den höchsten Preis zahlen.« Das ist ein stehender Ausdruck von Schaj, Danis Partner, der sich normalerweise zurückhält, wenn wir auf den Frieden zu sprechen kommen, oder besser – wenn er hört, was ich zu der Sache zu sagen habe.

Nur Dvora ist mein Trost. Bei jedem Konflikt mit Nadim habe ich sie um ein aufmerksames Ohr und um seelische Unterstützung gebeten. »Hör auf mit Dvora«, sagt Dani, »es reicht. Schließlich sieht sie immer nur die anderen. Kein Wunder, dass Jossi die Koffer gepackt hat und abgehauen ist. Keiner will sich die ganze Zeit anhören, dass er ein Kriegsverbrecher ist. Ganz zu schweigen von ihren spleenigen Fahrten nach Huwara und nach Kalandia, die ihn ganz verrückt gemacht haben.

Bestimmt hat sie schon vergessen, wie viele Terroristen – entschul-

dige, Märtyrer …«, er lacht bitter, »er in Gaza festgenommen hat. Sag mir, was werden wir tun, wenn sich alle Leute wie Jossi weigern, ihren Ersatzdienst zu leisten, wie sie es verlangt?«

Ich höre Dani zu und schweige. Ich weiß, dass Dvora ganze Tage lang verschwunden war und dass sie zu Jossi gesagt hat, kümmere du dich um die Kinder, ich kümmere mich um die Zukunft.

*

Es war ein besonders kalter Tag, der Tag, an dem der Herbst in den Winter überging. Der Himmel wurde immer grauer, bald prasselte heftiger Regen gegen die Fensterscheiben.

Nadim erschien am späten Vormittag, triefend vor Nässe.

Sein großer schwarzer Schirm und sein Ledermantel hatten ihn nicht vor dem Regen geschützt. Mir fiel auf, dass auch seine Schuhe voller Wasser waren. Ich schlug vor, er solle sie ausziehen.

»Ich bin offenbar in einer Moschee gelandet«, sagte er lachend und zog die Schuhe aus.

Aus Verlegenheit verzichtete ich darauf, ihm anzubieten, er könne doch einen Trainingsanzug von Dani anziehen, bis seine Kleider getrocknet seien. Aber ich machte sofort den Heizofen an.

Nadim setzte sich an seinen üblichen Platz in der Küche, und bevor er näher an den Heizofen rückte, legte er warme Fladenbrote auf den Tisch, die er mitgebracht hatte.

»Das war doch nicht nötig«, sagte ich höflich.

»Du kannst sie ja im Kühlschrank im Schutzraum einfrieren«, schlug er vor.

»Was hast du?«, fragte ich, als er ständig nieste.

»Ich glaube, dass es diesmal tödlich ist«, verkündete er.

Ich holte Vitamintabletten aus der Schublade, Schmerztabletten, Nasentropfen, Ohrentropfen und eine Sammlung von Tabletten gegen Halsentzündung.

»Gegen mich hast du keine Chance.« Er lachte und holte ein ganzes Arsenal aus seiner Taschenreiseapotheke.

»Wenigstens bin ich heute krank geschrieben und habe es nicht eilig«, sagte er und fügte hinzu, alles Schlechte habe auch etwas Gutes, außer die Sache mit der Besatzung, die sei nur schlecht.

Während die Vitamin-C-Tablette, die ich ihm angeboten hatte, in seinem Mund schmolz, erklärte er mir voller Freude, er fange bereits an, mich zu kennen. Er wisse, wer »Julek« sei, dass ich bei der Erwähnung des Wortes Schoah explodiere und dass ich ihm gleich ein Rührei braten würde. Doch dann entschuldigte er sich, er sei heute wegen seiner Halsschmerzen nicht wirklich hungrig.

»Willst du vielleicht eine Suppe?«, schlug ich trotz der frühen Stunde vor.

»Eine wunderbare Idee«, sagte er erfreut.

So kam es, dass ich einen Topf mit Wasser auf den Herd stellte, ich schnitt Zwiebeln, Kartoffeln, Pilze und Karotten, ich tat Graupen ins Wasser, Salz, Pfeffer und einen Suppenwürfel.

Nadim hielt es nicht auf seinem Platz, er beugte sich über den Topf und schnupperte mit geschlossenen Augen, und ich fragte mich, was ihm wohl durch den Kopf ging. Ob er diese Situation wie einen familiären Moment empfand oder ob Sehnsucht sich in ihm regte? Plötzlich kam mir die Idee, dass er vielleicht romantische Gedanken haben könnte, und ich erschrak. Da war ein Fremder in meiner Küche, und in einem Moment war er ein Feind, und im nächsten ein kleiner, verlorener Junge.

»Das ist der *Krupnik* meiner Mutter«, erklärte ich, als die Suppe anfing zu kochen.

Nadim lachte. »Krupnik«, sagte er, und wiederholte: »Krupnik.«

Er kostete einen Löffel. »Es fehlt noch Salz«, erklärte er.

»Salz ist nicht gesund«, erinnerte ich ihn.

Er grinste. »Passt du etwa auf mich auf?«

»Es ist schon etwas besonderes, einen Feind wie dich zu finden«, antwortete ich.

Ich servierte ihm die Suppe, und er lobte sie. »*Inschallah*, bald wirst du nach Jerusalem kommen und Lailas *Maqluba* probieren.«

»Was?«

»Maqluba ist der Krupnik *meiner* Mutter.«

»Mit Jerusalem habe ich ein Problem«, gab ich zu.

Das Problem hieß Dafna. Ich schaute ihn an, ohne ein Wort zu sagen. Ich erzählte ihm nicht, dass ich auf dem Weg zu ihr gewesen war, als es passierte. Ich hatte sie am Abend zuvor angerufen und geklagt, ich sähe alles verschwommen und meine Augen würden brennen. Dafna hatte vorgeschlagen, sich mit mir in dem Café neben ihrer Praxis zu treffen. Sie sei und bleibe eine *Jekete*, sagte sie, die vor der Arbeit in ein Café ging, jeden Tag, dort werde sie auf mich warten. Ich schlug vor, direkt in die Praxis zu kommen, ich wollte ihr keine Mühe machen, aber sie beharrte darauf. Gute Gewohnheiten solle man nicht ändern, sagte sie, und es sei sowieso ihr Stammcafé, dort würde sie mich sehr gern treffen.

Ich war auf dem Weg zu ihr, ich saß im Taxi, und da hörte ich im Radio, dass es in Jerusalem ein Attentat gegeben hatte. Meine Tränen wuschen mir die Augen aus, die Beschwerden, über die ich geklagt hatte, waren verschwunden.

Der Taxifahrer behauptete, sie hätten die Stadt abgeriegelt, er wendete und fuhr zurück nach Tel Aviv.

Seither fühlte ich mich mitschuldig, dass Dafna umgekommen war, schließlich hatten wir uns zu Kaffee und einem Sandwich verabredet. Es gelang mir nicht, mich mit der Tatsache zu trösten, dass sie sowieso dort gewesen wäre. Sie hatte an jenem Morgen dort gesessen und auf mich gewartet.

Seither hatte ich ein Problem damit, nach Jerusalem zu fahren.

Ich drängte die Erinnerung zurück und behalf mir mit einem der hier geläufigen Sprüche. »Nur in Tel Aviv empfinde ich ein Gefühl der Sicherheit.«

»Aber es hat doch auch in Tel Aviv Anschläge gegeben.« Nadim war erstaunt über meine Worte.

»Schon, aber hier fühle ich mich trotzdem sicherer«, antwortete ich. »Jerusalem ist eine Stadt, die ihre Einwohner verrückt macht.« Ich versuchte die Tränen zurückzuhalten.

»Pass auf«, sagte er, »du musst wissen, dass es über Jerusalem nur Gutes zu sagen gibt, genau wie über meinen Vater.«

Ich erinnerte ihn daran, dass er mich gebeten hatte, auch über Gott nur mit der nötigen Achtung zu sprechen. »Das ist doch selbstverständlich«, erwiderte er erstaunt.

Ich beschloss, die Sache nicht weiter zu verkomplizieren, indem ich ihm meinen Standpunkt gegenüber Jerusalem und der Religion darlegte. *»Chabibi, habi gesint.«*

Er schaute mich an. »Was hast du gesagt?«

»Ich habe gesagt, das Wichtigste ist die Gesundheit. Das war Jiddisch.«

Er zog die Brauen hoch. »Und was ist Jiddisch?«

Er weiß nicht, was Jiddisch ist? *Oj, a bruch*, hörte ich die Freundinnen meiner Mutter jammern. *»Oj, gewalt«*, platzte ich heraus.

Es machte mir Spaß, ihm zu erklären, dass Jiddisch die Sprache der Juden in Osteuropa war. Eine Sprache, die fast ausgestorben sei, heute würde man sie nur noch in den orthodoxen Vierteln in Jerusalem hören, in Brooklyn und auch ein bisschen bei mir. Ich erzählte ihm, dass ich in Momenten, wenn mich die Sehnsucht packte, Dvora anrief, meine Freundin aus der Kindheit, und mit ihr Jiddisch sprach. Diese wunderbare Sprache helfe mir, das Zuhause, das ich nicht mehr hatte, wieder aufleben zu lassen. Ich erzählte von Dvora, die früher im Haus nebenan gewohnt hatte und wie eine Schwester für mich sei.

»In welchem Land hat man Jiddisch gesprochen?«, fragte er.

»In ganz Osteuropa, in Russland, in Rumänien, in der Tschechei, in Polen, in Ungarn …« Ich zählte alle Länder auf.

»*Wallah*, auch damals hat euch ein einziges Land nicht gereicht, ihr habt schon immer einen halben Kontinent gebraucht.« Nadim war entzückt von seinem Geistesblitz, und das Lächeln, das den ganzen Morgen auf seinem Gesicht gelegen hatte, wurde breit und weit. Die Wahrheit ist, dass diese Bemerkung auch mich zum Lächeln brachte.

Nachdem er zwei Portionen Krupnik gegessen und mich gebeten hatte, das Rezept für Laila aufzuschreiben, erzählte er, dass er gestern Abend mit Maria über Cinecittà gesprochen habe. Er habe ihr gesagt, dass ich ein Buch über ihn schreiben und er einen Film drehen werde. Dass unsere Beziehung das Thema des Filmes sein werde.

Er sagte auch, sie habe vor, Geld zu sammeln und ihm eine professionelle Filmkamera zu schicken.

»Ich sehe unseren Film schon vor mir, in der ersten Szene isst du Maqluba.« Er sah zufrieden aus, doch plötzlich musste er ein paar Mal niesen. Er ließ den Kopf auf die Tischplatte sinken und sagte erschrocken: »Ich glaube, ich bekomme Fieber.«

Ich kochte ihm einen Tee mit Honig und Zitrone, wie es in solchen Fällen üblich ist, und schlug ihm vor, sich im Fernsehzimmer auf das Sofa zu legen.

Als er eingeschlafen war, deckte ich ihn zu und verließ den Raum.

Er schlief drei Stunden.

»Da hast du doch eine wunderbare Geschichte«, sagte er, als er aufgewacht war. »Schreib, dass dein palästinensischer Freund im Sterben lag, und ausgerechnet bei dir zu Hause, nachdem er Krupnik gegessen, Tee mit Honig und Zitrone getrunken und drei Stunden geschlafen hatte, geschah das Wunder der Auferstehung.«

Zehn nach neun. Vor einem Jahr habe ich meinen Freunden polnischer Herkunft Mails mit Rezepten von Maqluba, Kubeh und Kanafeh geschickt, *mit dem Hinweis, diese Rezepte würden die Herzen einander näherbringen. Ich fange an zu lachen.*

»Schön, dass du wieder lachst«, bemerkt Dani.

Wie sehr habe ich mir gewünscht, dass meine Freunde Nadim kennenlernen, ständig habe ich versucht, irgendwelche Treffen zu arrangieren. Aber es war, wie Nadim vorausgesagt hatte, immer kam etwas dazwischen.

Ornats Mann sagte, seit er in einem syrischen Gefängnis gesessen habe, könne er kein Arabisch mehr hören, und schon gar nicht am Schabbatabend.

Danis Partner Schaj erklärte, ausgerechnet an diesem Tag jähre sich der Todestag seines Schwagers. »Er ist im Libanon umgekommen, und an diesem Abend habe ich keine Nerven mich mit einem Palästinenser abzugeben.« Ein paar andere Freunde verkündeten, wenn sie schon einen Abend mit Arabern verleben würden, dann wollten sie lieber zu ihnen nach Hause gehen und Hummus und Kadayif essen.

Am Schluss war nur Dvora bereit, zu kommen. Nun legte Dani sein Veto ein. Wer hat schon Nerven für so einen Abend?, fragte er.

Nadim setzte sich an den Küchentisch und verkündete, heute habe er keine besondere Geschichte für mich, und im selben Atemzug erzählte er, Maria rufe ihn jeden Tag an, mit neuen Ideen zu unserem Film oder Buch.

»Gestern hat sie mir zum Beispiel vorgeschlagen, wir sollten zusammen in das Viertel gehen, in dem du aufgewachsen bist.«

Ich war überrascht. »Ach nein, das ist nur ein kleines Viertel im Süden von Tel Aviv …«, sagte ich schnell. Aber als ich die Enttäuschung in seinem Gesicht sah, riss ich mich zusammen. »Na ja, warum sollten wir eigentlich nicht hingehen?«

Wir begnügten uns mit Kaffee, dann fuhren wir los. Er lächelte, als er sich die Kamera über die Schulter hängte. »Maria träumt davon, dass wir diesen Film machen.«

»Ja, und dann kommt der Frieden«, sagte ich, und diesmal lachten wir nicht.

Unterwegs wurde Nadim nicht müde, mir von Maria zu erzählen, der es gelungen war, Vereine und Organisationen für unsere Träume zu gewinnen.

Er sagte, er habe ihr versprochen, heute mit seiner alten Videokamera Material für einen Filmtrailer zu sammeln, um ihr dabei zu helfen, Geld für eine professionelle Ausrüstung aufzutreiben. Er strahlte.

Zwanzig Minuten später standen wir nebeneinander im Hof des Hauses, das einmal mein Zuhause gewesen war und längst anderen Leuten gehörte. Neugierig betrachtete Nadim das geschlossene Fenster meines alten Zimmers, spähte durch die Ritzen des heruntergelassenen Rollladens hinein.

Bestimmt sieht er jetzt einen Vater und eine Mutter vor sich, Brüder, Schwestern, Tanten und Onkel, dachte ich, er hört Lachen, Schimpfen, die Schreie spielender Kinder und das Geplauder von Frauen. In meinem Kopf breitete sich hingegen die bedrückende Stille aus, die in unserer Wohnung geherrscht hatte.

»Wie hat dein Zimmer ausgesehen?«, erkundigte er sich.

Es fiel mir schwer, ihm zu antworten. Ich sah den vorherrschenden Braunton, ich roch Schimmel und wollte das alles vergessen.

»An wen denkst du jetzt?«, fragte er vorsichtig. »Nach wem sehnst du dich?« Er wollte mich zum Sprechen bringen.

Ich war unfähig zu antworten.

Ich dachte an das Schweigen meiner Mutter, das ich so sehr gehasst hatte. Und jetzt brachte auch ich kein Wort heraus. Was hätte ich von jenen Menschen erzählen können, von der Zeit damals, von meiner Kindheit? Ich hatte das Gefühl, an einer Sprachbarriere angekommen zu sein. Ich hatte schon Menschen kennengelernt, die Verständnis für meine Geschichte aufbrachten. Juden würden es verstehen, Deutsche würden es verstehen. Aber Nadim? Er würde es nicht verstehen. Ich hatte ein Gefühl, als wäre meine Kehle voller Staub.

Ich wollte meine Gedanken hinter einem Lächeln verstecken, aber meine Lippen gehorchten mir nicht.

»Darf ich?«, fragte er und hob die Kamera.

»Natürlich.«

»Nimm deine Hand von der Perlenkette«, sagte er, die Linse auf mich gerichtet.

Da merkte ich erst, dass ich meine Perlenkette streichelte.

Er weiß nichts von Perlen und Alpträumen, dachte ich und zog die Hand von der Kette. Das Herz tat mir weh, aber ich schenkte der Kamera ein breites Lächeln.

»Polin«, hatte die Krankenhausschwester festgestellt, als sie meiner Mutter vor dem Röntgen die Perlenkette abnahm. Sie lachte. »Ich erkenne Polinnen an ihren bitteren Mienen und an den Perlenketten.«

»Polinnen erkennt man daran, dass sie tagsüber schweigen und nachts schreien«, widersprach ich. Ihr debiles Gelächter erfror.

»Wer hat in diesem Haus gewohnt, als du ein Kind warst?«, fragte Nadim.

»Meine Mutter«, sagte ich.

»Und dein Vater?«

»Nein.«

»Dein Bruder?«

»Nein.«

»Deine Schwester?«

»Nein.«

»Dein Großvater?«

»Nein.«

»Deine Großmutter?«

»Nein.«

»Dein Onkel?«

»Nein.«

»Deine Tante?«

»Nein.«

»Irgendein anderer Verwandter?«

»Nein.«

Ihm fiel kein anderer mehr ein, der seine Liste ergänzen könnte. »Wer denn dann?«, fragte er.

»Eine Mutter und eine Tochter«, antwortete ich.

»Das ist also die Schoah?«

Ich nickte wortlos.

Danach streiften wir durch die Gassen. Seine Kamera erfasste ein verrostetes Tor, einen alten Fensterladen und eine Treppe voller Spalten und Risse. Am Ende der Gasse tauchte plötzlich ein alter Mann auf, er trug einen Anzug und hatte einen Hut auf dem Kopf. Schmuliks Vater? Mein Herz setzte einen Schlag aus.

Erst als er an mir vorbeiging, sah ich, dass es jemand anderer war, jemand, den ich nicht kannte.

»Nimm ihn auf«, bat ich Nadim.

»Wer ist das?«, fragte er.

»Ein Überbleibsel aus dem letzten Jahrhundert.«

Ich wollte ihm erzählen, dass hier alle so gewesen waren. Und ich wollte ihm vorschlagen, mit mir nach Yad Vashem zu fahren.

»Du kannst dir nicht vorstellen, was für ein Glück es ist, zu fotografieren, wenn keine Grenzpolizisten in der Nähe sind«, sagte Nadim und vertrieb damit die Erinnerung an meine Geschichte.

»Sag mal«, er richtete die Kamera wieder auf mich. »Was hast du damals über Araber gewusst?«

»Ich habe gewusst, dass die Araber das zu Ende bringen würden, was die Deutschen nicht ganz geschafft hatten«, antwortete ich. »Die Deutschen hatten uns mit Gas ermordet und die Araber würden uns im Meer ertränken.«

Nadim filmte weiter. Noch ein Baumstamm, noch eine Terrasse.

Es wurde Mittag, an diesem Tag hatte Nadim es nicht eilig, irgendwohin zu kommen.

Ich schlug vor, Falafel zu essen, an einem Stand, den ich einmal geliebt hatte.

Der Kiosk war noch da, aber die Besitzer waren andere.

Nach vielen Jahren kehrte ich zu dem Ort zurück, an dem sich einst alle Kinder getroffen hatten, um bei Sara, der Jemenitin, Falafel zu essen. Kinder, die davon träumten, die Hühnersuppe und die *Gefilte Fisch* ihrer Eltern loszuwerden. Die unbedingt richtige Israelis sein wollten.

Gleich beim ersten Bissen Fladenbrot erinnerte ich mich daran, wie Dvora und ich damals zu Sara gekommen waren und je eine halbe Portion Falafel gekauft hatten. Wie glücklich wir damals waren. Die Rebellion gegen unsere Eltern zeigte sich in diesem Essen, das sie als eine Gefahr für unsere empfindlichen Mägen ansahen.

Als die Tahinisoße über die Falafel gekippt wurde, blickte ich mich um und dachte an früher, an die Menschen von damals. Ich versuchte mir vorzustellen, wie sie auf Nadims Besuch in unserem Viertel reagiert hätten. In diesem Viertel der Angst waren Fremde, selbst wenn es unsere Leute waren, von vornherein als Feinde betrachtet worden.

Schmuliks Mutter hätte ihren Sohn bestimmt im Schutzraum versteckt und ihn mit ihrem eigenen Körper geschützt. Dvoras Mutter hätte laut geschrien: »Gewalt, ein Araber!«, und die Feuerwehr und den Rettungsdienst alarmiert. Und meine Mutter? Ich zögerte einen Moment. Sie hätte mich im Badezimmer eingesperrt und wäre hinausgegangen, um mit dem Mann zu reden.

Auf dem Rückweg zum Auto zog Nadim ein gefaltetes Blatt Papier aus der Hosentasche. Er hatte daran gedacht, mir das Rezept für Maqluba mitzubringen. Voller Bewunderung betrachtete ich das sorgfältig beschriebene Blatt.

»Ist das Lailas Handschrift?«, wollte ich wissen.

»Nein, die meiner Mutter«, antwortete er. Wieder fiel mir die Sehnsucht in seinem Blick auf, als er »meine Mutter« sagte. Er musste sich räuspern, bevor er mir das Rezept übersetzen konnte.

600 Gramm Rindfleisch aus der Schulter
4 Hühnerschenkel
4 Kartoffeln
1 Zwiebel
1 Tasse Reis
1 Prise Pfeffer, Gelbwurz
Muskat …

Ich notierte mir die Zutaten auf der Rückseite eines Blattes, das er mir hinhielt, und dachte an Laila. Ich stellte sie mir vor, von Kopf bis Fuß verschleiert. Ich hatte Nadim noch nicht nach ihr ausgefragt. Ein Instinkt riet mir zu schweigen, ich hatte das Gefühl, damit die Beziehung zu schützen, die zwischen uns entstand. Als würde jedes Gespräch über Laila Nadim dazu bringen, sich zurückzuziehen. Ich hatte Angst, ihn zu verlieren, das, was uns verband, war ohnehin schwierig und zerbrechlich. Ich wollte kein Öl ins Feuer gießen.

»Beim nächsten Treffen wirst du bei mir Maqluba zu essen bekommen«, versprach ich ihm, als wir uns trennten.

»Nein, meine Freundin, für Maqluba wirst du zu mir kommen«, sagte er. – »Und? Wirst du kommen?«

Er prüfte meine Reaktion. An diesem Morgen lächelte ich ihn an. Ich wollte das gelungene Treffen nicht durch einen falschen Gesichtsausdruck verderben.

»Du wirst kommen«, erklärte er abschließend.

»Was ist das?«, fragte mein Mann, als er das Rezept sah, das ich an den Kühlschrank gehängt hatte.

»Das ist ein Gericht, das Nadim gern isst.«

»Und das willst du für mich kochen?«, fragte er erschrocken. »Das ist doch eine Kalorienbombe!«

»Mach dir keine Sorgen, ich habe vor, Nadim zu besuchen und es bei ihm zu essen.« Langsam gewöhnte ich mich an diesen Gedanken.

»Bist du verrückt geworden?« Dani war entsetzt.

Ich war optimistisch. »Am Schluss wird es ein Buch geben, am Schluss wird es auch einen Film geben.«

Danis Gesicht verdüsterte sich. »Am Schluss wird es einen Grabstein für dich geben«, sagte er.

Mir war klar, dass er an Dafna dachte. In den letzten Jahren hatten wir sehr wenig über sie gesprochen, aber sie war immer bei uns, auch ohne Worte.

»Dafna, vielleicht kommst du nach Tel Aviv zurück«, hatte ich sie gedrängt, als die Intifada anfing.

Sie hatte gelacht. »Letzten Endes muss jeder sterben.«

In der Nacht kam dieser Traum wieder zu mir. Wieder sah ich das Stück Strand zwischen Jaffo und Tel Aviv, wieder hörte ich eine Frau mit einem Baby um Hilfe schreien.

Ich spürte Sand unter den Füßen, hörte Wellen rauschen, schmeckte Salz auf meinen Lippen.

Ich wachte auf und konnte nicht mehr einschlafen. Ich betrachtete Dani, der fest schlief und hin und wieder einen tiefen, sorgenvollen Seufzer ausstieß.

Neun Minuten nach zehn. Ich starre den Computerbildschirm an. Drei Jahre und ein paar Dutzend Seiten. Ich scrolle durch die Seiten, aber es gelingt mir nicht, zu lesen, zu vieles geht mir durch den Kopf. Es ist noch gar nicht so lange her, dass ich begriffen habe, dass Nadim in Cinecittà nicht alleine war. Die Idee von einem Buch und einem Film verzauberte auch mich. Ich war mit ihm zusammen, dort in Cinecittà. Wer Cinecittà betritt, lässt alle Probleme und jeden Hass zurück. Dafna, und auch Laila.

Nach Cinecittà bringt man Tortellini und Crème brûlée mit, Geschichten, eine Kamera. In Cinecittà ist es für einen Palästinenser und eine Jüdin kein Problem, Freunde zu sein.

Wieder quält mich der Gedanke, wie viel Zeit vergangen ist, bis ich Laila die ihr zustehende Aufmerksamkeit geschenkt habe. Ich bin wütend auf mich selbst, weil mir unsere Koproduktion und Cinecittà wichtiger waren als sie.

Einen Tag vor dem geplanten Treffen bei ihm zu Hause schickte mir Nadim eine SMS und verschob den Termin. Er schrieb, er müsse nach Katar fahren, eine seiner Schwestern lebe seit Jahren dort und verheirate ihre Tochter. Er werde zusammen mit seinem Vater fliegen. Endlich etwas Erfreuliches, dachte ich, und wünschte ihm alles Gute.

»Wohin fährt er?«, fragte Dani.

»Nach Katar«, antwortete ich.

»Am Schluss werden ihn die Leute vom Sicherheitsdienst schnappen.«

»Zu unserer nächsten Verabredung wird er kommen«, behauptete ich mit Bestimmtheit.

Dani lachte. »Er wird kommen, wie Arafat gekommen ist, um den Friedensvertrag zu unterschreiben. Wieso bist du dir so sicher? Was weißt du überhaupt über ihn?«

Was weiß ich wirklich über ihn? Auch Dvora konnte mir keine befriedigenden Antworten auf meine vielen Fragen geben. In den letzten Monaten habe ich sie immer wieder dazu gedrängt, aber sie wiederholte nur, heutzutage sei es wirklich gefährlich, ein palästinensischer Friedensaktivist zu sein.

Vielleicht befindet er sich in den Händen der Hamas, weil er mit einer Israelin kooperiert hat, deren Eltern nach dem Zweiten Weltkrieg ins Land kamen und die Araber aus ihrer Heimat vertrieben? Vielleicht ist er schon vor Monaten vom Sicherheitsdienst festgenommen worden, unschuldig, oder aufgrund belastenden Materials, das sie bei ihm gefunden haben. Vielleicht ist er endlich in ein neues Leben aufgebrochen, hat eine andere Identität angenommen, und schickt mir unverständliche Nachrichten aus Québec oder Atlanta.

Nach drei Jahren der Hoffnung frage ich mich wieder, was ich überhaupt über ihn weiß. Antworten schöpfe ich, wie konnte es anders sein, aus einem Vorrat an Vorurteilen und Ängsten, die längst Teil von mir sind.

*

Nach zehn Tagen kehrte Nadim aus Katar zurück.

Es war ein schöner Frühlingstag. Ich hatte vorgeschlagen, in ein nahe gelegenes Café zu gehen. Wir setzten uns an einen Tisch im Freien.

»Ist das das deutsche Viertel von Tel Aviv?«, fragte Nadim, als die blonde Kellnerin, nabelfrei und in Shorts und Stiefeln, uns die Speisekarte reichte.

Erst da fiel mir auf, dass er wieder eine Brille trug.

»Ist das eine optische Brille?«, fragte ich.

»Ja«, sagte er.

»Warum trägst du sie dann nicht die ganze Zeit?«, erkundigte ich mich.

Er lachte. »Weil ich es meistens vorziehe, die Welt leicht verschwommen zu sehen.«

Meine Mutter hat mir die Haare blond gefärbt, schoss es mir durch den Kopf. Sie meinte, dass nur Blondinen am Leben bleiben. Jeder hat seine eigenen Methoden der Tarnung, seine eigenen Überlebensstrategien.

Nadim riss mich aus meinen Gedanken. Er betrachtete erstaunt das rege Treiben um uns herum »Was tun die vielen Leute hier, mittags und mitten unter der Woche?«

»In einer Woche feiern wir in Israel das Pessachfest, da gibt es viele Besorgungen zu machen«, antwortete ich.

»Ach so, Pessach.« Das Wort ging ihm leicht über die Lippen.

»Weißt du etwas über dieses Fest?«

»Klar«, sagte er, »das ist das Fest, an dem ihr alle Vorräte wegwerft und neue kauft. Und am Abend verbrennt ihr alte Möbel, stellt viele Kerzen auf die Fensterbank und esst Fisch-Kebab.«

Es war eine Geschichte aus Tausendundeine Nacht.

Als ich mich von meinem Gelächter erholt hatte, erzählte ich ihm von unserem Fest der Befreiung aus der Sklavenherrschaft in Ägypten.

»Also wirklich, Juden sollen Sklaven von Arabern gewesen sein?«, fragte er. »Das ist ausgeschlossen, sogar vor zweitausend Jahren.«

Ich erzählte ihm von Pitom und von Ramses, von den Juden, die die Pyramiden erbaut hatten, und von den vierzig Jahren, die sie dann durch die Wüste gezogen waren. Ich erzählte auch vom zeremoniellen Sederabend und dem Lesen der Hagada. Er war bereit, die Sache mit den Pyramiden zu akzeptieren.

»Pyramiden zu bauen, passt zu euch.« Ich begriff, dass er es als Kompliment meinte.

Alles andere war, von ihm aus gesehen, nur ein Gerücht.

Meine liebe Nachbarin Ornat, die Gartenarchitektin, kam zufällig vorbei.

»Alles in Ordnung?«, fragte sie und warf uns einen betont beiläufigen Blick zu.

Ich stellte ihr Nadim vor, und sie benahm sich erstaunlicherweise freundlich und besonders zuvorkommend. Niedergeschlagen erzählte sie, dass diesmal ihre ganze Familie den Sederabend bei ihr feiern wolle. »Es gibt nichts schlimmeres als die Familie«, stellte sie fest.

Nadim lachte. »Ich habe schon gehört, dass es bei euch so ist.«

Wir schlugen ihr vor, einen Kaffee mit uns zu trinken. »Das

wäre schön«, sagte sie, »aber der Messias wird nicht kommen und für mich kochen.«

»Er wird zuerst zu mir kommen«, bemerkte Nadim, als sie gegangen war, und brach, wie er es manchmal tat, in ein befreiendes Lachen aus.

Als er sich beruhigt hatte, fragte er: »Wie alt ist sie?«

»Sechsundfünfzig.«

»Sie ist schön«, stellte er fest.

Ein bisschen boshaft wies ich darauf hin, Botox sei daran sicher nicht unbeteiligt. Gleich darauf tat es mir leid.

»Übrigens, wann hast du Geburtstag?«, fragte er, ein höflicher Versuch, mein Alter zu erfahren.

»Ich bin im August 1953 geboren.«

»Ich bin auch im August geboren«, erklärte er. »Am ersten August, aber 1965.«

Ein Kind, hätte ich fast gesagt, ich war zwölf Jahre älter als er. Was die Leute hier im Café wohl von uns dachten? Würde er nicht so besonders arabisch aussehen, hätten sie bestimmt überlegt, ob ich auf junge Männer stand oder ob ich seine Mutter war, schoss es mir durch den Kopf. Wir brachten die anderen Leute durcheinander, das verrieten die Blicke, die sie uns immer wieder zuwarfen. In unserer Gesellschaft gab es noch keine Kategorie, die auf uns passte: Eine Jüdin und ein viel jüngerer Araber trinken morgens zusammen Kaffee, und das ausgerechnet im Norden Tel Avivs.

»Wann im August?«, fragte er.

»Am neunundzwanzigsten.«

»Du wirst es nicht glauben, meine Mutter und du, ihr habt am gleichen Tag Geburtstag.« Nadim klang gerührt.

Er wollte noch etwas sagen, aber das Klingeln meines Handys unterbrach unser Gespräch.

Eine Frau mit einer dünnen, hohen Stimme stellte sich am anderen Ende der Leitung vor: »Ich hoffe, dass ich nicht störe, mein Name ist Charlotte Heim. Ich habe Ihre Nummer von Maria bekommen. Sie hat mir von Ihnen und Nadim erzählt. Und ich bin daran interessiert, über Sie beide einen Film zu drehen. Ehrlich gesagt, ich bin nur für ein paar Tage nach Tel Aviv gekommen und würde Sie beide sehr gern treffen.«

»Jemand will einen Film über uns machen«, berichtete ich Nadim.

Er war verblüfft und erregt. »Das glaube ich nicht«, sagte er. »Sie soll herkommen.«

Auf seinen Wunsch hin rief ich sie zurück. Sie zögerte nicht und versprach, sich sofort auf den Weg zu machen.

Eine halbe Stunde später erschien sie im Café, eine etwa dreißigjährige Frau aus Deutschland, eine Zigarette zwischen den Fingern ihrer dicken Hand. Ihre hochhackigen Schuhe glänzten metallisch und sie trug eine knallrote Handtasche, die zur Farbe ihres Nagellacks passte.

»Eure Geschichte hat mir sehr gefallen«, sagte sie, als sie sich zu uns setzte. »Als Maria mir von euch erzählt hat, wusste ich sofort, dass ihr das Thema meines Films sein würdet. Noch am selben Tag habe ich ein Exposé geschrieben und Anträge auf Fördermittel gestellt. Ich stelle es mir so vor, du erzählst deine Geschichte, von deiner Kindheit und von deinen Eltern, den Überlebenden der Schoah, und er erzählt seine Geschichte, von seinen Eltern und seiner Kindheit und von der Besatzung. Ehrlich gesagt, mein Drehbuch ist fertig. Es wird ein Film über die Freundschaft zwischen zwei angeblich verfeindeten Menschen sein.« Ihre blauen Augen blitzten, und die Worte kamen mit der Geschwindigkeit eines Schnellzugs aus ihrem Mund. »Ich habe auch schon einen Kameramann, einen Produzenten und einen internationalen Verleih.«

Mir kam es vor, als hätten wir gewonnen, als würden unsere Träume wahr, aber Nadims Blick verdüsterte sich, ein Schleier hatte sich über seine Augen gelegt.

»Was ist?«, fragte ich ihn. Eine solche Frau und ein Araber passen nicht zusammen, dachte ich bei mir. Charlottes Professionalität und ihre Effizienz mussten ihm fremd sein. Ein böser Gedanke: Während er noch seinen Träumen nachhing, hatte sie bereits ein Drehbuch, sie hatte Geld aufgetrieben, sie hatte ein Filmteam und einen Produzenten organisiert.

Wir werden ja sehen, wie sich unter der Besatzung ein Film drehen lässt, wandte ich in Nadims Namen ein, sprach es aber nicht aus. Ich versuchte abzuschätzen, wohin dieses Treffen führen würde. ›Man muss auf ein Wunder hoffen und mit der Katastrophe rechnen‹. Plötzlich fiel mir diese Redensart meiner Mutter ein.

Liebe Charlotte, wenn du noch immer einen Kameramann und eine Verleihfirma hast, dann mach dich mit ihm auf den Weg und suche Nadim. Sage mir, wohin er gegangen ist, wo er lebt und was er jetzt tut. Mit diesem Film kommst du vielleicht nach Cannes.

Charlotte schwärmte weiter von ihrem Drehbuch.

»Der Film wird mit den Gefechten in Gaza beginnen. Dann sieht man euch in Rom, Maria muss mir alle Materialien zur Verfügung stellen, und dann filmen wir in Tel Aviv und du erzählst deine Geschichte. Danach filmen wir in Jerusalem, dort wird Nadim erzählen. Und dann …« Sie schlug vor, den Film mit einem gemeinsamen Besuch in Auschwitz zu beenden. Nadim zog die Luft ein, als wäre er am Ersticken.

Auschwitz und Yad Vashem – diese beiden Namen weckten in Nadim Gefühle des Grauens.

»Du willst mich umbringen.« Seine Reaktion auf die Erwähnung dieser Namen schoss mir entgegen wie die Kugel aus einem Gewehr. Es war klar, dass er sich diesen Orten niemals nähern würde.

Dvora hat mir erklärt, dass alles andere ein Betrug an seinem Volk wäre. »Er muss das als eine über das Erlaubte hinausgehende Annäherung an den Feind sehen. Soweit darf er nicht gehen.« Und sie schimpfte: »Bring sein Leben nicht in Gefahr.«

Ich weiß noch, dass ich antwortete: »Wie kann man das Leben eines Menschen in Gefahr bringen, indem man ihn zu einem Besuch von Yad Vashem einlädt?« Ich glaubte, sie sei verrückt geworden.

»Sie bringt mich um«, zischte mir Nadim ins Ohr.

Dann wandte er sich an Charlotte. Er wollte wissen, was genau sie über uns gehört habe, und ob es außer Maria noch jemanden gebe, der in diese Geschichte verwickelt sei. Charlotte schwor, es gehe bisher und in Zukunft nur um sie, und dann bat sie um eine kurze Rauchpause.

Als Charlotte außer Hörweite war, erinnerte ich Nadim daran, dass die Palästinenser immer alles vermasselten.

»Sie hat Geld, sie hat ein Drehbuch, sie hat eine Verleihfirma«, sagte ich in der Hoffnung, ihn zu überzeugen.

»Und ich kann zum Teufel gehen«, schimpfte er wütend.

»Du wirst der Kameramann sein, das verlangen wir im Vertrag, und wir können auch einen Teil der Szenen ändern«, sagte ich. »Stell dir doch nur vor, durch ihre Hilfe bekommen wir alles, was wir uns wünschen, auf einem Silbertablett serviert.«

Charlotte kam zurück und behauptete, unser Film würde ein Hit, sie sei sicher, nach unserem Besuch in Auschwitz würden wir in Cannes gemeinsam auf dem roten Teppich stehen.

Nadim packte seine Sachen ein, mir war klar, dass er aufstehen und gehen wollte. Ich legte die Hand leicht auf seinen Arm. Er blieb sitzen. Offenbar begriff er, dass auch ich kurz davor stand, die Sache mit Charlotte abzuhaken.

Aber Charlotte wollte feiern, sie bat den Kellner um die Weinkarte und schlug vor, ein Glas auf das Gelingen des Projekts zu trinken. Am Schluss feierte sie allein, und zwischen einem Schluck und dem nächsten verbreitete sie alkoholgetränkte Sätze.

»Für euch Juden ist es ein Glück, dass ihr nicht in Deutschland geblieben seid«, sagte sie und schaute mich an. »Sonst hättet ihr euch assimiliert, ihr hättet Deutsche geheiratet und wärt von der Welt verschwunden. Mit den Arabern wird euch das nicht passieren, mit ihnen werdet ihr euch nicht mischen.«

Dann wandte sie sich an Nadim und verkündete, es werde ein Tag kommen, an dem er dankbar sei für die Besatzung. »Jeder braucht jemanden, den er hassen kann, und ohne den Hass auf die Israelis haben die Palästinenser nichts auf ihrer Agenda. Schließlich seid ihr nicht wirklich ein Volk.«

Als sie gegangen war, kehrte die Farbe in Nadims Gesicht zurück. »Meine Liebe, es tut mir wirklich leid für dich, dass wir keinen großen Film über die Besatzung machen, mit einer Frau, die mir Cannes, Auschwitz und Merlot anbietet.«

Zehn Uhr zwanzig. Spontan habe ich versucht, ihn anzurufen. »Dachilak, *wo bist du?«, wollte ich ihn fragen. »He, Nadim, denkst du daran, dass morgen der Gerichtstermin ist?« Ich wollte ihn daran erinnern, ich sehnte mich nach ihm, aber dann legte ich schnell wieder auf. Ich befahl mir, seine Bitte zu respektieren, ich befahl mir, ihn in Ruhe zu lassen, denn was wusste ich schon. Was von all dem konnte ich begreifen?*

Zum nächsten Treffen kam er etwas früher als vereinbart. Dani saß noch in der Küche, er hatte sein Frühstück noch nicht beendet.

»Wir brauchen keine Vermittler«, verkündete Nadim und setzte sich zu uns an den Tisch. Er und Dani benahmen sich, als würden sie sich schon seit Jahren kennen.

»Ich habe mit Maria gesprochen«, sagte Nadim. Ihm war anzumerken, wie sehr es ihn drängte, zu erzählen. »Ich habe ihr erklärt, dass ich eine Produktionsfirma gründen werde, und zwar ganz allein.« Nadim redete sich in Begeisterung, er habe sogar schon einen Namen für seine Produktionsfirma: *Open doors productions*. Seine Augen strahlten, als er uns das Logo zeigte. »Wie findet ihr es?«, fragte er.

Dani, der bis jetzt vor allem mit seinem Frühstück beschäftigt gewesen war, versprach, uns bei allem, was die finanzielle Seite betraf, behilflich zu sein.

»Dann haben wir also auch schon einen Steuerberater.« Nadim war glücklich, das Lächeln wich nicht aus seinem Gesicht. Ich spürte, dass seine Seele abhob und im Land der Wunder landete.

Ich schaute Dani an, suchte in seinen Augen Erstaunen, Zurückhaltung, aber seltsamerweise lächelte er.

»Dieser Mann ist großartig«, sagte er zu mir, bevor er zur Arbeit aufbrach. »Er ist ganz anders. So einen Palästinenser habe ich noch nie getroffen.«

Ich stellte fest, dass mein Mann, der Pragmatiker, an diesem Morgen seinen Zynismus verloren hatte.

Vermutlich passiert einem das, wenn man Träume berührt – man lässt sich mitreißen.

»Mit ihm hast du Glück gehabt.« Nadim war beeindruckt, als ich ihm erzählte, dass Dani im Krieg nicht zur kämpfenden Truppe gehört hatte. »Was du nicht sagst, er hat in der Armee Müllwagen gefahren? Schon allein deshalb verdient er einen Orden.« Er war stolz auf meinen Mann und hatte das Gefühl, am richtigen Ort angekommen zu sein.

»Jetzt müsst ihr auch Laila kennen lernen.« Zum ersten Mal bezog er sie in seine Freude mit ein.

Ich war glücklich. »Kommt doch am nächsten Freitag zum Essen.«

»Sehr gern.«

»Bringt auch die Kinder mit«, sagte ich und stellte mir schon eine familiäre Annäherung vor.

Als ich den Kaffee und den Computer auf den Tisch stellte, teilte mir Nadim mit, dass er im nächsten Monat das Drehbuch schreiben, und in weiteren drei Monaten den Film drehen werde. Innerhalb eines Jahres würde unser Film in allen Programmkinos laufen.

Ich spürte, wie sich alles in mir zusammenzog.

Große Träume haben mir schon immer Angst gemacht. Wir hatten noch nicht einmal darüber gesprochen, wie seine Geschichte erzählt werden sollte und welche Aufgabe mir bei all dem zukam, und nun ging es bereits um einen Film, dessen Inhalt wir noch gar nicht diskutiert hatten.

Ich behielt meine Bedenken für mich, ich hatte Angst, etwas zu sagen. Ich wollte seine Träume nicht zerschlagen.

Elf Uhr. Ich bin müde. Meine Lider fallen zu. Ich stehe für eine weitere Tasse Kaffee vom Computer auf. Auf dem Weg zur Küche finde ich Dani im Wohnzimmer, er sieht sich »Law and Order« an, die Fernsehserie, die er so mag.

»Ich glaube, dass wir am Schluss eine Familie sein werden«, meine ich plötzlich Dafna zu hören.

»Wie meinst du das?«

»Ich muss dir meinen Cousin vorstellen«, hatte sie ernst gesagt.

»Warum?«, hatte ich gefragt.

»Wenn du ihn siehst, wirst du es verstehen.«

Ich traf ihn und verstand.

Wir sind seit über dreißig Jahren verheiratet.

»Willst du noch Kaffee?«, frage ich Dani.

»Einen doppelten Espresso«, bittet er.

Nach der zweiten Tasse Kaffee gehe ich wieder an meinen Computer zurück.

Es ist eine stille Herbstnacht. Kühler Wind dringt durch die weit offenen Fenster herein. Aus dem Fernseher sind Stimmen zu hören, und in der Luft hängt der Duft des Espresso. Ich finde keine Ruhe, meine Gedanken kreisen unaufhörlich um Nadim und Laila. Ich wüsste zu gern, wie sie diesen Abend erleben. Ich kann noch nicht einmal anrufen. Das alles ist sehr traurig.

Nadim war noch bei mir, als Maria anrief. Ich hoffte, sie würde für mich das Feuer dämpfen, das in ihm loderte. Ich hoffte, sie würde sagen, wir hätten noch einen langen Weg vor uns. Aber sie setzte sich ans Feuer und goß Öl in die Flammen seines Glücks, indem sie ihm am Telefon mitteilte, dass uns eine Vertreterin der Europäischen Union treffen wolle.

Nun wollte sie auch mit mir sprechen. »Wir suchen schon weitere Paare oder Gruppen, die zusammen arbeiten.« Sie stachelte ihre eigene Begeisterung weiter an. »Glaub mir, Menschen wie ihr, die gemeinsam einen Film drehen oder ein Buch schreiben, werden den Frieden bringen.«

Ich hörte ihr zu und sagte nur »Aha«, und noch einmal »Aha«.

Aus den Augenwinkeln sah ich Nadim. Ihm war anzumerken, dass er schon bereit war, eine neue Unternehmung für den Weltfrieden zu gründen. Gleich würde sich der Sinn seines Lebens erfüllen.

Am Ende des Gesprächs mit Maria schlug Nadim vor, eine Internetseite einzurichten, die Menschen aus allen möglichen Kriegsgebieten zusammenbrachte. Wie wir würden sie Bücher verfassen, sie würden Ausstellungen organisieren, Lieder komponieren, Konzerte veranstalten, Theaterstücke inszenieren und Filme drehen.

»Denk darüber nach – nicht nur Juden und Araber, auch Chinesen und Tibeter, Bosnier und Kroaten, Russen und Tschetschenen.« Nadim hob förmlich ab.

Mach jetzt nichts kaputt, dachte ich und versuchte, mich zurückzuhalten.

»Ich sehe uns in einem Kinosaal sitzen, während man auf der Leinwand sieht, wie du Maqluba isst«, sagte er. Eine Szene des Friedens in unserem Teil der Welt. Nadim war voller Freude angesichts des Films, in dem er Regie führen würde. Darauf sollten wir uns konzentrieren, dachte ich; ich war wütend auf mich, dass ich mich nicht wie er von Cinecittà mitreißen ließ. Ich wusste, dass Optimismus nicht zu meinen Stärken gehörte, aber immerhin hielt ich den Mund.

Das war's also, ich fasse jetzt zusammen, was aus der Euphorie der letzten beiden Jahre geworden ist. Kein Frieden, kein Film, keine »open doors«.

Schon am nächsten Tag rief Nadim wieder an. Bevor er den Mund aufmachte, erzählte ich ihm, dass Dani gesagt hatte, er sei »anders«.

»Ich bin verrückt nach diesem Lob«, erwiderte er, und ich hörte die Kritik aus seinen Worten. »Er meint also, dass ich anders bin? Jetzt wird mir klar, was er von meinem Volk hält.« Und dann fügte er hinzu: »Aber wenn ich schon anders bin, solltest du das vielleicht eurem Angestellten im Innenministerium sagen, dann hätte ich wenigstens was davon.«

Ich hörte seinen Zorn und sagte, ich würde ihn inzwischen gut genug kennen, seine Stimmung würde von einer Sekunde zur anderen umschlagen, von Begeisterung zu Zorn, von Freude zu Wut, er würde in einem Moment abheben, im nächsten zu Boden stürzen, um dann zu einem weiteren Höhenflug anzusetzen.

»Man sagt über mich, bei mir sei ein Tag gut, ein Tag schlecht, ein Tag Honig und ein Tag Zwiebel.«

Er fügte hinzu, der Honigtag entspreche seinem Wesen, und der Zwiebeltag sei das psychologische Ergebnis der Besatzung.

Dann erinnerte er mich daran, dass wir uns in der nächsten Woche mit einer Vertreterin der Europäischen Union treffen würden, und bat darum, in unser beider Namen sprechen zu dürfen.

Ich verstand ihn nicht. »Und was ist mit mir? – Soll ich etwa den Mund halten? Du kennst mich doch, du weißt, dass es für mich nicht einfach ist, still zu sein.«

Aber Nadim blieb stur. Ich würde ihn auch kennen, argumentierte er, und ich wüsste doch, dass er vorsichtig sein müsse, bei ihm gehe es um Menschenleben.

»Um Menschenleben?«

»Du weißt es«, sagte er mit plötzlich belegter Stimme.

»Na dann«, erwiderte ich, als könnte ich seine Sorge damit zerstreuen. »Europäer sind sowieso antisemitisch und lieben die Palästinenser.« Schließlich entschuldigte er sich und sagte, er und Laila würden am Freitag nicht zu uns kommen. »Sie fühlt sich nicht wohl«, sagte er, ohne ins Detail zu gehen.

Ich bat Dvora um eine Erklärung. »Was passiert hier?«

»Wenn er sagt, es geht um Menschenleben, dann glaube ihm einfach«, sagte sie.

»Und ich soll den Mund halten?«

»Vielleicht kommst du auf diese Art zu einer guten Geschichte. Was macht es dir schon aus? Hör wenigstens ein Mal nur zu.«

Na klar, ich bin ja auch die Besatzerin, beendete ich in Gedanken den Satz, der in der Luft schwebte.

Bei Dvora gab es nur eine Seite, die bei der Geschichte litt, und das war nicht unsere. Sie hatte es geschafft, mich zu verärgern.

Dani und ich warten ungeduldig auf den kommenden Tag, als würde sich vor Gericht auch unser Schicksal entscheiden. Ich schaue ihn an und denke, dass er schon seit drei Jahren in ein Geschäft investiert, das keinen Gewinn abwirft. Alle möglichen Erinnerungen tauchen in mir auf. Mir fällt ein, wie wir beide die Überraschungsparty verlassen haben, die Ornats Mann zu ihrem dreißigsten Hochzeitstag gegeben hat. Er hatte sogar einen Generaldirektor des Innenministeriums eingeladen, einen Verwandten. Als Ihre Ehren der Generaldirektor auf der Party auftauchte, verlangte ich von ihm, dem Innenminister auszurichten, er solle endlich aufhören, die Araber in Ost-Jerusalem zu quälen. Dani zerrte mich aus dem Saal und brachte mich nach Hause.

Ich erinnere mich auch an eine Reise von Tel Aviv nach Berlin. Auf dem Flughafen sah ich, wie eine Araberin einer lang andauernden Kontrolle unterworfen wurde. Ich baute mich vor dem Sicherheitsmann auf und verlangte, ebenso gründlich kontrolliert zu werden wie sie. Dani wurde blass, er schob mich weiter und sagte, am Schluss würde ich vermutlich ebenfalls im Haus bleiben müssen, genau wie Laila. »Vielleicht hörst du auf, gegen Windmühlen zu kämpfen«, flüsterte er mir ungeduldig zu, »vielleicht kämpfst du endlich mal da, wo man etwas verändern kann?« Ich lächele in mich hinein. Die letzten drei Jahre waren keinesfalls leicht für ihn. Ich gehe zu ihm und umarme ihn.

Am Sonntag darauf saßen Nadim und ich gegen Abend in einem Restaurant am Strand von Tel Aviv und erwarteten die Vertreterin der Europäischen Union. Die Sonne versank im Meer, ruhig lag es vor uns, der Himmel leuchtete orangerot, Optimismus stieg in mir auf.

»Mein Name ist Michelle Peterson«, sagte die freundlich lächelnde Dame. Sie trug ein Chanelkostüm, ihr Haar war im Nacken zusammengefaßt. Ich betrachtete sie. Alles an ihr war wohlgeformt. Ihre Hände, ihre Beine, ihre Hüften, ihre Brüste und sogar ihre Gesichtszüge. Die Nase passte zum Mund, zu den Augen, zu den Ohren. Alles war vollendet symmetrisch. Bevor sie sich setzte, sagte sie auf Englisch, mit französischem Akzent, wie sehr sie sich freue, uns zu treffen, und wie bewegend es sei, Menschen zu finden, die aus ihrem Alltag ausbrachen, um sich für eine bessere Welt einzusetzen. »So beginnen große Umwälzungen«, sagte sie.

»Cinecittà«, flüsterte Nadim mir zu.

Sie wandte sich nur an ihn. »Erzählen Sie doch von sich«, bat sie.

»Ich wurde in Jerusalem geboren, in eine Familie, die schon seit über zehn Generationen in der Stadt lebte. In den achtziger Jahren, als die Unruhen anfingen, wurde die Universität in der Westbank geschlossen und ich ging zum Studium nach Rom. Ich studierte Italienisch und übersetzte Texte aus arabischen Medien für das Institut für Politikwissenschaften. Nach meiner Rückkehr nahm ich eine Stelle an der sprachwissenschaftlichen Fakultät der Universität El Kuds in Ost-Jerusalem an. Außerdem unterrichte ich ehrenamtlich in einem Jugendzentrum in Ramallah. An den anderen Tagen, in meiner Freizeit, arbeite ich für eine Menschenrechtsorganisation in den besetzten Gebieten.«

Ich hörte Nadim ebenso aufmerksam zu wie Michelle.

»Beeindruckend«, sagte sie. »Was genau tun Sie in dieser Organisation?«

»Ich fotografiere Vorfälle«, antwortete er und schickte mir ein Lächeln.

»Was fotografieren Sie?«

»Ich fotografiere Häuser, die abgerissen werden, Zusammenstöße an Straßensperren der Armee und Verhaftungen.«

Michelle bekam große Augen, diese Aktivitäten gefielen ihr.

Nadim legte eine Pause ein, goss für mich, für sie und für sich selbst Wasser aus der Flasche, die auf dem Tisch stand, in Gläser. Sie wartete gespannt auf das, was noch kommen würde.

Nadim reagierte auf ihre Körpersprache, er sprach sicher und fließend. »Zwischen den Vorfällen, den Häuserabrissen und den Zusammenstößen, traf ich Laila, die dann meine Frau wurde. Das ist eine Geschichte für dich.« Er warf mir einen schnellen Blick zu, bevor er sich wieder an Michelle wandte. »Während der Intifada brachte mir ihr Bruder ein Foto, das sie in Gaza gemacht hatte. Laila hatte aus ihrem Zimmerfenster einen Soldaten fotografiert, der einen palästinensischen Jugendlichen verprügelte. Sie hatte den Moment festgehalten, als der Soldat die Hand hob; man sah die Überraschung in den Augen des Jungen. Ich glaube, ich habe mich in dem Moment, in dem ich das Foto sah, in Laila verliebt. Ich wollte sie kennen lernen. Nach ein paar Wochen beschlossen wir zu heiraten, aber auch unsere Hochzeit ist eine Geschichte für sich.« Wieder warf er mir einen Blick zu.

»Ausgerechnet an dem Abend, als wir unsere Hochzeit feiern wollten, wurde eine Ausgangssperre über ganz Gaza verhängt. Laila stand in ihrem Brautkleid am Fenster und ich, der sie abholen wollte, steckte in der Absperrung am Stadtrand fest, in meinem Festanzug und mit einem Strauß Rosen. Ich kam nicht weiter, obwohl ich alle erforderlichen Genehmigungen hatte. Ich versuchte, jemanden zu finden, der mir half, ich bettelte, ich flehte, bis ich begriff, dass Laila nicht nach Jerusalem würde kommen können. Ich weiß noch genau, wie ich einem Soldaten den Strauß Rosen gab und ihn bat, die Blumen ins Wasser zu stellen, damit sie nicht verwelkten.«

Was ist hier los, fragte ich mich.

Wieso hörte ich hier und jetzt, ausgerechnet in Michelles Beisein, zum ersten Mal von dieser Geschichte? Warum hatte Nadim mir bis heute nichts von seiner Hochzeit erzählt? Schließlich war er doch zu mir gekommen, um mir Geschichten aus seinem Leben zu erzählen. Und wütend dachte ich, vielleicht hat Dvora recht, vielleicht sollte ich endlich mal den Mund halten und zuhören.

»Dann fuhr ich zurück nach Jerusalem, um den Gästen, die in einem Saal warteten, Bescheid zu sagen, dass die Armee mir meine Hochzeit vermasselt hatte.« So beendete Nadim die Geschichte seiner Eheschließung.

»Kafka«, sagte Michelle, nickte und warf mir einen bedeutungsvollen Blick zu.

Ich suchte Blickkontakt mit Nadim, aber er sah Michelle an, ihr Blick versank in seinem. Sie war gefesselt. Geschichten waren seine Methode, Kontakt aufzunehmen, einen anderen Menschen zu bewegen. Irgendwo dort, zwischen seiner Stimme und seinen Worten, zwischen seinen Sätzen und Pausen lag das Geheimnis seiner Anziehungskraft.

Ich begann zu schwitzen.

Was war mit mir? Wieso diese plötzliche Unruhe?

Genug!, fuhr ich mich an, sei nicht so kleinlich, das ist eine gute Geschichte, versuche dir jedes Wort zu merken, damit du alles aufschreiben kannst, wenn du zu Hause bist.

»Nach einem Monat Herumirren zwischen Regierungsämtern und Militärdienststellen feierten wir eine Hochzeit im kleinen Rahmen«, fuhr Nadim fort, und ich hörte weiter zu.

»Seither lebt Laila in Jerusalem, sie hat ein Touristenvisum, das verfällt, wenn sie das Land verlässt. Sie ist in ihrem Haus eingesperrt und sie darf nicht arbeiten. Sie kann ihre Familie nicht mehr besuchen, denn seit dem Osloer Abkommen gilt Gaza als Ausland.«

Mich schaute er schon nicht mehr an, er lehnte sich zurück, presste den Oberkörper gegen die Stuhllehne, hob den Kopf und sah hinauf zum Himmel, während Michelle und ich uns ansahen. Ihr wütender Blick glitt über mein Gesicht. Sie drehte sich zu unserem Kellner um, winkte ihn herbei und bestellte für uns drei Prosciutto, bevor sie mir wieder einen vorwurfsvollen Blick zuwarf.

Ich hätte Nadim am liebsten geschüttelt, schließlich waren wir hierher gekommen, um über unser Buch und unseren Film zu sprechen.

»Vor einem halben Jahr wurde Lailas Vater ins Krankenhaus eingewiesen, auf die onkologische Station«, fuhr Nadim fort, aber er sprach nur mit Michelle, mich ignorierte er weiterhin. »Seither bin ich damit beschäftigt, eine Genehmigung für eine Fahrt nach Gaza zu bekommen. Ich habe Freunde um Hilfe gebeten, Bekannte aus dem Kollegenkreis und aus gemeinnützigen Vereinen, aber nichts hat geholfen. Es ist verrückt, wenn man bedenkt, dass die Entfernung zwischen Jerusalem und Gaza höchstens zwei Autostunden beträgt, samt Straßensperren. Aber so bitter das ist, Laila wird ihren Vater vermutlich nicht noch einmal sehen.«

»Kafka«, rutschte es Michelle ein zweites Mal heraus. Der Blick, den sie mir zuwarf, war feindselig.

Er war also hier, um seine Geschichte zu erzählen, und ich war lediglich Staffage.

Auch eine Art Koproduktion, aber so konnte es nicht laufen.

Ohne mich.

Ich hätte ihm am liebsten vorgeschlagen, einen Film mit Maria zu machen, finanziert von der großzügigen Michelle.

Und ich hoffte, er würde meine Gedanken lesen.

»Manchmal glaube ich nicht, dass es schon vierzehn Jahre sind. Jedes Jahr im Juli verlassen Laila und ich mit einem Picknickkorb voller Proviant um fünf Uhr morgens das Haus, und dann warten wir vor dem Innenministerium auf den Beamten, der über unser Schicksal entscheidet«, fuhr er an Michelle gewandt fort. »Normalerweise sage ich zu Laila, während wir draußen warten: Schau doch, was für ein schöner Sommertag das ist. Stell dir einfach vor, wir wären zum Strand gefahren, mit einem Picknickkorb voller Köstlichkeiten, um einen schönen Tag zu verbringen, und bald fahren wir nach Hause zurück, sonnengebräunt und zufrieden. Und wenn wir endlich dran sind und stundenlang Fragen beantworten müssen, über unser Leben als Paar und als Einzelpersonen, sogar über die Kinder wollen sie alles mögliche wissen, schließlich könnten sie die Kinder anderer Leute sein, dann flüstere ich Laila zu: Und jetzt stell dir vor, wir segeln auf den Wellen des Meeres und es gibt einen kleinen Sturm. Ich lasse sie nicht ins Wasser fallen, ich lasse sie nicht untergehen, bis der Beamte schließlich die Genehmigung unterschreibt, dass sie ein weiteres Jahr im Land bleiben darf, und uns für die nächsten zwölf Monate glücklich macht.«

»Kafka«, wiederholte Michelle ihr Mantra.

Kafka, dachte auch ich.

Er ist der Ankläger und ich bin die Beschuldigte.

Ich schaute zu Michelle hin, die mich wieder ignorierte. Ich wüsste gern, was ihr Vater im Krieg getan hat, überlegte ich. Bestimmt hat er jüdische Kinder gerettet. Ich war sicher, in meinen Augen blitzte unterdrückte Wut auf.

Ich stellte mir vor, wie ich vor dem Richtertisch stand und sie, die Richterin, anschrie, dass diese Blutfehde am Tag meiner Geburt über mich ausgegossen worden sei und ich nichts dafür könne. Ich erklärte der eleganten Richterin mit dem zornigen Blick, dass auch ich ein Opfer sei, ein Opfer der Umstände, der Politiker, der Interessen, ein Opfer Gottes. Ich sagte, dass auch ich so leben wollte wie sie, in einem Land wie Belgien, der Schweiz oder Frankreich! Und ich fragte mich, wie vielen Frauen aus Gaza Michelles Land die Staatsbürgerschaft zugestehen würde.

Was für ein Glück sie hat! Sie kann eine Gerechte der Völker sein, auf unsere Kosten. Kurz bevor ich angefangen hätte zu schreien, wandte ich den Blick von ihr zu Nadim.

Seine Augen hatten sich verdunkelt, seine Stirn war gerunzelt, die Schultern hingen herab. Obwohl der Zorn mich zu überschwemmen drohte, sah ich, wie bedrückt Nadim war. Er hatte Michelle für sich eingenommen, aber er zeigte keine Freude, keinen Triumph, und ich meinte Dvora zu hören, die mich anflehte, weiterhin den Mund zu halten.

Ich rutschte auf meinem Stuhl herum, es fiel mir schwer, diesem Auftrag zu gehorchen, und um meine Anspannung und Gekränktheit zu überspielen, fingerte ich an dem Salzfass herum bis ich das ganze Salz auf dem Tisch verstreut hatte.

Der Kellner erschien, um den Schaden zu beseitigen.

Ich spürte, dass auch er mich nicht sehr sympathisch fand, und hoffte inständig, Nadim würde endlich merken, dass ich kurz davor war, die Fassung zu verlieren.

»Eigentlich versteht keiner, was es wirklich bedeutet, dass Laila Jerusalem nicht verlassen kann, um an einen beliebigen Ort in der Welt zu reisen«, sagte Nadim mit einem schnellen Blick zu mir. »Keiner versteht, was es wirklich für einen Menschen bedeutet, keine Staatsbürgerschaft zu besitzen.«

Der Kellner servierte das Hauptgericht, Lachs mit Teriyaki-Soße, Kopfsalat, Reis mit Cranberries und Pinienkernen. Zwischen einem Bissen und dem nächsten erklärte Nadim Michelle, dass Laila keinen Personalausweis besitze, nur einen palästinensischen Pass, und dass sie deshalb nur mit einer Sondergenehmigung nach Gaza fahren dürfe. »Und nur mit einer willkürlichen Erlaubnis der israelischen Behörden kann sie nach Jerusalem zurückkehren, oder auch nicht.« Er schwieg abwesend, und Michelle stieß erneut ein »Kafka« aus und warf mir abermals einen ihrer feindseligen Blicke zu.

Ich rührte das Essen nicht an, mir war klar, dass Michelle Peterson das Urteil gefällt hatte und dass sie genau wusste, was Gut und was Böse war. Der Vergleich mit den Nazis war beliebt, und sie war in dem Bewusstsein in den Nahen Osten gekommen, zu wissen, wer hier die Rolle der Nazis spielte.

Ich geriet in einen Schwebezustand. Ich segelte am Horizont und verfolgte die unaufhörlichen Wellenbewegungen des Meeres, doch dann schob Nadim unter dem Tisch die Hand zu mir herüber, fast hätte er sie auf meinen Oberschenkel gelegt.

»Hör zu, meine Liebe«, sagte er und holte mich mit diesen Worten zurück.

Und obwohl er weiterhin Michelle zugewandt war, kam es mir vor, als spreche er nun auch zu mir. Er erzählte, neulich habe er nicht schlafen können, er habe sich vorgestellt, dass er, Laila und die Kinder ihre Heimat verließen. »Und als ich die Augen zumachte, sah ich meinen Vater langsam verblassen und wusste, dass nach seinem Tod unser Boden und unser Besitz enteignet würden und in den Besitz des Staates Israel übergingen, denn es gibt außer mir keinen Erben, meine Schwestern haben längst das Recht verloren, hierher zurückzukehren, noch nicht einmal zu Besuch. In den letzten Monaten suche ich immer wieder unseren Hausarzt auf, der meinen Blutdruck misst und nichts von meinen Alpträumen weiß. Denn wem könnte ich das alles erzählen?« Für einen Moment sah er nur mich an, und ich spürte eine innere Erschütterung.

Wem konnte er wirklich von seinen Sorgen erzählen, dachte ich, Laila, die ohnehin tief in einer Depression steckte, seinem verzweifelten und angesichts der Situation hilflosen Vater, seinen Verwandten, von denen jeder an seiner eigenen Geschichte trug?

»Kürzlich«, sagte er zu Michelle, meinte aber mich, »stellte mein Arzt fest, dass ich unter Angstzuständen leide, und er gab mir ein Rezept für Psychopharmaka.«

Michelle Peterson seufzte, warf noch ein »Kafka« in die Luft und fragte Nadim, was er zum Nachtisch wolle. Auf seine Bitte hin bestellte sie Pannacotta und drei Löffelchen. Zumindest bei den Löffelchen vergaß sie mich nicht. Ich raubte ihnen den Nachtisch, und als sie feststellte, dass sie das letzte bisschen Creme, das auf der Zunge zerging, verpasst hatte, seufzte sie frustriert.

Der Kellner brachte den bestellten Kaffee und legte zugleich die Rechnung auf den Tisch.

Nadim und Michelle waren in ihr Gespräch vertieft. Nur ich zog meine Kreditkarte heraus. Sie unterhielten sich weiter, ignorierten mich und den Kellner, der bereits kam, um die Bezahlung in Empfang zu nehmen. Er nahm meine Kreditkarte und ging zur Kasse.

Das war's also, dachte ich und entschied, dass Michelle nicht begriff und nie begreifen würde, dass unsere Geschichte komplizierter war. Sie hatte keine Ahnung, dass es bei uns kein Stark oder Schwach gab, kein Gut oder Böse, bei uns gab es eine unlogische Symmetrie, bei uns war jeder auf seine Art im Recht, und im Namen dieses Rechts verletzte jeder den anderen.

Ich stand auf, um zu gehen.

Nadim und Michelle bedankten sich bei mir für die Einladung und erhoben sich ebenfalls.

Widerwillig hinterließ ich dem Kellner, der mich nicht sympathisch fand, ein Trinkgeld.

Der Verurteilte bezahlt die Prozesskosten, dachte ich verdrossen.

Auf dem Weg zum Auto schaffte ich es nicht, meinen inneren Aufruhr, meinen Zorn und mein Erstaunen zu bändigen. Ich wusste nicht, auf wen ich eigentlich wütend war, wer oder was mich so gekränkt hatte. War es Nadim, der nicht über seinen Film und mein Buch gesprochen hatte? Oder der Umstand, dass ich die ganze Rechnung bezahlt hatte? Oder vielleicht Michelles Feindseligkeit?

Ich war verwirrt, überlegte, ob sich mein Zorn nicht auch gegen Dvora richtete, die mir befohlen hatte, zu schweigen, und gegen mich selbst, weil ich geschwiegen hatte. Aber vielleicht hatte ich wegen dieses Schweigens tatsächlich etwas Neues begriffen.

Wir gingen die Straße entlang und sprachen kein Wort, meine übliche Migräne meldete sich, zumindest verdrängte sie meine wirren Gedanken.

Als wir uns dem Auto näherten, verlangsamte Nadim seine Schritte, und mir kam es vor, als wolle er etwas sagen. Ich hoffte, er würde sich für mein Schweigen bedanken, erklären, dass es ihm an diesem Abend nicht um den Film und nicht um das Buch gegangen sei, an diesem Abend habe er nur Laila retten wollen. Ich wünschte mir so sehr, er würde meinen Zorn und mein Gefühl der Kränkung besänftigen, und damit auch meine Migräne.

Er nahm meine Hand, ich blieb stehen. Er atmete tief ein und fragte: »Who the fuck is Kafka?«

*

Elf Uhr siebenundvierzig. Dieses Treffen stellte sich als Nadims größter Erfolg heraus. Letztlich war es Michelle, die Laila dazu verhalf, ihren Vater in Gaza zu besuchen. Und ich bin eigentlich sehr zufrieden mit meinem Schweigen an jenem Abend, in diesem Restaurant am Strand. Doch manchmal steigen aus meinem Inneren wieder der Zorn und die Gekränktheit auf und dann hoffe ich, Michelle irgendwann einmal wiederzusehen und ihr alles entgegenzuschreien, was ich damals hinuntergeschluckt habe.

*

Eine Woche später erschien Nadim bei mir und erzählte, dass Michelle sich um die notwendige Genehmigung für Laila kümmere. Sie habe versprochen, sagte er, dass noch vor Monatsende ein Vertreter der europäischen Union kommen würde, um Fotos aufzunehmen und einen Trailer zu produzieren, der für Buch und Film warb. Weil er so glücklich war, verzieh ich Michelle einen Moment lang.

Fünf Minuten vor Mitternacht. Plötzlich erschreckt mich der Gedanke, Laila könnte von all dem nichts wissen. Vielleicht hat Nadim ihr nichts gesagt. Vielleicht will er es ihr erst morgen sagen, und zwar nur, wenn der Antrag genehmigt wird. Vielleicht will er ihr Sorgen ersparen, so wie er sie mir im Laufe der Jahre immer wieder ersparen wollte. Und ich – wie wütend war ich über all die Worte, die er nicht ausgesprochen und die Geschichten, die er nicht erzählt hat.

*

Beim nächsten Treffen, nachdem Nadim Kubeh auf den Tisch gelegt hatte, und einige Minuten vor dem lang ersehnten Termin mit dem Fotografen der europäischen Union, kamen wir überein, vor der Kamera über unsere Beziehung und unsere Träume zu sprechen, über das Buch und über den Film.

Ich schlug einige populäre Slogans vor, wir könnten zum Beispiel sagen, wenn einer den anderen kenne, hasse er ihn nicht mehr, und wer miteinander spreche, brauche keine Waffen.

Johann Schulz, der Berater zur Förderung von Projekten der europäischen Union, war ein ernsthafter Mann von ungefähr vierzig Jahren, der den Auftrag hatte, uns zu fotografieren. Er legte den Fotoapparat auf meinen Küchentisch und schlug vor, Nadim als ersten zu interviewen. Er stellte das Mikrofon auf und verzog keine Miene, als er mir erklärte, mit dem Mitgefühl für Palästinenser täten die Europäer sich leichter.

Nadim räusperte sich, glättete seine Stimmbänder und begann: »Wir haben uns bei einem Friedenskongress in Rom getroffen, zu einer Zeit, als in unserem Land Krieg herrschte. Am Ende des Kongresses waren wir entschlossen, etwas zu unternehmen, damit sich derartige Friedensbemühungen nicht immer wieder in Luft auflösten. Unser Zusammentreffen hatte uns auf die Idee gebracht. Wir wollten mit einem Buch und einem Film die Geschichte zweier Menschen erzählen, die in einer Situation von Krieg und Besatzung stecken und trotzdem leben und kreativ sein wollen. Wir waren zwar unbedeutend und würden vermutlich keinen Frieden bringen, trotzdem wäre es eine Gelegenheit. Wir fühlten uns verpflichtet, den Prozess der Annäherung voranzutreiben.«

Ich lächelte ihm zu.

»Bevor ich Ihnen weitere Details über unser Projekt nenne, möchte ich betonen, dass ich in diese Geschichte hineingeraten bin, weil *wir* schon seit Jahren versuchen, Frieden zu machen, aber den Israelis nützt die Besatzung, sie haben sich nie wirklich um den Frieden bemüht. Bis heute verschlimmert sich unsere Situation, wir werden gedemütigt und beschämt, es gibt immer mehr Siedler, die uns, vom Staat geschützt, misshandeln. Ich spüre, dass es endlich Zeit wird, die Stimme zu erheben, längst ist die Besatzung zu einer unumstößlichen Tatsache geworden …«

Ich starrte mit offenem Mund den Mann an, dessen Körpersprache und dessen Blick sich verändert hatten, sogar seine Stimme klang plötzlich wie die eines öffentlichen Redners. Es war, als hätte jemand auf einen Knopf gedrückt und ein anderes Programm eingeschaltet.

Mit einem Satz war ich auf dem Kampfplatz, zwischen Nadim und dem Mikrofon. »Nadim«, rief ich, »sag, dass der Hass auf beiden Seiten existiert, sag, dass wir beide uns weigern, Feinde zu sein, dass wir eine Koproduktion planen, trotz des Zorns der Politiker, der Fundamentalisten, der Internationalen, der Rassisten, der Dschihadisten, der Islamisten, der Messianisten, sag, dass es für uns keine Anführer gibt, sondern nur Menschen, die einfach leben wollen.«

»Das kannst du nicht von mir verlangen«, unterbrach er mich. Seine Lippen zitterten.

Und ins Mikrofon sprach er, dass wir vorhätten, in einem Film und in einem Buch von dem schweren Leben unter der israelischen Besatzung zu berichten. Seine Stimme klang immer zäher, als falle es ihm schwer, die Worte über die Lippen zu lassen, als würde er zum Sprechen gezwungen.

Johann nickte ermunternd, wollte, dass Nadim weitersprach.

»Erzählen Sie von der Armee«, sagte er, »berichten Sie von der Mauer und den Straßensperren.«

Johann brachte mich ganz durcheinander.

Wieder hatte man uns einen Friedensaktivisten geschickt, dachte ich. Warum nur? Was sollte das heißen? Wahrte Nadims Regierung vielleicht den Frieden? Gab es auf ihrer Seite einen Friedensführer? Hatte einer von ihnen den Dschihad aufgelöst? Waren die Büros der Hamas geschlossen worden und man hatte vergessen, mir Bescheid zu sagen? Hatte jemand auf die Forderung verzichtet, den Staat Israel von der Landkarte zu tilgen? Ich war fest entschlossen, dass man, nach Nadims Interview, auch meine Stimme hören würde.

Johann würde etwas über die Hamas und die Hisbollah erfahren, er würde etwas von den erleuchteten Führern auf der anderen Seite der Grenze hören. Ich versank in der Vorbereitung einer flammenden Rede. Doch als Nadim zu Ende gesprochen hatte, entschuldigte sich Johann und sagte, er habe es eilig, und Nadim habe seine Sache so hervorragend gemacht, dass ich bestimmt nichts hinzuzufügen hätte.

»Das darf mir nicht noch einmal passieren!«, dachte ich entsetzt, als Johann eilig seine Sachen zusammenpackte. Und als er das Haus verließ, verfluchte ich ihn insgeheim.

Ich stürzte mich auf Nadim. »Was war das? Was soll dieser Automatismus, dass immer ihr die Guten in dieser Geschichte seid?« Ohne Johann bekam Nadim meinen ganzen Zorn und meine Enttäuschung ab. »Wo nimmst du diese Reden her? Noch dazu vor diesem Adolf aus Österreich?«

Nadim riss erschrocken die Augen auf. »Johann«, versuchte er mich zu korrigieren.

»Adolf«, beharrte ich.

»Johann, er hieß Johann«, wiederholte Nadim.

»Für mich heißt er Adolf«, schrie ich.

Nadim schaute mich an. »Was hast du denn erwartet, worüber ich reden würde?« In seinen Augen glühte Wut, wie in meinen.

»Begreifst du eigentlich, worum es hier geht?«, zischte er. »Du bist hier, um dein Gewissen zu polieren, ich hingegen kann morgen sterben.«

»Was hast du gesagt?«

»Du wirst es nie verstehen« murmelte er, dann presste er die Lippen zusammen.

»Vielleicht erklärst du mir, was ich nicht verstehe«, beharrte ich, aber Nadim wand sich. Eine richtige Antwort blieb er mir schuldig. Den ganzen Tag lang ließ mich diese Frage nicht los.

Wieder wandte ich mich an Dvora. »Sag, was kann das bedeuten?«, wollte ich wissen.

Sie zählte eine Reihe Möglichkeiten auf, von Paranoia bis zu einer realen Lebensgefahr. »Seitens des Sicherheitsdienstes, seitens der Hamas, der Fatah, seitens Lailas Familie, seitens seiner Familie, – wer weiß das schon? Leider ist im Nahen Osten alles möglich.« Sie wollte das Gespräch abkürzen. Jossi sei zu Hause und in der letzten Zeit sei ihre Situation nicht einfach, sagte sie, ohne sich näher zu erklären.

»Was ist passiert?«, fragte ich.

»Ach, lass, es geschieht mir recht. Eine Frau, die einen *Moschawnik* heiratet, das Salz der Erde, dessen Großvater die Araber bereits gehasst hat, braucht sich nicht zu wundern, wenn ihr Ehemann sich aufführt wie ein Siedler. Am Anfang war er meinen sogenannten Launen gegenüber noch nachsichtig, aber in der letzten Zeit kann ich nicht mehr mit ihm sprechen, er sieht nur Araber mit Schwertern und Messern. Ich muss jetzt aufhören. Er hat gesagt, wenn er in unserem Haus noch einmal hört, dass über die Palästinenser gesprochen wird, würden wir uns beim Rabbinat treffen.«

Dvora tat mir leid. Dabei mochte ich Jossi sehr gern. Und jetzt wollte er sich tatsächlich scheiden lassen?

Ich dachte daran, dass meine Mutter einmal gesagt hatte, dass sich die Menschen zusammentun, wenn ein Unglück geschieht, um einander zu helfen, aber das Unglück müsse bald vorübergehen. Ein langwieriges Unglück, hatte sie gesagt, bringe den meisten Menschen Gleichgültigkeit. Das Feuer des Mitleids brenne nicht lange, und überhaupt gewöhne sich der Mensch ja an sein eigenes Unglück, warum sollte er sich nicht an das Unglück seines Nächsten gewöhnen? Wie sollte er nicht das Unglück des anderen von sich fortschieben, damit er seinen Alltag weiter aushalten könne?

Als Dani gegen Abend nach Hause kam, lief ich unruhig in der Wohnung auf und ab.

Er grinste. »Dir fehlt eine Zigarette. Wärst du Raucherin – heute wäre der Tag für eine ganze Schachtel.«

Ich erzählte ihm von Johann, und während ich sprach, lief ich zwischen den Zimmern hin und her. Ich starrte auf die Fliesen hinab, sah die Schäden der Zeit, kleine Flecken, und da und dort ein bisschen Schmutz.

»Ich verstehe dich nicht«, sagte Dani verwundert. »Wieso bist du nicht wütend auf Nadim?«

Ich könne nicht wütend auf ihn sein, erwiderte ich.

»Natürlich nicht«, stieß er aus. »Dvora hat dich davon überzeugt, dass du schuld bist, für sie hat ein Opfer der Besatzung nur Rechte.«

Ich ließ mich auf keinen Streit ein. Ich suchte mir einen Schrubber, ein Putztuch und einen Eimer. Bis nach Mitternacht putzte ich den Boden.

*

Nachts, im Traum, lief ich allein den Strand zwischen Jaffo und Tel Aviv entlang.

Nichts geschah, nur eine bedrohliche Stille erstreckte sich bis zum Horizont.

Als der Morgen endlich graute, stand ich auf.

*

Zu unserer nächsten Verabredung tauchte Nadim nicht auf.

Nachdem ich eine Stunde lang auf ihn gewartet hatte, rief ich ihn an. Ob er überhaupt noch lebte? Vielleicht war das geschehen, wovor er Angst hatte? Meine Hand zitterte, als ich seine Nummer wählte.

»Tut mir leid«, sagte er, und ich hörte seiner Stimme an, wie wütend er war.

Was tut dir leid?, dachte ich. Du lebst und du kommst nicht und rufst nicht an? Diesen Satz behielt ich zum Glück für mich.

»Wieso ärgerst du dich?«, fuhr er mich an.

»Also wirklich«, stieß ich erstaunt aus.

Er ließ mich nicht weiterreden. »Es reicht«, sagte er.

Seine Reaktion verwirrte mich.

»Was ist passiert?«

»Nichts.« Man hörte ihm an, wie zornig er war.

»Aber?«

»Das kommt wieder in Ordnung.«

»Und was ist nicht in Ordnung?«

»Mustafa ist zu Hause, deshalb konnte ich nicht kommen«, antwortete er.

»Ist er krank?«, fragte ich.

»Nein.«

»Warum ist er dann zu Hause?«

»Weil er nicht in die Schule gegangen ist.«

»Warum nicht?«

»Wegen seines Lineals.«

»Wegen seines Lineals?«

»Ja, vor zwei Tagen hat das Lineal beschlossen, aus Mustafas Schultasche zu lugen und deine Freunde zu erschrecken, deshalb unterzogen sie ihn einer Sicherheitskontrolle. Natürlich fühlten sie sich veranlasst, den Ranzen auszukippen und den Jungen zu zwingen, sich auf offener Straße auszuziehen.«

»Du lieber Gott«, entfuhr es mir, und ich dachte, rennst du zur einen Seite, triffst du einen Bären, und rennst du zur anderen, wirst du von einer Biene gestochen.

»Und hast du dich nicht beschwert?«

Nadim schwieg.

»Was ist, gibt es keine Polizei?«

»Für mich nicht, und falls es eine gibt, dann nur, um mich festzunehmen«, fauchte er.

»Was wirst du also tun?«, fragte ich beschämt.

»An einen Ort ziehen, an dem es bis heute keine Siedler gibt. Deine fünfzig Verrückten haben sich vermehrt und mein Haus zu einem unmöglichen Ort gemacht.«

Ich gab auf.

Am Abend hatte ich mich noch immer nicht beruhigt. »Hör zu«, sagte ich zu Dani, der den Blick von den Schlagzeilen der Wirtschaftszeitung hob, die er gerade las. Ich erzählte ihm von Mustafa.

»Findest du nicht, dass ich laut aufschreien müsste?«

»Wo denn?« Er lachte. »Hier, bei uns zu Hause?«

Ich reagierte gereizt. »In der Presse, im Fernsehen!«

»Ja, natürlich, das ist eine großartige Idee. Und wenn es hochkommt, lesen Dvora und noch ein paar andere Leute deinen Artikel auf Seite 8 des Ha'aretz und fragen sich erschüttert, wie es so weit mit uns kommen konnte.«

Heute ärgere ich mich über mich selbst, weil ich auf Dani gehört habe. Ich hätte im Radio und im Fernsehen laut aufschreien müssen, ich hätte in der Zeitung darüber berichten müssen, nicht um die Situation im Nahen Osten zu ändern, noch nicht einmal die Situation in Silwan, sondern um Nadim zu beweisen, dass ich mich engagierte. Vielleicht, denke ich voller Zorn auf mich selbst, hätte er dann verstanden, dass ich auf seiner Seite bin.

*

»Wo bist du?«, fragte ich Nadim, als er sich nach über einer Woche dazu herabließ, meinen Anruf entgegenzunehmen. Im Hintergrund hörte ich lautes Hämmern. »In unserem neuen Haus«, sagte er.

»Herzlichen Glückwunsch!«

»Ich war es nicht, der umziehen wollte«, zischte er gereizt. »Ich stehe mitten im Raum und kehre die Reste einer herausgebrochenen Wand zusammen. Ich bezweifle, dass es jemals fertig wird.« Er klang wirklich völlig erledigt. »Lass uns lieber morgen telefonieren«, sagte er und legte auf.

»Wie soll es jetzt weitergehen?«, fragte ich Dani.

Er rieb Salz in die Wunde. »Ihr redet doch noch miteinander, oder?«

In der Nacht hörte ich wieder die Stimmen und roch das Salz vom Meer. »Du schreist wie eine Verrückte.«

*

Nach ein paar Tagen rief ich abermals bei Nadim an. Ich erkundigte mich, wie es Mustafa gehe.

»So gut es eben möglich ist«, antwortete er kurz angebunden.

»Und wie geht es dir?«

»Tut mir leid, ich bin damit beschäftigt, die neue Wohnung zu renovieren.«

»Tut mir leid, ich habe zu viel zu tun.«

»Tut mir leid, ich habe einen Aufruf bekommen, ich fahre zum Ort des Geschehens.«

Mit unseren Beziehungen ging es bergab, unsere Verabredungen platzten ein ums andere Mal.

Ich musste wieder einmal eine Niederlage akzeptieren.

»Er ignoriert mich«, sagte ich zu Dvora.

»Also wirklich, warum sollte er dich treffen wollen? Wozu braucht er deine Bemerkungen und deine hochgezogenen Augenbrauen? Noch eine, die ihn allein durch ihre Existenz an seine Lage erinnert.«

»Du bist voreingenommen«, sagte ich wütend. Aber nach dem Gespräch war ich sehr bedrückt. Unzweifelhaft litt das Opfer einer Besatzung mehr als der Besatzer, meinem Sohn konnte so etwas nicht passieren. Und wieder steckte ich in dem Teufelskreis der Fragen und der beschämenden Antworten fest. Ein Hund, der sich in den Schwanz beißt.

Am Abend rief Dvora an, sie war nun etwas sanfter.

»Er braucht dich«, sagte sie. »Er braucht jemanden, der ihm zuhört.«

Ich rief ihn an, aber er nahm nicht ab.

Es war am Tag des Gedenkens für die Opfer der Schoah.

Ich ließ nicht locker und rief ihn wieder an.

Nadim klang verlegen. »Ich habe an dich gedacht, was sagt man bei euch am Tag der Schoah?«

Ich antwortete, am Tag der Schoah gebe es keine Worte des Trostes.

»Und was machst du an diesem Tag?«, erkundigte er sich.

»Ich hocke wie ein Sack voller Tränen vor dem Fernseher. Ich bin nur für das Heulen der Sirenen aufgestanden.«

»Und was denkst du, wenn du die Sirenen hörst?«

»Ich denke an meine Mutter, ich sehe sie in der Küche oder im Garten, oder ich stelle mir vor, wie sie morgens die Zeitung liest.«

»Wahnsinn«, stieß er mitfühlend aus, und noch einmal: »Wahnsinn.« Dann schwieg er.

»Und was machst du, wenn die Sirene ertönt?«, fragte ich, dumm wie ich war.

»Tut mir leid, wirklich, tut mir leid, ich muss jetzt aufhören.«

Ich kehrte zurück zum Fernseher.

Gegen Abend textete er mir eine Nachricht. »Best wishes for this day.«

»Danke«, schrieb ich zurück.

Ich verstand, dass er es gut gemeint hatte.

*

Auch in der folgenden Woche rief ich ihn an, am Gedenktag für die gefallenen Soldaten. »Wie geht es dir?«

»Einen Moment«, sagte er. Im Hintergrund lief das Radio. Ich hörte das Lied *Mein jüngerer Bruder Jehuda*, und vor meinem inneren Auge tauchte Schmuliks lächelndes Gesicht auf. Er war der Akkordeonspieler unseres Viertels gewesen und hatte eine Band gründen wollen. Plötzlich wollte ich über ihn sprechen.

Ich lauschte dem Text:

Hörst du es
weißt du es
deine guten Freunde
tragen dein Bild bei sich …

Vielleicht hätte er jetzt dieses Lied gespielt und gesungen, wenn er noch am Leben wäre.

»Noch einen Moment«, hörte ich Nadim sagen. Seine Stimme riss mich aus meinen Gedanken.

»Wo bist du?«, fragte ich.

»Eigentlich kann ich jetzt nicht reden«, sagte er und legte auf.

Warum hast du ihn bloß angerufen, fragte ich mich erstaunt.

Du bist das Opfer? Vielleicht lag es ja an dieser Frage, die in Rom nicht beantwortet worden war. Vielleicht hatte ich ihn deshalb an den Gedenktagen angerufen. Er sollte verstehen, dass diese Tage von mir handelten, dass sie meine Geschichte erzählten.

Aber er hörte nicht auf meine Geschichte, und ich beschloss, zu mir zurückzufinden, zu meinen Wurzeln. Ich würde über die Schoah schreiben, über die Kriege in Israel. Über meine eigene Geschichte.

Gegen Abend klingelte das Telefon.

»Es tut mir leid, dass ich das Gespräch abgebrochen habe, aber ich hatte einen harten Tag«, sagte Nadim. Er klang aufgewühlt.

»Ich auch«, stieß ich aus. Ich war nicht bereit, ihn zu schonen, und erinnerte ihn daran, dass es ein Gedenktag war für meine Freunde, die in den Kriegen umgekommen waren.

»Ihr habt alles getan, damit ich das nicht vergesse.« Ich hörte seiner Stimme das unterdrückte Grinsen an. »Der Soldat an der Straßensperre wollte ausgerechnet heute alle Klausuren meiner Studenten kontrollieren. Er wollte jede einzelne Arbeit sehen, jedes Blatt. Ich versuchte ihm zu erklären, dass es sich nur um Prüfungsaufgaben handelte, und zeigte ihm einige davon.

›Ich will alle sehen, eine nach der anderen, jede einzelne Seite.‹

Er hat den Ordner aufgemacht und die Blätter herausgenommen, und dann sind sie plötzlich vom Wind aufgeweht worden, wie Papierdrachen sind sie aufgestiegen und gesunken, sind gesunken und aufgestiegen und haben sich überall auf den Hügeln verteilt. Übrigens, heute Mittag, als du mich angerufen hast, bin ich gerade hinter den Blättern hergerannt und habe sie eingesammelt, eines nach dem anderen, jedes einzelne Blatt, und dein Soldat stand bei seinen Freunden, und er war so traurig an diesem Tag, dass er nur dastehen und lachen konnte.«

»Shit«, schimpfte ich.

Gerade an diesem Tag hatte ich mir den Glauben an einen gerechten Weg, daran, dass unsere Soldaten gut waren, erhalten wollen.

»*Kibinimat*«, zischte ich.

Nadim wechselte das Thema. »Ehrlich gesagt«, fuhr er fort, »habe ich nicht angerufen, um mich zu beklagen, im Gegenteil. Ich wollte dir sagen, dass Michelle Petersen für Laila eine Genehmigung erwirkt hat, um nach Gaza zu fahren.«

»Dann komm und lass uns feiern«, sagte ich erleichtert.

»Das ist ein bisschen kompliziert, eigentlich rufe ich an, um unser nächstes Treffen zu verschieben. Der Tag fällt auf die *Nakba*.«

»Tut mir leid, das steht nicht in meinem Kalender«, murmelte ich.

»Es sollte in deinem Herzen stehen«, bemerkte er, und bei dieser Gelegenheit erzählte er mir, dass sein Onkel im 48er Krieg umgekommen war.

»Was hast du gesagt?« Ich war erstaunt, er hatte seinen Onkel bis zu diesem Moment nie erwähnt.

»Soweit ich weiß, war er der älteste Bruder meiner Mutter. Er hat morgens das Haus verlassen und am Abend hat die Familie die Nachricht bekommen, dass er tot sei. Die Wahrheit ist, dass bei uns nie über ihn gesprochen wurde. Du wirst es nicht glauben, aber bis vor einem Monat kannte ich noch nicht einmal seinen Namen.«

Ich hätte Nadim gern nach weiteren Einzelheiten befragt, ich hätte auch gern gesagt, dass es mir leid tat, aber der Soldat an der Straßensperre hatte mich besiegt. Ich sah Nadim vor mir, wie er den umherfliegenden Blättern nachlief, und das raubte mir die Stimme.

Sieben Minuten nach Mitternacht.

»Schluss jetzt«, verkündet Dani und macht den Fernseher aus.

»Wie war's?«, frage ich.

»Die Guten haben gewonnen«, antwortet er. »Ich bin todmüde, ich gehe schlafen.« Und dann sagt er: »Du solltest das auch tun.«

Ein Blatt nach dem anderen, Seite um Seite, hörte ich Nadim sagen, Blatt um Blatt.

Was war aus uns geworden? Was war mit uns los? Ich fragte mich, und ich fragte auch Dani, wann der Mensch aufsteht und sein Land verlässt. Ich fragte ihn, ob er wisse, welches der Punkt sei, an dem der Mensch Schuldgefühle und Scham von sich wirft und sein Haus verlässt, seine Familie, seine Sprache, seinen Heimatort, seine Freunde.

»Auch auf gute Fragen gibt es manchmal keine Antwort«, sagte er und fügte hinzu, alles zurückzulassen sei bestimmt unsere schlechteste Option.

Vielleicht war der rosafarbene Ausweis meiner Mutter die Lösung aller Probleme? Vielleicht wäre es besser, zu keinem Staat zu gehören, zu keiner Religion und zu keinem Volk, sondern *staatenlos* zu sein?

»Das Volk Israel gedenkt seiner getreuen und mutigen Söhne und Töchter, der Soldaten der Verteidigungsarmee Israels …« In der ganzen Wohnung war die Stimme des Fernsehsprechers zu hören.

»Ich wünschte, wir könnten Weltbürger sein, einfach von einem Ort zum anderen ziehen«, sagte ich.

Dani schaute mich schweigend an.

»Bedenke doch, was meiner Mutter und ihrer ganzen Familie wegen ihrer Religion passiert ist, schau, was Nadim, Mustafa und Laila wegen ihrer Nationalität passiert, und sieh, was uns passiert.«

»Gott gedenke Israel und gesegnet sei er mit seinem Samen und beweine die Zierde der Jugend …«

Meine Augen wurden feucht. Vor allem vermisste ich Dafna.

»Komm, drehen wir eine Runde«, hatte sie gesagt, nachdem sie ihr erstes Auto gekauft hatte. »Schau mal.« Sie holte etwa ein Dutzend handgeschriebener Blätter aus ihrer Tasche.

»Lieber Fahrer, mein Name ist Dafna und ich habe gerade erst meinen Führerschein gemacht. Es tut mir leid, dass ich Ihr Auto geschrammt habe, aber seien Sie unbesorgt, Sie können mich wegen einer Begleichung des Schadens jederzeit anrufen, auch am Schabbat und an Feiertagen.«

Wie funktioniert unser Gedächtnis, fragte ich mich, warum erinnere ich mich ausgerechnet jetzt daran? Dafna hatte mir erzählt, sie habe ein parkendes Auto gestreift. Am selben Abend rief Joram bei ihr an, der Besitzer des Autos. Noch bevor sie sich trafen, verkündete sie, er werde ihr Ehemann.

Ich weiß noch, wie sehr ich mich freute, denn nach Dudis Tod schien sie unfähig zu einer neuen Beziehungen zu sein.

»Wie willst du das wissen?«, fragte ich vorsichtig.

»So wie du gewusst hast, dass Dani dein Mann sein wird«, sagte sie und fügte hinzu, nicht auf alle Fragen gebe es eine Antwort.

Der Nachrichtensprecher verkündete das Ende des Gedenktags und den Beginn des Unabhängigkeitstags.

Ich setzte mich neben Dani. Im Fernsehen wurden die Feierlichkeiten übertragen. Schweigend betrachteten wir die Zeremonie, das Entzünden der Fackel.

Die Trommler trommelten, die Fahnenträger setzten sich in Bewegung, die Fahnen wurden zu ihren Einheiten gebracht und das Publikum sang die *Hatikwa*.

Später am Abend gingen wir wie jedes Jahr zu einer Party von Freunden.

*

In der ersten Juniwoche rief Nadim an und erzählte, sie würden endlich losfahren, Lailas Vater besuchen. »Ich muss mich bei dir bedanken, schon zum zweiten Mal hast du etwas Gutes bewirkt«, sagte er lachend. Natürlich meinte er Lailas Genehmigung, ihren Vater zu besuchen.

»Und das andere?«, fragte ich.

»Deinetwegen bin ich zum Grab meines Onkels gegangen.«

»Wahrlich ein Verdienst«, sagte ich.

*

Nadim fuhr nach Gaza und verschwand.

Ich rief ihn an, ich schickte ihm Emails, SMS. Nichts.

Ausgerechnet in dieser Zeit meldeten sich bei uns Hilfsfonds und Sponsoren, die den Film und den Frieden unterstützen wollten. Viele wollten uns treffen und interviewen.

»Guten Tag, hier spricht Wolf Klingolf aus Düsseldorf«, stellte sich der Leiter der Stiftung zur Förderung von Koproduktionen vor. »Ich würde Sie gerne treffen.«

»Nadim ist zur Zeit nicht da«, wehrte ich verlegen ab.

»Wann wird er wiederkommen?«, fragte der Mann.

»Ich werde mich erkundigen«, versprach ich und beendete das Gespräch.

Nadim blieb verschwunden. Meine Mutter hätte eine jiddische Redewendung benutzt und gesagt, das heiße Wetter hat seine Laune verdorben.

Auch Filippo Salomon, einer von Marias Bekannten aus Rom, wollte nach Jerusalem kommen, um mich und Nadim zu treffen. Er versprach, Nadim bei der Verwirklichung seines Traums von einem Film zu helfen. Ich sagte, ich könne nicht versprechen, dass er zu der verabredeten Zusammenkunft erscheinen werde.

Ich musste Danksagungen verteilen, Entschuldigungen und Versprechungen, dass wir uns eines Tages, wenn Nadim zurückkäme, melden würden.

Kibinimat!, schimpfte ich, wäre er bloß in jenen Sommermonaten aufgetaucht, auch nur für vier Wochen, um sich mit den Sponsoren zu treffen.

»Die Palästinenser vermasseln immer alles«, sagte ich zu Maria, die besorgt anrief und sich erkundigte, wie es Nadim gehe.

Sie war pessimistisch. »Ich hoffe, er ist am Leben«, sagte sie.

»Du kennst die Araber nicht«, erwiderte ich.

Zum Glück war die Verbindung in diesem Moment gestört. Obwohl Maria wissen wollte, was ich gesagt hatte, zog ich es vor, den Satz nicht zu wiederholen. Sie würde es nicht verstehen, entschied ich, so wie Nadim mich oft nicht verstand. Maria versprach jedenfalls, alles in ihrer Macht Stehende zu tun, um ihn zu finden.

»Aus diesem Teig wird kein Brot«, klang mir die Stimme meiner Mutter in den Ohren. Sie verstärkte nur das Gefühl, dass meine Hoffnungen zunichte wurden.

Der Sommer verging, und Nadim kam nicht zurück.

Der Mann des Friedens, der sich in Rom gezeigt hatte, war in Gaza verschwunden.

Anfangs machte ich mir Sorgen, man habe ihn geschnappt, vielleicht umgebracht.

Dann wurde ich wütend und dachte, er verstecke sich vor mir. Ich war gekränkt, entwickelte Hassgefühle.

Ein Araber wie alle Araber, entschied ich schließlich.

Ich tippte meine Enttäuschung in den Computer, zu den Geschichten, die ich gesammelt hatte, und schloss die Datei für eine lange Zeit.

Eines Morgens traf ich meine Freundin Ornat in unserem Viertel.

»Dein Araber ist wirklich süß, weißt du, meistens sieht man sie ja mit einer *Kafija* und einem Gewehr, aber er wirkt wie ein charmanter Professor.« Sie brach in verlegenes Lachen aus, dann fragte sie: »Was ist eigentlich mit ihm los?«

»Er ist in Gaza«, sagte ich kurz angebunden, ich wollte nicht schlecht über ihn sprechen. Ich glaube, in diesem Moment wurde mir klar, dass ich ihn nicht wirklich hassen konnte, und dass sich hinter meiner Enttäuschung und meinem Zorn Sorge und Sehnsucht verbargen.

Wir standen an der Tür des Obst- und Gemüsegeschäfts, Ornat wollte wissen, wo wir uns getroffen hatten und was wir genau planten. Mir fiel auf, dass ihre Augen hin und her flitzten. Sie beobachtete die Passanten, und ich war mir nicht sicher, ob sie mir zuhörte. Trotzdem erzählte ich von uns, von der Zeit in Rom bis zu den Tagen von Gaza.

»Das ist eine unheimliche Geschichte«, sagte ich mir, als ich später zwischen den Kisten mit Aprikosen und Gurken herumlief. Ich ging schnell nach Hause zurück und machte mich wieder ans Schreiben.

Zwanzig Minuten nach Mitternacht. Auch an diesem Abend begreife ich nichts. Ich verstehe nicht, warum er keine SMS schickt, warum er nicht anruft, warum ich keine Mails von ihm bekomme. Der Gerichtstermin ist eine Gelegenheit: sein Leben könnte sich verändern. Morgen könnte sich seine Lage immerhin ins Gegenteil verkehren. Laila könnte eine Daueraufenthaltsgenehmigung bekommen. Hat er etwa die Hoffnung aufgegeben? Oder hat er, wie Dvora wieder und wieder sagte, einfach Angst, sich von einer Behörde helfen zu lassen, die zum israelischen Staat gehört?

Lebt er vielleicht schon woanders? Es fällt mir schwer, die Funkstille zwischen uns zu akzeptieren, besonders an diesem Abend, in dieser Nacht vor dem entscheidenden Termin.

Wird er morgen kommen? Am liebsten würde ich Dvora anrufen, nur die späte Stunde hindert mich daran.

*

Drei Monate später, an einem Morgen Mitte September, stand Nadim ohne jede Vorankündigung vor meiner Tür. Seine Freude übertrug sich auf mich. Aber als er in der Küche saß, stieg wieder die Wut in mir auf, die sich in den letzten Monaten angesammelt hatte.

In meinem Kopf hallte das Echo der Stimmen Marias, Filippos, Wolfs und all der anderen Sponsoren wider, und auch, was ich bei den Zusammenkünften mit Michelle und Johann gefühlt hatte, war wieder da.

Ich lief in meiner Küche herum wie auf heißem Asphalt, versuchte mich zu beherrschen. Kriege erleben wir sowieso, dachte ich, froh über das Mantra, das ich gefunden hatte. Ich schnitt Brot und schnippelte Tomaten und Gurken fürs Frühstück. Nadim interpretierte meine rhythmischen Bewegungen mit dem Küchenmesser …

Wie immer war er es, der in einer solchen Situation verärgert auf mich reagierte. »Das kannst du mir nicht antun. Ich war nicht im Urlaub, ich hatte wirklich keine leichte Zeit. Wir sind nach Gaza gefahren, und schon auf dem Weg gerieten wir in eine Straßensperre und mussten Michelle anrufen, damit sie die Sache in Ordnung bringt. Das war allerdings noch eine Kleinigkeit, auf der Rückfahrt ging dann wirklich alles schief.

Wir mussten drei Wochen länger in Gaza bleiben. Laila war schon sicher, dass sie nicht mehr nach Jerusalem zurückkehren dürfe, und ich war sicher, dass ich meinen Arbeitsplatz verloren hätte und Michelle sich wieder einschalten und ihre Beziehungen spielen lassen müsste.«

Nadim beschrieb mir, was in Gaza geschehen war. Er versuchte zu lächeln, als er berichtete, er habe in jenen Tagen alle Tabletten aus seinem mitgebrachten Vorrat geschluckt. Alle Kopfschmerztabletten und alle blutdrucksenkenden Tabletten, ganz zu schweigen von den Tabletten gegen Sodbrennen.

Das wäre doch ein guter Grund gewesen, sich mit mir in Verbindung zu setzen, wollte ich sagen, ich hätte ihm welche schicken können, doch ich bemerkte, dass er den Blick gesenkt hielt, und erst dann sagte er, dass Laila seit ihrer Rückkehr in Verzweiflung versunken sei.

»Sie fragt sich, was aus ihrem Leben werden soll«, sagte er und verstummte.

Ich dachte, heute würden sie nicht noch einmal heiraten, damals war es noch leicht möglich gewesen, von Gaza nach Jerusalem zu fahren. Ich dachte, nur bei uns könne man sagen, dass der Friedensprozess die Situation der Menschen noch verschlechtert habe.

»Warum lässt du mich nicht an dem teilhaben, was dir passiert?«, fragte ich.

»Um es dir zu ersparen«, sagte er, und ich spürte, dass er es tatsächlich so meinte.

Dann wollte er all die Mails sehen, die in den vergangenen Monaten gekommen waren. Wir saßen lange am Computer.

»Schade«, sagte er aufrichtig.

»Wenn du wenigstens deine Nachrichten und Emails beantwortet hättest, auch Maria hat sich Sorgen gemacht«, beharrte ich, damit er verstand, wie bedrückt ich gewesen war. Sofort veränderte sich sein Gesichtsausdruck.

»Ich konnte vom Haus von Lailas Vater aus mit keiner anderen Frau sprechen«, sagte er.

Ich war verblüfft.

Darauf wäre ich nie gekommen.

Ich stellte Erfrischungen auf den Tisch, und dabei zerbrach mir ein Glas.

Nadim bestand darauf, die Scherben zusammenzusammeln. »Wenn ich in Italien gewesen wäre, hättest du ganz bestimmt etwas von mir gehört«, sagte er, um mir seine Situation zu erklären.

Dann stand er auf. »Leider war das nur ein kurzer Besuch, ich muss mit meinen Studenten nacharbeiten. Vielleicht glaubst du es nicht, aber dieser Traum, den wir zusammen träumen, wird zu meiner Beruhigungsdroge. Der Gedanke daran, dass ich einen Film machen werde und du ein Buch, in dem du meine Geschichte erzählst, hat mich zu einem fröhlichen Menschen gemacht.«

Er machte ein paar Schritte.

»Ach, was bin ich doch für ein Idiot«, sagte er, schon an der Tür. »Ich habe dir ja ein Geschenk mitgebracht.« Er nahm eine vergoldete, mit Koranversen verzierte Schmuckschatulle aus der Tasche. »Es tut mir leid, dass sie nicht ordentlich eingepackt ist, aber bei der Kontrolle haben sie das Geschenkpapier zerrissen. Laila hat gesagt, ihrer Meinung nach sei das ein Geschenk, das jeder Frau Freude machen würde, und ich dachte, diese Schatulle passt zu deiner Perlenkette.«

Am Abend betrachtete Dani die Schatulle. »Wenn du die Perlenkette deiner Mutter darin aufbewahrst, dann herrscht hier bei uns bereits Frieden«, erklärte er.

Jerusalem

So gut wie möglich

Null Uhr einundvierzig.

Dani hat das Licht ausgemacht.

Ich sitze immer noch am Computer, vertieft in meine Aufzeichnungen.

Ich komme bis Jerusalem. Zwei Jahre sind vergangen, seit Nadim und ich uns in der Heiligen Stadt getroffen haben. Jetzt steigt die Angst wieder in mir auf, wie damals während der Fahrt, als ich in der Zeitung von dem Attentat am Vortag las.

»Die Videokamera, die Maria geschickt hat, ist unterwegs«, sagte er und ich hörte, wie glücklich er war. »Wann kommst du nach Jerusalem?«

Es traf mich wie ein Schlag. Jedes Mal, wenn das Thema Jerusalem zur Sprache kam, sah ich Joram vor mir, Dafnas Mann, und ihre beiden Söhne, wie sie einander an ihrem Grab umarmt hatten.

Seit ihrem Tod hatte ich es nicht fertiggebracht, Joram in die Augen zu schauen. Ich wusste nicht, ob auch er dachte, ich trüge Mitschuld an ihrem Tod.

Mich schauderte, als dieser Gedanke wieder in mir aufflammte.

»Ohne Jerusalem wird es keinen Film geben«, sagte Nadim. »Und auch kein Buch.«

Er schlug vor, dass wir, nur wir beide, Orte aufsuchen sollten, die für seine Lebensgeschichte bedeutsam waren.

»Wir gehen zusammen spazieren, wie wir es in deinem Viertel getan haben«, versuchte er mich zu überreden. »Wie willst du meine Geschichte verstehen, wenn du nicht zu mir kommst? Letzten Endes kennst du von Tel Aviv nur eine Art kultivierte Besatzung. In Jerusalem haben wir eine Besatzung, wie sie echter nicht sein könnte.«

»Ich werde sterben«, stieß ich aus.

»Ich passe auf dich auf«, versprach er.

Ich sagte zu, dass ich kommen würde, aber meine Ängste begannen ein Eigenleben.

In meinem Kopf lief ein Film ab. Ich erinnerte mich daran, wie ich während der Intifada eines Tages mit Dafna in einem Café in der King George Street in Jerusalem gesessen hatte. Sie erzählte mir, wie es ihr gelungen war, das Augenlicht eines jungen Mannes zu erhalten, der von einem Projektil getroffen worden war. Sie wirkte so glücklich und stolz. Ich war unkonzentriert, ich sah mir jeden Menschen an, der das Café betrat, und ich wollte so schnell wie möglich nach Hause zurückkehren, nach Tel Aviv. Dafna merkte, dass ich nur daran dachte, zu fliehen. »Ich erlöse dich«, erklärte sie lachend. Und als wir uns verabschiedeten, sagte sie noch: »Und hör endlich auf, deine Zeit mit Ängsten zu vergeuden.«

»Du fährst also los, um in Jerusalem zu sterben«, murmelte Dani, als ich ihm meine Entscheidung mitteilte.

Ich wusste, dass auch er an Dafna dachte.

Aber wir sprachen nicht über unsere Ängste.

Am Morgen vor der Fahrt tat ich alles, um mich selbst zu ermutigen. Gestern hat es ein Attentat gegeben, sagte ich zu mir und auch zu Dani, also gibt es heute keins. Außerdem werde ich mit einem Araber unterwegs sein. Was könnte sicherer sein als das?

So machte ich mich an einem regnerischen Morgen im November auf den Weg nach Jerusalem, mit einem Laptop, der dazu bestimmt war, unser Treffen zu dokumentieren.

»Jerusalem«, sagte ich zu dem Taxifahrer, der aussah wie ein pensionierter Polizeioffizier, übergroß und mit glänzender Glatze. Mir fiel auf, dass er einen Ring im linken Ohrläppchen trug. Höflich bot er mir die Morgenzeitung an. Meine Augen blieben an der Schlagzeile auf der ersten Seite hängen. *»Amokfahrt mit Traktor«*, las ich. *»Geistesgegenwärtiger Bürger erschießt Fahrer. Keine Verletzten.«* Obwohl ich bereits von dem Anschlag wusste, war die Angst sofort wieder da. Ich konnte den Mund nicht halten, bis wir in Jerusalem waren. Ich erzählte dem Fahrer von meiner Verabredung mit Nadim, von unseren Plänen, gemeinsam ein Buch zu schreiben und einen Film zu machen.

»Ich wünsche Ihnen viel Erfolg«, sagte er, und ich bildete mir ein, einen spöttischen Unterton in seiner Stimme zu hören.

»Sind Sie skeptisch?«

»Ich bin Jerusalemer, ich kenne diese Leute. Sie sehen doch selbst, die versuchen sogar, uns mit einem Traktor umzubringen. Vielleicht machen Sie heute Frieden, aber morgen – Allah möge uns gnädig sein.«

Im Spiegel sah ich das Lächeln, das auf seinen Lippen spielte, und in seinen Augen entdeckte ich Sorge.

Er drückte mir seine Visitenkarte in die Hand. »Hier, meine Liebe, rufen Sie mich an, wann immer Sie nach Tel Aviv zurückfahren wollen. Aber eines ist klar, nach Ost-Jerusalem fahre ich nicht.«

Ein Funke von Heldenmut stieg in mir auf. Ich sagte, gestern sei es in West-Jerusalem wohl gefährlicher gewesen. Auch ein Weg, seine Angst zu zügeln, man musste nur die Perspektive umdrehen.

Im November ist es kalt in dieser Stadt, die ihre Besucher mit einem Friedhof empfängt, mit dichtem Straßenverkehr und mit einer monumentalen, geschwungenen Brücke, die aggressiv den Himmel zerteilt, ihn wie mit einer Lanzenspitze aufreißt.

»Wohin möchten Sie genau?«, fragte der Fahrer, als wir den Stadtrand erreicht hatten.

»Zum International Convention Center.«

Jetzt fehlt mir nur noch ein Terroranschlag, dachte ich, als ich aus dem Taxi stieg. Nervös blickte ich mich um. Mir blieb keine Zeit, Angst zu haben. Nadim erwartete mich bereits an der Haltestelle und winkte zur Begrüßung.

Nicht zu verfehlen, dachte ich, als ich auf das mit mehreren Händen der Fatima geschmückte Auto zuging. Auf der Rückbank lagen harmlose Stapel arabischer Zeitungen. Mir fiel ein, wie sich der Wachmann unseres Hauses erkundigt hatte, ob der arabische Klempner, dessen Wagen er auf unserem Parkplatz gesehen habe, nicht auch bei Frau Kirschner vorbeischauen könne, sie habe ein verstopftes Rohr. Jetzt dachte ich: Dein Klempner ist ein Hollywood-Regisseur. Das dachte ich tatsächlich, ohne jeden Zynismus, als ich Nadim in seinen modischen Jeans sah, mit einem Baumwollschal und schwarzer Lederjacke.

»Statt Blumen«, sagte er und hielt mir einen zusammengerollten Bogen Papier hin.

»Ein Picasso?«

Er lachte. »Noch ein bisschen surrealistischer.«

»Was ist das?« Erstaunt entrollte ich den Bogen auf der Kühlerhaube. »Ist das eine Karte, die alle Straßensperren verzeichnet?« Blaue, violette und rote Zeichen waren über die gesamte Westbank verstreut.

Er lachte wieder.

Das Dankeschön blieb mir im Hals stecken.

»Bunt«, sagte ich, um überhaupt etwas zu sagen.

»Eine rote Linie – das ist eine ständige Straßensperre, eine violette Linie zeigt eine gelegentliche Sperre an. Ein blauer Kreis mit einem X in der Mitte bezeichnet die letzte Sperre vor der Grenze zu Israel; ein roter Kreis mit einem X in der Mitte eine ständig bemannte Sperre, ein roter Kreis mit einem schrägen Strich eine Sperre, die nur ab und zu bemannt ist …« Nadim kannte sich aus.

»Danke«, stotterte ich mit einem schiefen Lächeln, »das war doch nicht nötig.«

»Und ob das nötig war«, erwiderte er zufrieden.

Mit der zusammengerollten Landkarte der besetzten Gebiete in der Hand, stieg ich schnell in den Wagen.

Als ich mich setzte, stieß ich gegen ein paar Pumps, die auf dem Boden lagen.

»Ist jemand in deiner Familie Schuhmacher?«, fragte ich.

Nadim brach in Gelächter aus. »Das sind Lailas High Heels.«

Ich freute mich zu entdecken, dass er eine Frau hatte, die hochhackige Schuhe trug und das weibliche Geschlecht und die große Stadt nicht beschämte.

»Ich habe vergessen, sie in den Kofferraum zu legen«, sagte er.

»In den Kofferraum?«

»Wenn Laila auf hohen Absätzen das Haus verließe, würde sie im Matsch versinken«, erklärte er. »In Ost-Jerusalem trägt man außerdem besser Turnschuhe, damit man notfalls schnell weglaufen kann.« Ein vieldeutiges Lächeln lag auf seinem Gesicht.

»Und warum hat sie dann Pumps im Auto?«

Er warf mir einen treuherzigen Blick zu. »Sobald wir *euer* Jerusalem erreichen, gibt es Gehwege, zu denen Schuhe mit hohen Absätzen passen.«

»Bei Schuhen mache ich keine Fehler«, sagte ich und deutete auf meine Turnschuhe. Ich erzählte Nadim, dass meine Mutter zu sagen pflegte, man müsse immer und jederzeit fluchtbereit sein. Sie hatte nur wegen ihrer Schuhe einen Todesmarsch überlebt und dafür gesorgt, dass ich das nie vergaß.

Nadims Blick war leer.

Ich begriff, dass die Geschichte meiner Mutter und ihrer Schuhe irgendwie unpassend war. Wir waren also schon alte Freunde und konnten einordnen, was den anderen tangierte, und was nicht. Ich lächelte in mich hinein.

Wir fuhren Richtung Ost-Jerusalem.

Nadim schob eine Musik-CD ein.

»Fayrouz«, sagte er und sang mit.

»Du bist also auch Sänger«, sagte ich anerkennend, aber Nadim reagierte nicht auf meine Bemerkung.

Er hatte Wichtigeres im Sinn. »Sieh mal«, er lenkte meine Aufmerksamkeit auf den Straßenrand, wo ein Mann in Handschellen zu einem Polizeiwagen geführt wurde.

Ich sah einen jungen Mann, der in den Händen der Polizisten zappelte wie ein Karpfen im Netz. Mein erster Impuls war, loszuschreien, man solle den Mann in Ruhe lassen, man dürfe ihm nichts tun, aber dann ging in meinem Inneren eine rote Warnlampe an. Was, wenn er nur hier war, um mich in die Luft zu sprengen?

Der Karpfen wurde zu einem Attentäter und die Polizisten zu meinen Rettern.

Dann, wir waren noch ein Stück weitergefahren, teilte mir Nadim mit, wir hätten endlich den Ostteil der Stadt erreicht.

»Du bist jetzt in meiner Stadt.« Nadim ließ die Worte genüsslich über seine Lippen rollen, während ich mir vorsagte, dass mein Leben sicher sei. Ich war in Nadims Auto, und draußen patrouillierten Grenzsoldaten. Gewissermaßen bekam ich von beiden Welten den bestmöglichen Schutz.

»Dieses Kleidergeschäft dort gehört meinem Onkel, und das ist das Maklerbüro meines Vaters. Der Fahrer in dem entgegenkommenden Wagen ist mein Neffe, und die beiden jungen Mädchen, die gerade über die Straße gehen, sind die Töchter meiner Tante«, sagte er und drückte zum Gruß auf die Hupe.

»Ich habe schon verstanden, dass ihr die Stadt besetzt habt«, sagte ich und lachte verlegen.

»Süße, wir haben sie nicht besetzt, wir waren schon vorher da«, erklärte Nadim. »Hier haben wir als Kinder Fußball gespielt«, erzählte er, als wir an einem verlassenen Spielplatz vorüber fuhren. »Wir waren sechs Freunde. Einer starb an einer Krankheit und einer kam bei einem Verkehrsunfall ums Leben. Einer wanderte nach Amerika aus. Dschamil hat Jura studiert und ist nach Ramallah gezogen. Nur ich bin in Jerusalem geblieben.«

»Eine typisch israelische Geschichte«, sagte ich.

»Was ist daran israelisch?«, fragte er erstaunt.

»Zwei sind umgekommen, einer lebt im Ausland, einer wurde Jurist und einer ist dageblieben, um das Feuer im Herd zu bewahren.« Ich sprach über meine eigenen Freunde. Doch mir war aufgefallen, dass in Nadims Aufzählung einer fehlte. »Zwei von euch sind nicht mehr, einer lebt in Amerika, einer wurde Rechtsanwalt und du bist hier geblieben – aber was ist aus dem sechsten geworden?«, fragte ich.

»Das ist eine Geschichte für dich«, sagte er. Er brachte das Auto am Straßenrand zum Stehen, machte den Motor aus, lehnte sich in seinem Sitz zurück und seufzte. Selbstverständlich packte ich sofort meinen Laptop aus.

»Ouda war durchtrainiert, er hatte riesige dunkle Augen und ein charmantes Lächeln. Mit einem Wort, er war ein Herzensbrecher. Und ich war, wie ich dir schon erzählt habe, ein pummeliger Bär mit Akne. Ich konnte nur davon träumen, Oudas Freund zu sein. Eines Tages lud er mich zu sich nach Hause ein. Er wollte, dass ich um Mitternacht komme.

Ich war fünfzehn und voller Träume. Als ich ankam, führte er mich in den Hinterhof. Ich stellte mir schon vor, Naima, meine Jugendliebe, die mich in Jericho im Stich gelassen hatte, würde mich dort erwarten. Du kennst ja die Sehnsüchte der Jugend. In meinem Bauch flatterten Schmetterlinge.

Doch Ouda begann mit mir ein Gespräch über Handgranaten und Sprengstoffgürtel. Er prahlte mit einer selbst gebastelten Handgranate. Und ich, Angsthase, der ich damals war und bis heute geblieben bin, hörte das Wort Handgranate, drehte mich um und rannte los, so schnell ich konnte. Ouda lief hinter mir her. Er rief, ich solle zurückkommen. Dann hörte ich eine Explosion. Ich rannte weiter, die Angst trieb mich vorwärts, und erst als ich die Schreie der Nachbarn hörte, begriff ich, dass es Ouda zerfetzt hatte.«

Als er geendet hatte, schloss er die Augen und sagte mit belegter Stimme, er habe bis heute nicht über dieses Ereignis gesprochen, er habe Angst gehabt, jemand könne ihm die Schuld an Oudas Tod geben.

Er hat also auch eine Dafna, dachte ich schaudernd.

Ich hätte ihn gern in den Arm genommen.

Nadim ließ den Motor wieder an, und ich schob meinen Laptop in die Tasche zurück.

Wir bogen in eine unbefestigte Straße ein, vorbei an Reifen, Abfall und Autoschrott.

»Wo sind wir?«, fragte ich.

»Herzlich willkommen im Viertel Silwan«, antwortete er.

»Als wollten wir zu einer Beerdigung«, bemerkte ich und erklärte Nadim, dass unbefestigte Sandwege im Judentum zu Friedhöfen führten.

»Das ist euch gelungen«, erwiderte er und seine Augen funkelten. »Ihr habt uns einen Superfriedhof gebaut.« Er entwickelt einen jüdischen Sinn für Humor, dachte ich und unterdrückte den Impuls, meinen Gedanken auszusprechen.

Das hätte gerade noch gefehlt – ihm zu sagen, er würde uns ähnlich.

»Und warum unternehmt ihr nichts?«, fragte ich.

Nadim war erstaunt. »Was, zum Beispiel? Eine lokale Friedensinitiative?«, fragte er zynisch.

Ich sagte, meines Wissens hätten die Bewohner Silwans das Wahlrecht für die Jerusalemer Verwaltung. Mit ihren Stimmen könnten sie Einfluss auf die Lebensqualität ihrer Umgebung nehmen.

»Warum organisiert ihr euch nicht und stellt euch zur Wahl?«

Nadim schwieg.

Dann müsst ihr eben die Suppe auslöffeln, die ihr euch eingebrockt habt, dachte ich, als vor mir zerfallende Häuser und Gassen voller Staub und Müll auftauchten.

»Was redest du da für einen Unsinn«, fuhr Dvora mich an, als ich nach meinem Besuch in Silwan zu erwähnen wagte, wie passiv Nadim sei. Anstatt etwas zur Verbesserung seiner Lebensumstände zu unternehmen, warte er nur darauf, dass die Europäische Union, Maria oder sogar ich ihn erlösen sollten.

»In dem Moment, in dem er zur Wahlurne geht, werden Extremisten sein Haus in Brand stecken – und zwar im besten Fall. Wenn er mit den staatlichen Behörden zusammenarbeitet, ist das in ihren Augen Verrat.«

Wie kann er dann morgen zum Obersten Gerichtshof kommen?, frage ich mich und versuche, die Antwort, die sich mir aufdrängt, beiseite zu schieben.

Nadim deutete auf ein Haus, auf dessen Dach eine blau-weiße Fahne flatterte. »Das war das Haus meines Onkels.« Er deutete auf ein anderes »und das war das Haus meines Großvaters.« Mir fielen die Kinder mit Kipa und Schläfenlocken auf, die uns aus den Fenstern anstarrten. »Und das war das Haus meiner Schwester.« Nadim deutete auf einen Haufen Steine. Er hielt den Wagen an und schlug vor, auszusteigen und bei ihr vorbeizuschauen.

Ich zitterte. Mir wurde klar, dass ich mich nur begrenzt auf ihn verließ. Mit wackligen Knien und klopfendem Herzen stieg ich aus dem Wagen und kletterte hinter Nadim den Steinhaufen hinauf. Zwischen den Trümmern waren Reste eines Haushalts zu erkennen, Teile von Betten, Matratzen, ein Puppenbein, eine Türklinke, ein zerplatzter Blumentopf. Die Pflanze, die einmal darin gelebt hatte, versuchte sogar noch in den Scherben zu blühen.

»Hier war das Bad, da waren das Schlafzimmer und die Kinderzimmer.« Nadim versuchte, mich in seinen Alptraum mit hinein zu ziehen. »Vielleicht eine Tasse Kaffee? Wir sind gerade in der Küche.« Er legte es darauf an, mich zu erschüttern, aber ich konnte mich nicht auf seinen Schmerz einlassen. Das war unmöglich. Mein Blick war unruhig, jeder Schatten, jedes Geräusch wurde zu einem Attentäter, der mir auflauerte. Ich hörte Schritte, meine Sinne waren alarmiert. Ich musste mein Leben schützen. Lauf davon, renn weg, hörte ich eine warnende Stimme in meinem Inneren.

Als wir den Trümmerhaufen endlich wieder hinunterkletterten, sah ich, dass sich orthodoxe Jugendliche an unserem Wagen versammelt hatten. Ich atmete erleichtert auf, wenigstens gehören sie zu uns, dachte ich.

»Da ist der Offizier, der Mustafa befohlen hat, sich auszuziehen.« Nadim deutete auf einen etwa vierzigjährigen Mann mit einem Gewehr, Kipa und Schaufäden.

Nadims Stimme zitterte, seine Lippen bebten. Der Offizier

schien ihn wiederzuerkennen und befahl den jungen Kerlen, sich zu verziehen. Vielleicht tat er es auch nur, weil ich dabei war.

Sie verschwanden in den Gassen.

Wir liefen rasch zurück zum Auto. Nadim war blass. Ich auch, vermute ich.

»Wann sind wir endlich bei dir?«, fragte ich, in meinem Kopf klopfte Migräne. »Wo genau wohnst du?« Ich wollte die Mauern seines Hauses um mich spüren.

Meine Frage amüsierte ihn. »Nach euren Maßstäben wohne ich nicht, nicht hier und nirgendwo anders. In diesem Viertel gibt es keine Straßennamen und keine Hausnummern. Die Bewohner haben keine Adressen.« Er umklammerte das Lenkrad und versuchte, Schlaglöchern auszuweichen. Wir fuhren im Schritttempo.

Er übertreibt, dachte ich.

Als er endlich anhielt, tauchten wieder die Jugendlichen und der Offizier auf. Sie waren zu Nadims Haus gekommen, um uns mit einer Ehrenwache zu empfangen.

Vor allem wollten sie mich als Verräterin begrüßen.

Ich hielt inne, aber Nadim befahl mir, den Mund zu halten und rasch weiterzugehen. Er wies mir den Weg zur Tür und blieb als Deckung hinter mir.

Als ich den Kopf hob, sah ich eine Frau im Hauseingang stehen.

Du lieber Himmel, ich war gar nicht darauf vorbereitet, Laila zu treffen. Sie schien aus dem Strudel dieses Tages herausgewachsen zu sein, aufgetaucht aus den Wellen. Nadim hatte nicht ausdrücklich gesagt, dass sie da sei, aber vielleicht hätte es mir klar sein müssen, als er sagte, wir würden bei ihm zu Hause vorbeifahren. Ich wurde rot und lächelte der Frau in der Tür zu. Warum hatten wir nie Zeit gefunden, richtig über sie zu sprechen? Ich machte mir Vorwürfe. Und ich freute mich, diese gutaussehende, zierliche Frau zu sehen. Ich streckte ihr die Hand entgegen und schaute ihr direkt in die Augen. Mir fiel auf, dass

Laila nicht wirklich lächeln konnte. Hinter ihren schweren Lidern lauerten Tränen.

Was hatte Cinecittà mit ihr zu tun? Ich spürte einen Stich in meinem Inneren.

Nadim nahm die Sache in die Hand, er wollte mich in die Küche führen, zu der Maqluba, die Laila vorbereitet hatte. Das Gericht verströmte seinen Duft in der ganzen Wohnung. Im Flur ging uns Laila voraus, vorbei an Wänden, an denen gerahmte Fotos hingen.

Nadim fing wieder von dem Foto an, das ihn dazu gebracht hatte, sich in sie zu verlieben, das Foto, das durch die Weltpresse gegangen war. Ich suchte mit den Augen nach jener Aufnahme, entdeckte aber nur Familienschnappschüsse. Nadim deutete auf drei Fotos, die nebeneinander in einem Rahmen steckten. »Bevor Laila Gaza verlassen hat, hat sie ihr Elternhaus fotografiert«, erklärte er.

Ich blieb stehen und betrachtete die Bilder. Eine Puppe mit einem abgerissenen Bein neben einer versilberten Sänfte, bunte Wäschestücke an einer Leine, die vor ein Fenster gespannt war, und ein vermüllter Garten, in dem Blumen blühten. »Laila wollte Fotografin werden«, fügte er hinzu.

Ich warf Nadims Frau einen Blick zu. Mir war nicht klar, ob sie uns zuhörte. Ihre Augen blickten ausdruckslos.

»Und wo ist das Foto des Soldaten?«, fragte ich neugierig.

»Bist du verrückt?«, rief Nadim. Allein die Frage versetzte ihn in Panik.

Wir gingen in die Küche, und nachdem wir in die Töpfe geschaut hatten, setzten wir uns an den Tisch in der Essecke, wo man mir den Ehrenplatz zuwies.

»Und wo sitzt du?«, fragte ich Laila, als ich bemerkte, dass nur zwei Teller auf dem Tisch standen.

»Ich habe schon gegessen«, sagte sie verlegen und zog sich zurück.

Warum setzte sie sich nicht zu uns? Beunruhigt schaute ich zu ihr hinüber. Ich sah sie in eine Ecke zwischen Spülbecken und Herd gedrückt, unbeweglich, als wäre sie ein Kochlöffel. Die junge Frau, die es gewagt hatte, den Soldaten zu fotografieren, die junge Frau, die Fotografin hatte werden wollen, war zweifellos gestorben.

Benimm dich in Rom wie ein Römer – ich mahnte mich zur Zurückhaltung. Aber in Rom waren die Faschisten, hörte ich eine andere Stimme. Ich erinnerte mich daran, dass ich wegen Nadim hier war, Lailas Leben wäre eine andere Geschichte, ein ganz anderes Buch.

»Moischi, Moischi!« Die Schreie einer Frau drangen durch das Haus und mischten sich mit den Rufen des Muezzin. Die Geräuschkulisse schwoll an.

Nadim erstarrte auf seinem Platz.

»Normalerweise ist es hier nachmittags still«, sagte Laila, die mit der Maqluba an den Tisch kam.

»Das ist also mir zu Ehren?«, fragte ich. Sie versuchte ein Lächeln.

Ich konnte das Essen nicht wirklich genießen, die Außenwelt drang herein und beherrschte uns. Der Lärm wurde immer lauter. Es war schwer, zu sprechen, schwer zuzuhören, und es war auch schwer, das Essen hinunterzuschlucken.

Nadim fuhr sich mit der Hand durch die Haare, vorwärts und zurück. Er zügelte seinen Zorn und schwieg.

»Verräterin, Verräterin!«, riefen seine neuen Nachbarn, meine eigenen Leute, sie hörten einfach nicht auf. Einer von ihnen trieb es noch weiter, er blies sogar in ein Schofar.

Schließlich hielt Nadim den Lärm nicht mehr aus. Wütend stand er auf, ging hinüber, schloss die Fenster, eines nach dem anderen, und klappte die Läden zu.

»Vorurteilsfreie Besatzer«, zischte er, als er zum Tisch zurückkam.

Die Minuten zogen sich unerträglich in die Länge. Ich hatte das Gefühl festzustecken.

Zwischen Laila und Nadim, zwischen ihnen und meinen feindlichen Brüdern.

Du darfst dich nie sicher fühlen, ein Unglück kommt schnell, hörte ich die warnende Stimme meiner Mutter, und als Laila Kaffee und Baklava servierte, war ich schweißüberströmt.

»Ich warte auf den Tag, an dem die Kamera vom Zoll freigegeben wird, und dann gehe ich hinaus und filme in den Straßen von Silwan, auf dem Markt und an den Straßensperren«, sagte Nadim in dem Versuch, meine Hoffnung für das nächste Treffen zu stärken.

»Das könnte dein Tod sein«, sagte ich erschrocken. Schließlich hatte ich heute etwas über diese Orte gelernt.

Nadim reagierte gut gelaunt auf meinen Einwand. »Mach dir keine Sorgen.« Und trocken fügte er hinzu: »Schon möglich, dass sie mich liquidieren, noch bevor der Film abgedreht ist.«

»Und wer ist es, der dich liquidieren will?«

»Wer denn nicht?«

»Vielen Dank für das Essen und für die Schmuckschatulle«, wandte ich mich an Laila, als ich mich verabschiedete. Nadim lenkte meine Aufmerksamkeit auf Koffer, die sich im Flur stapelten.

»Wir packen«, sagte er. »Endlich ist das Haus fertig.« Er versuchte ein Lächeln.

»Wie ist es für euch, Silwan zu verlassen?«, fragte ich. Ich hoffte so sehr, mich auch mit Laila anzufreunden.

»Nadim hat gesagt, wir hätten keine Wahl«, antwortete sie ergeben.

Zwei Uhr nachts. »Nadim hat gesagt, wir hätten keine Wahl«, höre ich sie sagen. »Deshalb gehen wir.« Und plötzlich erinnere ich mich an Tewjes Tochter Zeitel. Ich gehe zum Bücherregal, ziehe meinen Freund Tewje der Milchmann *heraus. Sofort finde ich die gesuchte Stelle:* »›Wir bereiten uns vor‹, sagte Tewje zu Zeitel, seiner Tochter, ›von hier fortzufahren, in irgendeine Stadt. Lange genug schon im Dorfe gewohnt … wer den Ort wechselt, wechselt das Glück! Nun denn, sieh zu … dass du rechtzeitig fertig wirst …‹ Als sie diese Botschaft von mir erfuhr, brach sie in Tränen aus … ›Wohin‹, sagte sie, ›werden wir uns plötzlich mittendrin wenden? Wo werden wir … Städte suchen gehen?‹ … Kurz und gut … Ich habe ihr logisch erklärt, dass der Milizionär kommt und ein Papier bringt und dass man, wenn man sagt: Geh!, kein Schwein sein darf, sondern zu gehen hat.«

Wieder dieser Stich in meinem Innern.

Auf dem Rückweg nach Tel Aviv sagte der Taxifahrer, offenbar habe es wieder einen Anschlag gegeben. Ich hob den Kopf und schaute mich um. Polizisten eilten auf die Straße und errichteten eine Sperre.

»Verflucht sollen sie sein«, stieß der Fahrer aus. »Jetzt werden wir zwei Tage brauchen, um nach Tel Aviv zu kommen.«

Dani rief mich an. »Wo bist du?«, fragte er. Seiner Stimme war der Druck anzuhören, der auf ihm lastete. »Sag, weißt du überhaupt, dass das ganze Land voller Straßensperren ist? Ruf Nadim an. Bitte ihn, sich bei seinen Freunden zu erkundigen, was da los ist. So kann er dir wenigstens mal nützlich sein.« Mit jedem Wort klang seine Stimme besorgter.

Ich rief Nadim an. »Gib mir eine Minute«, bat er. Dann meldete er sich wieder. »Es heißt, ein Soldat sei entführt worden – aber das ist nur ein Gerücht.«

Ich informierte Dani: »Nadim hat gesagt, es sei nur ein Gerücht.«

»Nadim hat gesagt«, bemerkte Dani auf diese Information hin, »nun ja, verlass dich auf Araber. Aber richte ihm meinen Dank aus.«

Auf der Heimfahrt, die sich wirklich sehr in die Länge zog, wurde mir klar, dass ich an diesem Morgen erstaunlichen Heldenmut gezeigt hatte. Ich, größter Angsthase von allen, hatte mich in den Rachen des Löwen begeben und war zwischen seinen Zähnen herumspaziert. Also verließ ich mich doch auf Nadim. Seine Gegenwart war mein Schutz gewesen, sein Auto mein Panzer und sein Haus mein Bunker.

Noch während der Fahrt wollte ich den Ablauf unseres Treffens festhalten, aber ich konnte nur auf den Bildschirm starren. Laila. Ich war besetzt von ihr. Ich sah wieder, wie mich ihre Blicke streiften und wie sie, als ich zu ihr hinschaute, das Gesicht abwandte.

Etwa drei Stunden später berichtete der Sprecher des Militärsenders, man habe befürchtet, ein Soldat sei entführt worden, aber es habe sich um eine Falschmeldung gehandelt.

Eine weitere halbe Stunde später kam ich zu Hause an.

Erst als ich mich in der Küche mit einer Tasse Kaffee an den Tisch setzte, bemerkte ich, dass ich die Karte mit den Straßensperren im Taxi vergessen hatte. Ich wusste, wie Dvora das kommentieren würde, aber ich fand mich, um die Wahrheit zu sagen, erstaunlich leicht mit diesem Verlust ab. Ich stellte mir die Verwunderung des Taxifahrers vor, wenn er entdeckte, welches

Geschenk ich ihm hinterlassen hatte. Bei diesem Gedanken musste ich lachen.

In diesen grauen, stillen Stunden der Nacht, wenn der Himmel sich metallisch silbern färbt, frage ich mich zum wer weiß wievielten Mal, warum es mir nicht gelungen ist, ihr näher zu kommen.

Sie hat sich in sich zurückgezogen, sie hat sich vor mir verborgen – Ausreden zu finden ist leicht. Nadim zog es vor, mich in meinen Träumen zu treffen. Und ich – ich hatte Angst, das einzureißen, was wir so mühsam aufgebaut hatten, nichts wünschte ich sehnlicher, als dass alles ruhig seinen Gang ging.

»Gibt es was zu essen?«, fragte Dani, als er nach Hause kam. Mit dem Kopf war ich noch in Silwan.

»Bist du jetzt auch Araber geworden«, zischte ich. »Frauen, heißt das bei dir automatisch Essen kochen?«

Er warf mir einen erstaunten Blick zu. Mir wurde klar, dass niemand, der in diese Geschichte geriet, mehr zu sagen wusste, wer recht hatte und wer unrecht, was richtig war und was falsch. Aber meine Wut und Frustration brauchten ein Ziel.

Ich begriff, dass ich mein Verhalten erklären musste, und so erzählte ich Dani von Laila. Ich sagte, ich müsse unbedingt noch einmal nach Silwan fahren, ich müsse Laila aus ihrem eingekerkerten Leben befreien, ich spürte, dass ich das könne.

»Irgendetwas geschieht mit dir«, sagte Dani und verwies mich auf Wikipedia, auf das »Jerusalem-Syndrom«, eine seelische Störung, die Bewohner Jerusalems dazu bringt, sich göttliche und messianische Fähigkeiten zuzuschreiben, die sie dazu befähigen, die Welt zu retten.

*

Nadim rief an und sagte, er plane bereits erste Szenen, müsse die Arbeit aber noch einmal zwei Wochen hintanstellen.

»Was ist los?«, erkundigte ich mich.

»Ich erlebe wunderbare Tage«, sagte er und erzählte, er habe mit dem Umzug begonnen. Nur erwiese er sich als geradezu unfähig, das Haus in Silwan leerzuräumen. »Jetzt bringe ich zum Beispiel die Spielsachen der Kinder weg.«

»Du erinnerst mich an meine verstorbene Mutter«, unterbrach ich ihn. Als sie ins Altersheim umziehen sollte, brachte sie jeden Tag einen einzigen Gegenstand dort hin, und am Schluss kam sie mit ihrem Hund, ihrer Katze und ihrem Papagei. Genau wie meine Mutter erwartet hatte, schickte die Leiterin des Altersheims sie mit all ihren Sachen und ihrem Zoo zurück nach Hause.

»Meine Liebe, sogar wenn ich mit einem Gorilla und einem Geparden in unserer neuen Wohnung auftauchte, würde mich keiner nach Silwan zurückschicken«, sagte Nadim, und ich merkte, dass die Geschichte über meine Mutter ihn gereizt hatte. Ich musste endlich akzeptieren, dass er keine Geduld für meine Geschichten aufbrachte. Da wurde das Gespräch durch Stimmen im Hintergrund gestört.

»Personalausweis?«, hörte ich jemanden auf Hebräisch sagen. »Und was haben Sie im Gepäck?«

»Von wo aus sprichst du eigentlich?«, fragte ich beunruhigt.

»Von einem Ort, an dem meine Zeit keinerlei Bedeutung hat.« Gereizt bat Nadim, das Gespräch zu beenden.

Als er mich am Morgen darauf wieder anrief, saß ich gerade am Steuer meines Wagens. »Ich habe eine tolle Geschichte für dich.« Er lachte. »Eine Geschichte über Nadim Abu Heni, den Möbelspediteur aus Silwan.«

Ich wusste sofort, worauf das Gespräch hinauslaufen würde,

und sagte, ich sei im Auto und nicht am Computer. Trotzdem wollte er, dass ich ihm zuhörte.

»Gestern Abend habe ich die ganze Bibliothek in Umzugkartons gepackt, in den Kofferraum verladen und mich auf den Weg zu unserer neuen Wohnung gemacht. Auf der Ausfallstraße von Silwan hielt mich ein Polizist an. Er wich zurück, als er sah, dass ich Bücher im Gepäck hatte. Gut, nicht wahr?« In Nadims Stimme lag Sarkasmus, er sprach wie zu sich selbst: »Was sollte ein Palästinenser schließlich mit Büchern anfangen? Er würde sie höchstens mit Dynamit füllen und sich damit in die Luft sprengen.« Dann wandte er sich wieder an mich: »Bestimmt ist dir bereits klar, dass er mich einer gründlichen Kontrolle unterzog. Natürlich kenne ich solche Kontrollen – deshalb habe ich den Polizisten um Erlaubnis gebeten, Mustafa anzurufen. Ich sagte, ich hätte meinen Sohn gebeten, herunterzukommen, um mir mit den Büchern zu helfen, und nun erwarte er mich vor der Haustür. Aber der Polizist hatte Angst, dass mein Telefon, genau wie die Bücher, scharf gestellt wäre. Er verbot mir, Mustafa anzurufen. Was sollte ich machen? Der Junge stand an der Haustür und wartete auf mich.« Nadim sprach schnell und aufgeregt.

»Und während ich am Straßenrand stand und Bücher auspackte, kamen zwei weitere Polizisten dazu. Sie erfüllten getreulich ihre Pflicht, und nach zwei Stunden ließen sie die Bücher und mich aus Mangel an Beweisen frei. Gegen Mitternacht kam ich an unserem neuen Haus an und fand Mustafa im Hof vor. Als er mich sah, fing er an zu weinen. Es stellte sich heraus, dass er Angst gehabt hatte, hinein zu gehen, er wollte seine Mutter nicht beunruhigen, sie sollte schlafen, bis sie die schlimme Nachricht bekommen würde. Und dann, damit er nicht anfing, euch zu hassen, erklärte ich ihm, der Akku meines Handys sei leer gewesen, und deine Polizisten hätten sich mir gegenüber anständig verhalten, sie hätten nur ihre Pflicht getan. Schließlich will ich nicht, dass unser Sohn auf falsche Gedanken kommt.« Nadims Stimme sank, dann schwieg er.

Zum ersten Mal, seit wir uns kannten, entschuldigte ich mich. Was hätte ich auch sonst tun sollen? Schließlich ging ich zu allen Demonstrationen und wählte immer die richtigen Parteien.

»Was kann ich noch tun?«, stotterte ich.

»Schreib darüber«, bat Nadim. »Schreib über Mustafa.«

*

»Die neue Kamera ist endlich da!«, teilte er mir eines Tages aufgeregt mit. »Morgen fangen wir an zu drehen.«

Am nächsten Morgen verließ ich in aller Frühe das Haus, geschminkt und zurechtgemacht, wie es sich für einen Star gehört. Ich muss zugeben, dass ich nervös war. Schließlich spielte ich eine Rolle in dem Film eines palästinensischen Regisseurs. Und Dvora hatte mich noch in meiner Begeisterung bestärkt und verkündet, dies sei womöglich ein Riesenschritt auf dem Weg zum Frieden. »Und wenn nicht«, hatte sie ergänzt, um nicht zu weit vorzupreschen, »dann habt ihr wenigstens etwas getan.«

Nadim erwartete mich, wie ausgemacht, auf dem Parkplatz des Kongresszentrums. Schon als ich aus dem Auto stieg, wusste ich, dass etwas schief gegangen war. Nadim stand mit hängenden Schultern da. Noch bevor er mich begrüßte, platzte er damit heraus, dass Adriano, der uns im Auftrag Marias die Filmkamera überbringen sollte, an der Straßensperre in Ramallah feststecke.

Ich sah, wie enttäuscht er war. Bis die Kamera komme, bat er, sollten wir in den nahen Sanitärladen gehen, er müsse noch Kacheln für die Dusche besorgen.

Und so fand ich mich wenig später statt an einem Drehort umringt von Wasserhähnen, Kloschüsseln und Keramikfliesen und in Gesellschaft zweier orthodoxer Juden, die Nadim fröhlich und mit Segenssprüchen empfingen.

»Ich habe schon bei ihnen gekauft«, erklärte er mir den Grund für das freundschaftliche Verhalten der beiden. Dann stellte er mich ihnen vor.

»Sehr angenehm«, erwiderte ich auf Hebräisch und sah zwei Augenpaare aufleuchten.

Nadim und ich genossen die Szene.

»Welche?«, fragte er mich, als wir durch die Regalreihen mit Fliesen liefen. Doch als ich es ihm sagte, wehrte er ab. »Du hast einen jüdischen Geschmack.«

»Und du einen arabischen«, gab ich das Kompliment zurück.

»Arabisch ist gut«, sagte er. »Arabisch heißt bunt, fröhlich, tiefblau wie das Meer und hellblau wie der Himmel. Nicht depressiv und traurig, wie eure Braun- und Beigetöne.«

»Oh je, was macht eine von uns mit diesem Araber?«, flüsterte der eine Ladenbesitzer dem anderen auf Jiddisch zu.

»Was haben sie gesagt?«, fragte Nadim misstrauisch. »Ich verstehe ihre Sprache nicht, aber mir scheint, als hätte ich ihre Absicht erraten«, zischte er, legte die Fliesen auf die Theke und verließ den Laden. Ich folgte ihm auf den Parkplatz. Er rieb seine Hände, als müsse er sich selbst davon abhalten, auf mich oder auf den Baum einzuschlagen, neben dem sein Wagen stand. »Bei denen kaufe ich nicht mehr«, erklärte er fest.

Ich schwieg einen Moment, dann sagte ich aufrichtig: »Ich hätte es genau wie du gemacht.«

Ohne überflüssige Worte stiegen wir ein und fuhren los.

In diesem Moment klingelte Nadims Handy, es war Adriano, Marias Bote. Es stellte sich heraus, dass er noch immer an der Straßensperre festsaß. Die Soldaten verstanden einfach nicht, was ein Italiener in Ramallah zu suchen hatte, mit einer Kamera, die er von einer Friedensorganisation bekommen hatte und Nadim Abu Heni aus Ost-Jerusalem übergeben wollte.

»Was für ein Mist«, murmelte Nadim. »Diese ganze Besatzung ist ein einziger Mist.« Er drückte aufs Gas. Ich sah, dass sich seine Hände um das Lenkrad krampften. Das Blut schien nicht bis in seine Finger zu fließen.

»Komm, spielen wir Rom«, sagte er nach einer Weile und schlug vor, ein italienisches Restaurant im Ostteil der Stadt aufzusuchen. Ich begriff, dass mein Besuch nicht so enden sollte. Er wollte nicht in einer Depression versinken.

Ich brachte kein Wort heraus.

In dem orientalisch eingerichteten Restaurant roch es nach Basilikum, Rosmarin und Oregano. Nadim bestellte Tortellini und Crème brûlée, wie damals in Rom.

Als das Essen auf den Tisch gestellt wurde, sah ich, dass seine Augen feucht waren.

»Was ist los?«, fragte ich besorgt.

»Plötzlich kommen die Erinnerungen zurück«, sagte er entschuldigend. »An dem Tag, als meine Mutter starb, saßen wir zusammen hier.« Er deutete auf unseren Tisch. »Sie saß neben dem Fenster, schaute hinaus auf die Berge und bewunderte die Schönheit der Landschaft, es war ein wunderbarer, angenehmer Abend. Dann, auf dem Weg nach Hause, verlangte sie, dass ich unterwegs anhielt, sie wollte noch ein paar Sachen in einem Lebensmittelladen kaufen. Ich sah, wie sie die Straße überquerte …« Mit erstickter Stimme sprach er weiter, »als der Krankenwagen endlich kam, konnte man ihr nicht mehr helfen. Der Fahrer hatte trotz seines guten Willens nicht kapiert, welche der vielen namenlosen Straßen neben dem Wadi gemeint war.«

Da war der Vorwurf – wir waren schuld. Wir aßen schweigend, und danach schluckte Nadim eine Tablette aus seiner Pillendose.

»Cinecittà«, sagte ich schließlich leise. Ich hoffte, dass dieses Wort ihn aus den schmerzhaften Erinnerungen holen würde.

»Du kennst die Geschichte von Cinecittà nicht wirklich«, erwiderte er und versuchte ein Lächeln, aber seine Lippen gehorchten ihm nicht. Ich begriff, dass ich mich aufs Glatteis begeben hatte.

Nadim erwähnte den Namen seiner ersten Liebe. »Mona«, sagte er, »vielleicht hat alles mit ihr begonnen.« Ich deutete ein Lächeln an.

»Sie lernte Theaterspielen, und als ich durch sie zum ersten Mal von Cinecittà hörte, träumte ich davon, dort zu studieren. Nachdem ich meinen Master in Italianistik gemacht hatte, beschloss ich, diesen Traum zu verwirklichen und in Cinecittà die Filmhochschule zu besuchen, aber als ich das Anmeldeformular ausfüllte, stellte sich heraus, dass ich dazu die Unterschrift vom Konsulat meines Landes brauchte. Du kannst dir schon vorstellen, was dann kam. Das israelische Konsulat schickte mich zum jordanischen und das jordanische zum israelischen, und am Ende studierte ich Fotografie an der Kunstakademie in Rom. So wurde Cinecittà, wie so vieles andere in meinem Leben, zu einem unerfüllbaren Traum.«

»Warum bist du eigentlich nicht mit Mona in Italien geblieben?«, fragte ich. »Dann wäre vielleicht …«

»Euretwegen«, antwortete er schnell. »Ich habe es dir doch schon gesagt. Wenn ich in einem Jahr mehr als hundertachtzig Tage außerhalb von Israel bin, verliere ich jedes Recht, zurückzukehren. Ganz zu schweigen davon, dass ich der einzige Sohn meines Vaters bin – acht Mädchen und ich. Eigentlich führe ich die Dynastie fort, halb Silwan gehört mir, und ich bin nicht bereit, deinem Staat einfach alles in den Rachen zu werfen. Außerdem kann ich meinen Vater nicht allein lassen oder ihn in ein Altersheim stecken. Bei uns geht das nicht, bei uns schiebt man die Alten nicht ab.«

Ich hörte den Zorn und die Herablassung in seiner Stimme und sprach den Gedanken, der mir durch den Kopf ging, laut aus. »Ich an deiner Stelle hätte auf das Erbe verzichtet und versucht, in Italien Fuß zu fassen. Und ich bin sicher, meine Mutter hätte meine Wahl, an einem sicheren Ort zu leben, gutgeheißen.«

»Aber, verdammt, was habe ich mit Italien zu tun?«, rief er verwundert.

»Du hättest dort einen Job, du hättest dort eine Freundin, ganz zu schweigen von deiner schönen Urgroßmutter«, erwiderte ich.

Ein unerwartetes Lächeln breitete sich auf seinem Gesicht aus. »Meine Urgroßmutter war aus Jaffo, und sie war, ehrlich gesagt, auch gar nicht so schön.«

Ich riss die Augen auf. »Du hast dir eine italienische Urgroßmutter erfunden?«

»So mögt ihr mich lieber«, sagte er kurz, ohne mit der Wimper zu zucken. »Oder stimmt das etwa nicht?«

Ich musste zugeben, dass er Recht hatte.

Der Kellner stellte Kaffee auf den Tisch und uns war beiden klar, dass die Kamera heute nicht mehr kommen würde.

»So ist es, wenn man einen Film mit Palästinensern macht«, sagte Nadim zum Abschluss unseres ersten geplanten Drehtags. »Die israelische Armee bestimmt die Produktion.« Ich fragte mich, ob das herausfordernd oder entschuldigend gemeint war.

Auf der Fahrt nach Hause dachte ich über Laila nach. Auch diesmal war kein Wort über sie gefallen. Zu meiner Verteidigung sagte ich mir, dass ich nichts daran ändern konnte. Auch ohne sie war alles schon kompliziert genug.

*

Es vergingen zwei Wochen, bis mir Nadim an einem grauen, regnerischen Tag aufgeregt mitteilte, er habe die neue Filmkamera endlich erhalten.

Ich machte mich wieder auf den Weg nach Jerusalem. »Jetzt geht es los«, verkündete er, als wir uns trafen. Er schien darauf zu brennen, endlich zu filmen.

Ich erwies dem Regisseur meinen Respekt.

Auf dem Weg vom Westen in den Osten der Stadt machte Nadim ein Gesicht wie jemand, dem eine saure Gurke im Hals steckengeblieben ist.

»Es muss aufhören zu regnen«, sagte er.

Als wir Silwan erreichten, tat ihm der Regen den Gefallen und hörte auf. Zwischen den Wolken lugten nun weiche Sonnenstrahlen hervor.

Nadim machte einen energischen Eindruck. Er baute das Stativ oben an dem Hang auf, der zu der Siedlung hinunterführte.

»Heute sind wir in Silwan, an dem Ort, wo ich geboren wurde«, sagte er zu mir und der Kamera. Offenbar hatte er seinen Text vorbereitet. »In diesem Moment stehen wir auf dem Grund, auf dem mein Großvater Oliven gepflückt hat, auf dem Grund, auf dem mein Vater mit seinen Freunden Fußball gespielt hat. Hier bin auch ich aufgewachsen, hier sind meine beiden Söhne geboren worden.«

Gespannt lauschte ich seiner reichlich dramatischen Einführung und überlegte, wohin uns sein Drehbuch führen würde. Beim Klang seiner Stimme beschlich mich eine gewisse Bangigkeit.

»Aber kürzlich ist etwas geschehen. Die israelische Regierung hat verkündet, dass der Messias durch diesen Olivenhain kommen würde, in dem ich gerade stehe. Ihm zu Ehren werde man unsere Häuser abreißen und einen blühenden Garten schaffen.« Plötzlich hielt er mir das Mikrofon vor den Mund.

»Kannst du uns sagen, wie wir gegen die Ankunft eures Messias ankommen können?«, fragte er.

Ich zögerte, dann sagte ich, ich wisse nichts von den Plänen eines zukünftigen Messias, und ich sei auch keine Sachverständige für Fragen über seine Ankunft. Weder hätte ich mich auf politische Erklärungen vorbereitet, noch sei ich spezialisiert auf die Probleme der Bewohner Silwans.

»Wir wollten einen leichten Film drehen«, erinnerte ich ihn. Ich schaute ihn prüfend an. Da war ein Leuchten in seinem Blick, als hätte ich ihn überrascht. Ich versuchte, ihn zu verstehen, beobachtete jede Regung dieses Mannes, der sich mal warm und freundschaftlich gab, dann wieder kühl und distanziert, einmal verschlossen und rätselhaft, ein andermal zynisch oder albern.

»Du hast doch sehr viel Humor«, sagte ich, obwohl mir jetzt klar wurde, dass er noch immer seine eigenen Vorstellungen von unserem Film hatte. »Wir sollten die Dinge leichter nehmen, es sollte kein Film über Opfer werden.« Als Nadim mich anschaute, sah ich den Zorn in seinem Blick.

»Sie erwartet bestimmt, dass ich ihren Messias zu mir nach Hause einlade«, zischte er leise, aber doch laut genug, dass ich jedes Wort verstand, »und dort, in der Küche, zwischen Maqluba und Baklawah, verspricht er, auch die Palästinenser wieder zu erwecken, die nicht weit von hier in ihren Gräbern liegen.«

Ich war enttäuscht, dass er nicht die Hand ergriff, die ich ihm gereicht hatte. Ich glaubte an einen anderen Film, ohne Vorwürfe und Klagen.

Da bedeutete mir Nadim zu schweigen, er schaute mich mit einem Blick an, von dem meine Mutter gesagt hätte, nicht Fisch nicht Fleisch. »Was ist?«, fragte ich leicht beunruhigt. Dann sah ich Menschen aus ihren Häusern kommen, sie hoben drohend die Arme und schrien.

Ich schaffte es gerade noch, mit einem halben Lächeln zu Nadim zu sagen, unser Messias erscheine wohl früher, vielleicht wären die Anwohner ja herausgekommen, um ihn zu empfangen. Ich hatte gedacht, das würde ihn zum Lachen bringen, ich fand, er sollte die Szene filmen, auf der einen Seite die Leute am Hang, auf der anderen wir. Und dann, plötzlich, erwachten meine Ängste, sie warfen mich auf das Pogrom von Kischinew zurück, in die Unruhen von 1929, in das Lynchen von Ramallah. Ich erschrak über die Macht meiner Alpträume. Diese Szenen kannte ich nur aus Geschichtsbüchern, aber sie geschahen jetzt, in unserem Leben, und sie würden auch in Zukunft immer wieder geschehen.

Nadim klappte mit zitternden Händen das Stativ zusammen und bedeutete mir, schnell den Laptop in die Tasche zu stecken. Wir liefen los, in einem Bogen um die Menschen herum zu Nadims Wagen. Zum Glück war es nur eine kurze Strecke.

Wir sprangen in das Auto, Nadim ließ den Motor an, und wir fuhren los. Immer mehr Menschen kamen aus ihren Häusern, schrien und liefen durcheinander. Als wir weit genug entfernt waren, hielt Nadim am Straßenrand. Erst jetzt konnte er mir erklären, was für eine Bewandtnis es mit dem Tumult hatte. Jedes Mal, wenn wir ein Haus in Ost-Jerusalem zerstörten, kamen die Palästinenser, die in der Umgebung wohnten, aus ihren Häusern, um zu protestieren. Wir seien, so fürchtete Nadim, diesmal mitten in den Zorn des Volkes geraten. »Ich glaube, sie hatten es auf uns und auf unsere Kameraausrüstung abgesehen.«

Mir war klar, dass unser erster Drehtag zu Ende war.

»Zumindest haben wir schon die erste Einstellung«, tröstete ich mich.

»Nein«, versetzte Nadim.

»Aber du hast doch eine hübsche Szene gefilmt«, sagte ich erstaunt, »die mit dem Messias – auch wenn sie ein bisschen extravagant war, hat sie mir gefallen.«

»Was ist eigentlich los mit dir – willst du etwa, dass irgendjemand auf die Idee kommt, ich würde einen Film über euren Messias drehen?«, fragte er. Er war wütend auf mich.

»Sag, was hat er nur?«, fragte ich Dvora später am Telefon. Ich wollte mit ihrer Hilfe herausfinden, ob er einfach ein Angsthase war, ob ihn Paranoia quälte oder ob er wirklich Grund hatte, um sein Leben zu fürchten.

»Sowohl als auch«, antwortete sie. »Er ist aus guten Gründen paranoid und aus denselben Gründen ein Angsthase. Und was die Angst um sein Leben angeht, so hast du inzwischen vielleicht begriffen, dass auch sie begründet ist. Wir werden ihn vermutlich gnädig umbringen, ganz langsam – aber sie – falls es ihnen gelingt, uns zuvorzukommen –, werden ihn auf eine grausame, plötzliche Art töten. Ich stelle mir die letzte Szene eures Films so vor: Nadim kommt auf die Bühne, du klatschst Beifall – und dann fällt plötzlich ein Schuss. Nadim stürzt die Stufen hinunter.« Sie feixte. »Mach dir keine Sorgen. Letzten Endes wird die Realität ihm rechtgeben, und du wirst wissen, wer ihn umbringen wollte.«

Ich schwieg.

*

»Heute werden wir auf dem Schuk filmen«, verkündete Nadim, als ich zum dritten Mal auf dem Parkplatz des International Convention Center ankam. »Der wöchentliche Marktbesuch war das große gemeinsame Vergnügen von meiner Mutter und mir«, erzählte er. »Ich erinnere mich, dass ich jeden Freitag mit ihr einkaufen ging, und wenn wir nach Hause kamen und die Taschen auspackten, fand ich zwischen den Lebensmitteln einen Bleistift, ein Heft oder Murmeln. Das war das Suchspiel der Woche. Heute werde ich dich filmen, während du über den Schuk gehst und meinen Geschichten zuhörst.«

»Erinnerungen aus deiner Kindheit?«

»Ja, natürlich.«

»Eine gute Szene, der Markt und die Geschichten dazu!«, sagte ich begeistert. Ich hoffte, endlich mehr über Nadims Mutter zu erfahren, über seine Schwestern und den Rest der Familie.

Als wir die Gassen mit den Marktständen erreichten, sah Nadim ruhig und gelassen aus. Er wechselte ein paar »Marhaba« und »Kaif halak« mit Händlern, die er kannte. Ich hielt mich dicht an seiner Seite.

»An so einem turbulenten Ort wird sich keiner für uns interessieren«, sagte Nadim beruhigend.

Trotzdem war ich angespannt, schließlich konnte mir, Gott behüte, alles Mögliche passieren. Ich war auf der Hut, und erst, als ich aus dem Augenwinkel eine Gruppe israelischer Soldaten entdeckte, atmete ich auf. Doch zugleich versuchte ich, mir meine Erleichterung nicht anmerken zu lassen. Vielleicht war ausgerechnet meine Sicherheit Nadims Alptraum.

Die Soldaten kamen näher, sie blickten von Nadim zu mir und wieder zu ihm. Nadim wurde blass.

Sie gingen ohne Fragen und ohne Bemerkungen weiter, aber Nadim hatte seine Sicherheit verloren. Seine Begeisterung hatte Risse bekommen.

»Sie werden zurückkommen und mich kontrollieren, sie werden fragen, was ich filmen will, und just in diesem Moment wird einer daran denken, dass sein Onkel einem Attentat zum Opfer gefallen ist, und dann werde ich in Schwierigkeiten geraten.«

Nadim blieb wie erstarrt stehen, erst als die Soldaten in einer anderen Gasse verschwunden waren, fasste er sich und begann zu filmen. Dies sei ein weiterer Drehtag, sagte er in das Mikrofon in seiner Hand. Dann erinnerte er an den vorherigen und beschrieb, wie wir gezwungen gewesen waren, aus Silwan zu verschwinden, doch den Messias und die Maqluba erwähnte er mit keinem Wort.

Heute tut es mir leid, dass ich ihm damals nicht sagte, wie sehr ich seine Standhaftigkeit bewunderte, die hinter der Angst, den Alpträumen und der Unsicherheit sichtbar wurde. Nadim hörte nicht auf zu träumen, er beharrte darauf, seine Geschichte zu erzählen, und immer wieder hoffte er aufs Neue, mit ihrer Hilfe könnte es ihm gelingen die unzusammenhängenden Teile seines Lebens zu kitten, er hoffte, jemand würde ihm zuhören und ihn verstehen, und das wäre seine Rettung.

Um uns herum versammelten sich ein paar Neugierige.

Nadim richtete das Objektiv auf mich und hielt mir das Mikrofon hin. »Bei unserem letzten Treffen hast du die Lebensbedingungen im Ostteil Jerusalems kennengelernt«, sagte er. »Ich wüsste gern, was dir durch den Kopf ging, als du gemerkt hast, dass wir schutzlos sind, dass unsere Straßen keine Namen und unsere Häuser keine Nummern haben? Was hast du empfunden, als du gesehen hast, dass wir keine befestigten Straßen haben und die Abwässer direkt in die Gosse fließen?«

»Der Schuk und die Geschichten aus deiner Kindheit?«, zischte ich. Diesmal wollte ich mich wehren, doch ich verschluckte die Erwiderung, die mir schon auf der Zunge lag: Und was deine Frage betrifft, finde ich, du solltest dich an den Kommunalwahlen beteiligen, du solltest Verantwortung für den Ort übernehmen, an dem du lebst.

»Du hast schließlich selbst gesagt, dass die Straße nach Silwan einer Straße zu einem jüdischen Friedhof gleicht«, legte Nadim nach.

Plötzlich hörte ich hebräische Worte. »Schaut nur, was macht sie da mit einem Araber?« Neben mir tauchten vier Orthodoxe auf.

Ein junger Mann von höchstens sechzehn schrie mir ins Ohr: »Stinkende Linke!«

Sein Freund, der sich noch mehr aufregte, spuckte vor mir aus. Wie in Rom reagierte Nadim schnell und trat zwischen uns.

»Von mir aus könnt ihr ersticken«, fauchte ich und machte hinter seinem Rücken einen langen Hals. Der Zorn, der schon bei Nadims Fragen in mir aufgestiegen war, ergoss sich jetzt über die vier Jugendlichen.

»Euretwegen wohnt er in einem Haus ohne Anschrift«, beschuldigte ich sie. »Er lebt in einem Viertel ohne Kanalisation, und seit vierzehn Jahren ist seine Frau in ihrem Haus lebendig begraben!«

Sie schwiegen.

»Basta«, zischte Nadim mich an. Ausgerechnet er fühlte sich bedrängt von meinem Gezeter.

»Sag nicht basta, ich habe nicht vor, den Mund zu halten«, schrie ich jetzt auch ihn an. Ich vergaß mich. »Ich bin nicht wie du, ich schreie, wenn es nötig ist.« Ich ließ die ganze Anspannung frei.

»Am Schluss bist du es, die einen Aufruhr verursacht«, rief er zornig. »Schluss jetzt!« Er klappte das Stativ zusammen, schulterte die Kamera und bestand darauf, sofort zu gehen.

»Sollen sie doch verrecken«, zischte ich aufgeladen, bevor wir von dort verschwanden.

Nadim war betroffen. »Was ist mit dir los, du scheinst Siedler ja noch mehr zu hassen als Araber«, sagte er, als wir uns entfernten.

»Und ob«, sagte ich.

Ich sah seine Verwirrung.

»Wieso kapierst du das nicht?«, fragte ich. Nadim wirkte nicht nur erstaunt, er wirkte niedergeschlagen, wie damals in Rom, als ich gesagt hatte, ich sehnte mich nicht nach meiner Mutter.

»Was ist denn daran so schwer zu verstehen?«, fragte ich. »Wenn mein Sohn etwas anstellt, bin ich dafür verantwortlich, aber wenn der Sohn des Nachbarn verrückt spielt, hoffe ich, dass sich seine Eltern dem Problem stellen. Diese jungen Kerle sind gewissermaßen meine Söhne, und ich kann's nicht ändern, ich fühle mich verantwortlich für ihr Benehmen.«

»Aber wieso hast du keine Angst?«, fragte er, und in seinen weit geöffneten Augen lag Bewunderung für meine zweifelhafte Heldenhaftigkeit.

»Sie hätten mich nicht verprügelt, und umgebracht erst recht nicht – und dich übrigens auch nicht.«

Später, als wir im Auto saßen, herrschte angespanntes Schweigen.

»Ich muss mir vermutlich gut überlegen, wo ich überhaupt filmen kann«, sagte Nadim, bevor er den Motor anließ.

»Und außerdem solltest du dir gut überlegen, was du überhaupt filmen willst«, sagte ich, froh, eine Gelegenheit für meine Belehrungen gefunden zu haben.

Nadim warf mir einen wütenden Blick zu und lehnte sich in seinem Sitz zurück, als wolle er sich möglichst weit von mir entfernen.

»Was willst du in deinem Film wirklich zeigen?«, fragte ich.

»Was ich will, kann ich nicht«, fuhr er mich an. »Hast du es immer noch nicht begriffen?« Er schaute mich mit einem Blick an, als sähe er mich heute zum ersten Mal, zog seine Taschenreiseapotheke hervor, fand die rettende Tablette und schluckte sie ohne Wasser hinunter.

»Was habe ich nicht begriffen?«, fragte ich verwirrt.

»Alles«, sagte er.

Zwei Uhr vierzig. Plötzlich erscheint mir die Idee eines Films über den Messias und die Maqluba gar nicht mehr so abwegig.

So oft ich versuche, mich an die Drehtage in Jerusalem zu erinnern, lande ich in einem Irrgarten, der mir zeigt, dass Nadims Film nur ein Traum sein konnte. An jedem Drehort zogen wir Publikum an, und jedes Mal war mindestens ein Feind darunter, einer von seiner Seite oder einer von meiner. Vielleicht verdächtigte Nadim auch mich manchmal, denn wer konnte schon mit Bestimmtheit wissen, auf wen noch Verlass war.

Irgendwann bekamen wir Hunger. Nadim schlug vor, wir sollten eine nahe Bäckerei aufsuchen.

»Ich verlasse das Auto nicht«, verkündete ich, als ich sah, dass sich am Eingang der Bäckerei ein paar palästinensische Jugendliche versammelten.

Er wollte nicht diskutieren. »Dann bleibst du eben im Auto sitzen«, sagte er.

»Nein!« Erschrocken hielt ich ihn am Ärmel fest.

Allmählich verlor er die Geduld. »Was hast du denn?«

»Sie werden mich entführen«, erwiderte ich ängstlich.

Er brauste auf. »Dann komm eben mit mir.«

»Sie werden mich erstechen«, rief ich.

Offenbar hatte ich meinen Heldenmut verloren, so wie Nadim seine Geduld. »Also was ist, kommst du jetzt mit oder bleibst du im Auto?«, fuhr er mich an.

»Gib mir so ein schwarzes Ding für den Kopf«, bat ich. Ich hoffte, er würde ein Lebensrettungsset aus dem Kofferraum holen.

»Was?«

»Gib mir so ein Ding, damit man mich nicht erkennt«, erklärte ich und bedeutete mit den Händen, dass ich etwas wollte, um Kopf und Gesicht zu bedecken.

Nadim holte Lailas Hidschab aus dem Kofferraum und entschuldigte sich dafür, dass er ein bisschen zerknittert war. »Er ist eigentlich nur für den Notfall im Auto.« Er schaute mich an. »Irre«, murmelte er und unterdrückte ein Lachen, als ich ihn bat, mir bei der Bedeckung meines Kopfs zu helfen.

»Du siehst wie eine perfekte Palästinenserin aus«, stellte er fest.

Zitternd stieg ich in meiner zweifelhaften Stoffpanzerung aus dem Wagen. »Tod oder Leben«, flüsterte ich.

»Salam aleikum«, begrüßte der Bäcker Nadim. Zu mir sagte er mit einer leichten Verbeugung auf Hebräisch: »Guten Tag, meine Dame.«

Mich traf fast der Schlag. Ich will zurück in den Wagen – in deinen Panzer – bettelten meine Augen durch den Sehschlitz des Hidschabs. In meinem Kopf spielten sich bizarre Szenen ab, Szenen von Entführungen, von Kriegsgefangenschaft, von Folter und Mord. Nadim beeilte sich mit dem Einkaufen.

»Sag, woran hat er mich erkannt?«, fragte ich, am ganzen Leib zitternd, als wir endlich zum Auto zurückgingen.

Er brach in lautes Lachen aus. »Eine Frau mit Tod's Schuhen, einer Uhr von Dior und so einem lächerlichen Hidschab kann nur aus Tel Aviv kommen.«

»Ersticke!«, sagte ich.

Er kaute vergnügt das noch warme Fladenbrot. »Beruhige dich«, bat er. »Ich habe dich doch zu einem freundlichen Platz gebracht, oder nicht?« Vertrau mir, wollte er damit sagen, verlass dich auf mich, ich würde dich nie in Gefahr bringen. Und dann verdüsterte sich sein Gesicht.

»Was ist?«, fragte ich.

»Wie konnte ich mir so eine Szene nur entgehen lassen?«, sagte er enttäuscht.

Palästinenser vermasseln immer alles, dachte ich, schob den Gedanken aber schnell beiseite.

Am Abend erzählte ich Dani, was passiert war.

Er war wütend. »Stell dir bloß vor, auf dem Schuk wären vier Jugendliche vom Dschihad auf dich losgegangen, statt der vier Siedler? Und wenn dich in der Bäckerei nicht irgendein freundlicher Bäcker erkannt hätte, sondern jemand, der es darauf abgesehen hätte, dich umzubringen?«

»Im Vorderen Orient ist es leicht, sich Apokalypsen auszumalen«, sagte ich, um mutig zu erscheinen. »Und außerdem würde Nadim mich nie in Gefahr bringen.«

*

Als ich das nächste Mal nach Jerusalem kam, zu unserem vierten Drehtag, lief Nadim auf dem Parkplatz des International Convention Center auf und ab und versuchte offenbar vergeblich, jemanden zu erreichen.

»Jana'an taricha«, sagte er, als er mich sah. Jana'an taricha, erklärte er, sei sein ganz privater Fluch. Ein Fluch, den er erfunden habe, um seine Geschichte zum Teufel zu schicken.

»Ich wollte dir Salam vorstellen, aber seit heute Morgen funktioniert sein Telefon aus irgendeinem Grund nicht mehr.«

Nadim erzählte mir, Salam sei der Dozent für Hebräisch an der Universität Al Quds, er sei ein Vetter und Freund. Außer Laila sei er der einzige, der von uns wisse. »Eines Tages wird Salam dein Buch ins Arabische übersetzen, und er wird die hebräischen Untertitel für meinen Film machen.«, erklärte er.

Ich fürchtete, es würde ein verlorener Morgen werden, deshalb schlug ich Nadim vor, uns einfach so zu filmen, wie wir auf dem Parkplatz über das heutige Drehbuch diskutierten. Aber Nadim wollte sich nicht mit einem Gespräch vor seiner Autotür begnügen, er wollte einen Film mit einer Botschaft und mit einer gewissen Dramatik.

Da klingelte sein I-Phone. Er hoffte, es wäre Salam, aber es war Laila. Sie sagte, der Wagen seines Vaters springe nicht an, er solle bitte sofort losfahren und die Jungen von der Schule abholen.

»Da haben wir unser Drama«, sagte er mit einem schiefen Lächeln. Er war offensichtlich verlegen, aber ich freute mich über diese plötzliche Änderung unserer Pläne. Ich würde Laila wiedertreffen, ich würde seine Söhne kennenlernen und außerdem die neue Wohnung sehen.

Während der kurzen Autofahrt erzählte er mir, die beiden Jungen würden eine kirchliche Schule besuchen.

»Wieso denn das? Seid ihr zum Christentum übergetreten?« Ich war erstaunt.

Nadim erklärte, das liege an der Besatzung, aber wie üblich relativierte er, was er gesagt hatte, mit einem Augenzwinkern, es sei nur vorübergehend, denn der Bau der muslimischen Schule habe schon in den Siebziger Jahren begonnen.

»Nur das Dach ist noch nicht fertig, und was ist das schon, ein Dach, das dauert vielleicht eine oder zwei Wochen, nicht wahr?« Auf seinem Gesicht erschien der mir inzwischen vertraute amüsierte Ausdruck.

»Und was wird das hier?«, stotterte ich, als ich bemerkte, dass alle Autos rückwärts in eine schmale Gasse einbogen, auch Nadims Wagen.

Er fing an zu lachen. »Das nennt man hier Retro-Marsch.« Verblüfft schaute ich mich um. Ich konnte es nicht fassen. Nadim schüttelte sich vor Lachen.

Dann stieg ein Junge zu uns ins Auto und setzte sich auf die Rückbank. »Das ist Mustafa«, stellte Nadim mir seinen ältesten Sohn vor. Ich drehte mich um und sah einen bildhübschen Jungen, der mir die Hand gab und mich auf Englisch begrüßte. Gleich danach stieg auch Mustafas jüngerer Bruder ein. »Das ist Nader«, stellte Nadim vor. Im Auto breitete sich der Geruch von Heften und Bleistiften aus.

»Aber warum fahren alle im Rückwärtsgang?«, wiederholte ich meine Frage. Verblüfft beobachtete ich, wie immer mehr Autos rückwärts angefahren kamen. Auch Mustafa und Nader lachten.

»Zur Sicherheit meiner Kinder und ihrer Freunde hat die Stadtverwaltung an beiden Enden dieser Straße Einfahrt-verboten-Schilder anbringen lassen«, sagte er spitzbübisch und deutete auf Schüler, die dicht gedrängt am Zaun standen und darauf warteten, von ihren Eltern abgeholt zu werden.

»Du erzählst mir Märchen aus Tausendundeine Nacht, nicht wahr?«

»Schau, sogar euer Polizist dort geht ganz gelassen mit der Situation um.« Nadim hoffte offenbar, ich würde die Realität, die sich meinen Augen bot, einfach akzeptieren. Ich aber fasste beim Anblick unseres Polizisten Mut und bat Nadim anzuhalten. »Warte einen Moment.« Ich wollte mit dem Mann sprechen, um zu verstehen, was hier vor sich ging.

»Das lohnt sich nicht, eure Polizisten haben uns schon vor Jahren versprochen, dass sie sich um die Sache kümmern, und wir haben uns längst an die Situation gewöhnt. So ist das bei uns: wohin wir auch kommen, wir finden immer ein Schild *Einfahrt verboten*.«

Nadim legte mir die Hand auf die Schulter. »Entschuldige, dass ich lache«, sagte er, »aber wenn ich deine Verblüffung sehe, kann ich mich nicht mehr beherrschen. Übrigens«, er wurde wieder ernst, »begreife ich erst, wenn ich dich sehe, wie komisch die Sache eigentlich ist. Wir leben mit einer Situation, in der keiner mehr weiß, wie Normalität aussieht.«

Wieso hat er diesen Retro-Marsch nie gefilmt? Wieso hat er mein verblüfftes Gesicht ausgelassen? Er hatte die Videokamera doch im Auto. Heute Nacht glaube ich, dass ihn Cinecittà nie losließ, aber die Angst lähmte ihn, und so blieb die Kamera auf dem Rücksitz.

Als wir an seiner neuen Wohnung ankamen, stellte Nadim das Auto vor dem Haus ab.

Beim Aussteigen flüsterte er mir zu, er kenne die Nachbarn noch nicht, deshalb bitte er mich, das Handy auszuschalten, den Laptop zu verstecken und ihm wortlos zu folgen.

Ich hielt mich dicht neben ihm.

»Bleib hinter mir«, verlangte er, »bei uns geht die Frau hinter dem Mann.« Es waren Anweisungen, die hier überlebenswichtig sein konnten.

Er erklärte auch mit ein paar hastigen Worten, dass sein Vater im ersten Stock wohne. Es sei möglich, dass er noch an seinem Auto herumbastle und wir ihn im Hausflur träfen. In diesem Fall solle ich versuchen, nur zu lächeln.

»Und wenn mein Vater etwas zu dir sagt, dann antworte ihm bitte auf Italienisch.«

»Auf Italienisch? Ich kann kein Italienisch.«

»Mein Vater auch nicht.« Nadim machte ein Gesicht, als wäre er mir böse.

»Aber warum?«, fragte ich.

Er wurde rot. »Ach, meine Liebe, wenn mein Vater über uns Bescheid wüsste, könnte er sein Veto gegen unsere Treffen einlegen. Und ich achte ihn sehr, das weißt du ja.«

»Was hast du ihm über mich erzählt?«, stammelte ich.

»Über dich gar nichts, ich habe ihm erzählt, dass ich einen Film über das Leben in Silwan mache, mit einer Regisseurin aus Italien.«

»Aber warum sollte er sein Veto einlegen?« Ich wollte Nadim

unbedingt verstehen, aber gerade in diesem Moment, wie hätte es anders sein können, kam uns sein Vater entgegen.

Jetzt fällt mir ein, wie ich Dvora an jenem Abend gefragt habe: »Warum ein Veto?«

»Weil es sowohl bei uns als auch bei ihnen eine Form der kollektiven Bestrafung gibt«, erklärte sie. »Bei uns werden die Attentäter vor Gericht gestellt, doch zugleich werden die Häuser ihrer Eltern und der nächsten Verwandten zerstört, und bei ihnen werden Kollaborateure umgebracht und ihre Familien – im besten Fall – boykottiert.«

Nur, wenn Nadim mit mir in Cinecittà war, konnte er sich einbilden, frei zu sein. Mein Herz schlug für ihn.

Auf dem Treppenabsatz sah ich einen Mann im Anzug, sein Haar war grau, er hatte Nadims große, braune Augen. Nadim stand da wie ein kleiner Junge, der bei einer Missetat ertappt worden ist. Von dem, was er stammelnd zu seinem Vater sagte, verstand ich nur »Italiana«. Dann verstummte er und zog die Schultern hoch.

Seine Blicke flehten mich an.

»*Marhaba*«, begrüßte mich sein Vater mit einem breiten Lächeln.

»*Si*«, sagte ich.

»*Keif halak?*«, fragte er, und ich sagte: »*Si, si.*«

Fünfmal sagte ich *si*, dann trennten wir uns mit einem Händedruck und ich sagte: »*Arrivederci.*« Als sein Vater verschwunden war, bedankte Nadim sich mit einem »*Grazie*« für mein Entgegenkommen.

Laila erwartete uns im zweiten Stock. Auch diesmal stand sie mit einem verschämten Lächeln in der Tür, zart und verloren. Ich bemühte mich, gleichmäßig zu atmen, und begriff, dass ich lediglich eine Verwirrung gegen eine andere getauscht hatte. Ich beschloss, nicht zu lange in Lailas Augen zu blicken. Als wir die Wohnung betreten hatten, bat sie Nadim offenbar, dafür zu sorgen, dass die Kinder die Hände vom Computer ließen und sich um ihre Hausaufgaben kümmerten.

Ich wechselte ein paar Worte mit ihr und beglückwünschte sie zu der neuen Wohnung. »Wie ist das Leben hier?«, fragte ich.

Sie sagte, die Wohnung sei geräumig, jeder ihrer Söhne habe ein Zimmer für sich und die Küche sei fabelhaft.

»Du bist also zufrieden?«, fragte ich.

Laila schenkte mir ein flüchtiges Lächeln. »So habe ich mir mein Leben nicht vorgestellt«, sagte sie.

Mir blieben die Worte im Hals stecken.

Nadim kam zurück.

»Die Kinder machen ihre Hausaufgaben«, verkündete er.

Ich brauchte dringend ein bisschen Zeit für mich, deshalb fragte ich nach dem Badezimmer. Im Flur fielen mir die Hausschuhe auf, die auf der Matte standen. Wie hatte ich Nadim nur für einen Attentäter halten können, dachte ich, als ich die mit Troddeln geschmückten wollenen Pantoffeln sah. Im Badezimmer hingen zwei Schlafanzüge mit Herzchen und Engeln, einer rosafarben, der andere hellblau. Hier gibt es wirklich jemanden, der Träume liebt, dachte ich traurig.

Dann wusch ich mir Gesicht und Hände, trocknete mich mit einem Handtuch in fröhlichem Blau ab, einem Farbton, der zu den Fliesen passte, die ihm gefallen hatten.

Ich verließ das Badezimmer und setzte mich an den neuen Esstisch.

Wieder blieben wir zu zweit. Laila verschwand wie eine Märchenfee. Die Wohnung verschluckte sie einfach.

Ich bemühte mich, die Gedanken an Nadims Vater und an Lailas Augen zu entfernen, wie man einen Weinfleck von einer weißen Bluse entfernt, schnell, schnell und mit viel Domestos. Ich hatte Angst, dass durch ein falsches Wort alles zerbrechen würde, was zwischen ihr und mir entstand.

»Rücke ja keine Möbel in der Wohnung anderer Leute«, hatte meine Mutter mir als Benimmregel beigebracht. Sie zwang mich zu zurückhaltendem Benehmen, wenn wir ihre polnischen Freunde besuchten.

Nadim und ich hatten schon ein gutes Stück Weg miteinander zurückgelegt. Wir hatten Vertrauen aufgebaut, wir hatten das Fundament für eine Freundschaft geschaffen. Wir sollten uns an dem Guten festhalten, das wir unterwegs gefunden hatten. Schließlich war es unmöglich, an allen Fronten zu kämpfen.

Nadim legte einige Papiere auf den Tisch, die mit der Friedenstaube, den Zweigen des Ölbaums und den Fahnen Israels und Palestinas bedruckt waren, und erklärte mir, welche Versprechungen man ihm gemacht hatte. Er sprach von seinen Plänen und den Zusicherungen Marias, und mir wurde klar, dass er sich an Cinecittà klammerte.

Ich aber war in Gedanken noch immer bei Laila, ich ließ den Blick über die verschlossenen Türen gleiten.

»Was bekümmert dich?«, fragte Nadim.

»Warum filmst du uns eigentlich nicht hier, bei dir zu Hause?« Ich dachte, das sei vielleicht eine gute Möglichkeit für ihn, etwas über seine Kindheit zu erzählen. Er könnte ein Album holen und mir Fotografien seiner Mutter zeigen. Vielleicht würde ich sogar Bilder der Freunde aus seiner Kindheit sehen, von denen er mir erzählt hatte, oder wir würden zusammen seine Hochzeitsbilder betrachten.

Er riss erstaunt die Augen auf. »Ich soll bei mir zu Hause filmen? Ich soll Laila und die Kinder in Gefahr bringen?«

Er war schockiert darüber, dass ich so etwas vorgeschlagen hatte.

Dann erzählte er, auf Marias Rat werde er die Szenen, die er auf dem Schuk gedreht habe, in den nächsten Tagen an einen italienischen Redakteur schicken.

»Und was ist mit der Szene, die du von mir in meinem alten Viertel gedreht hast?«

»Vielleicht auch die«, sagte er ohne Begeisterung. »Ich habe auch schon ein paar neue Drehorte gefunden, an denen wir in den nächsten Monaten filmen können, ohne gestört zu werden.«

Ich meinte meine Mutter zu hören. Mit Gott kann man keinen Vertrag schließen, und mit ihm hier auch nicht, sagte sie und lachte in sich hinein.

Mir wurde klar, dass das heutige Treffen zu nichts führte. Heute würde Nadim nicht filmen.

An diesem Morgen beschäftigte mich Laila noch mehr als sonst, ich hätte gar zu gern gewusst, was in den anderen Zimmern vor sich ging. Zu meinem Bedauern blieben die Türen geschlossen. Sie ließ sich nicht mehr sehen.

Auf dem Weg von ihrem Haus zum Taxistand im Westteil der Stadt fasste ich Mut und fragte Nadim, wie Lailas Leben eigentlich aussah.

»Wie verbringt sie ihre Tage?« Ich bemühte mich, die Frage nicht wie eine Kritik klingen zu lassen. Vergeblich.

»Was soll dieser Ton, was soll dieser Blick? Hör zu, ich glaube, dass Laila ein besseres Leben hat als du. Du bist in die Falle der befreiten Frau getappt. Du putzt, du kochst, du arbeitest und musst auch noch Karriere machen.« Er lachte auf. »Laila ist eine Königin, sie bekommt alles von mir, was sie will oder braucht – Kurse, Ausflüge, Kleider. Neulich habe ich ihr einen Traum erfüllt und sie in einem Fotokurs eingeschrieben.« Er betonte, dass nur die Sache mit dem fehlenden Passierschein sie bedrücke.

»Ihr Leben ist nur euretwegen schwer, nicht meinetwegen«, sagte er scharf.

Du Esel, dachte ich. Und es fiel mir schwer, mich ehrlichen Herzens von ihm zu verabschieden.

Auf dem Weg nach Tel Aviv entwarf ich Szenarien für ein Drehbuch.

Ich stellte mir einen Film über eine junge Frau aus Gaza vor, die ihr Haus und ihre Familie in dem Glauben verlassen hat, in der heiligen Stadt erwarte sie ein gutes Leben. Doch seither ist sie dort eingesperrt, eine Gefangene in ihrem eigenen Haus.

Ich hätte so gern gewusst, was Laila wirklich dachte. Wonach sehnte sie sich? Träumte sie noch davon, Fotografin zu werden? Laila könnte die Protagonistin unseres Films werden, dachte ich.

Ich rief Dvora an. Ich wollte meine Freundin an meinen Ideen teilhaben lassen, aber sie war mit etwas ganz anderem beschäftigt. Sie sagte, Jossi habe ihr ein Ultimatum gestellt: Entweder er oder die Palästinenser.

Ich war nicht überrascht.

»Ich glaube, es ist aus«, sagte sie mit erstickter Stimme.

*

»Nächste Woche filmen wir auf dem Friedhof«, teilte mir Nadim am Telefon mit.

»Eine Superlocation«, sagte ich. »Wenigstens müssen wir nicht befürchten, von den Toten angeschrien zu werden.«

»Sei dir da nicht so sicher«, erwiderte er.

Als ich zu unserem fünften Drehtermin loszog, war der Winter bereits vorbei, und in den Bergen Jerusalems roch man die Blüten des Frühlings.

Nadim wollte noch eine Kleinigkeit in einem nahen Café essen, bevor wir zum Friedhof fuhren. »Unsere Toten haben keine Cafeteria«, sagte er lächelnd. Diesmal achtete er darauf, unser Treffen gleich von Anfang an aufzunehmen.

»Der Friedhof ist eine tolle Idee, dort lässt es sich gut erzählen«, lobte ich ihn. Ich hoffte, ich würde an diesem Ort der Stille endlich mehr über seine Mutter erfahren, vielleicht sogar über seinen Onkel, der im Unabhängigkeitskrieg gefallen war. Ich hoffte, dort würde Nadim auch mir zuhören. Vielleicht bekäme ich ja die Möglichkeit, ihm einige meiner Toten vorzustellen.

Nachdem wir das Café verlassen hatten, fuhren wir zum Friedhof. Nadim ließ die Kamera nicht sinken, er blieb bei jedem Grab stehen, nannte den Namen des Verstorbenen und erklärte, in welchem Verwandtschaftsverhältnis er zu ihm gestanden habe.

Ich lief hinter ihm her, bis wir den Teil des Friedhofs erreichten, in dem seine Mutter begraben war. Hier wurde Nadim unruhig. Die idyllische Stimmung, die uns umgeben hatte, platzte wie eine Seifenblase. Er sagte, seine Familie werde schon seit zehn Generationen auf diesem Friedhof beerdigt. Er lenkte meine Aufmerksamkeit auf die leere Stelle in der Gräberreihe, die auf ihn wartete. Und dann wurde er laut. Der Staat Israel plane, diesen Friedhof verschwinden zu lassen. Man würde die Gräber zerstören und die Gebeine seiner Mutter, so wie die aller anderen, aus der Erde holen, und dann würde man hier einen Park für die Juden und ihren Messias errichten.

»Nicht einmal unsere Toten lasst ihr in Ruhe«, schrie er mich an. »Und du – was hast du dazu zu sagen, dass ich bald gezwungen sein werde, die Gebeine meiner Familie aus der Erde zu wühlen, um Platz für euren Königspark zu machen?« Ohne jede Vorwarnung richtete er das Mikrofon auf mich, als wäre es ein Gewehr.

Ich wich zurück.

Eine Kuh ist über das Dach geflogen und hat ein Ei gelegt. So hatte meine Mutter immer Gerüchte und Phantasien kommentiert.

Auch bei uns war die Totenruhe unantastbar. Bei uns verlegte man Straßen und verwarf Baupläne, sobald man auf menschliche Gebeine stieß. Ich verstand, dass Nadim aufgebracht war.

In diesem Moment wurde mir klar, dass Nadim immer Gründe für kontrollierte Zornesäußerungen finden würde, sobald die Kamera zwischen uns war. Ich begriff, dass es seine Art war, mir zu zeigen, dass ich die Böse in dieser Geschichte war.

Ich nahm mich zusammen und sagte in sachlichem Ton, wenn er etwas gegen die Zerstörung dieses Friedhofs unternehmen wolle, sollten wir uns mit den zuständigen Stadtplanern treffen und uns nach dem genauen Vorhaben erkundigen.

Auch ich war fähig, kontrolliert Zorn zu äußern.

»Ich muss zu niemandem gehen«, rief er wütend, er wirkte wie eine Rakete, die gleich abgefeuert würde. »Vielleicht ist die Zerstörung des Friedhofs nur ein Gerücht und keine Tatsache. Na und? Du weißt selbst, dass Tatsachen viele Gesichter haben, und du weißt auch, dass ich nicht die Sprache der Tatsachen spreche. Wenn ich sage, dass ihr die Gebeine meiner Mutter aus ihrem Grab holt, dann will ich keinen Zweifel in deinen Augen sehen, ich will keine Erklärungen oder Klarstellungen eines städtischen Beamten hören. Wir haben uns hier getroffen, damit ich dir meine Geschichte erzähle, und dieser Film soll dazu dienen, dass bei euch endlich jemand begreift, wie mein Leben aussieht.«

Nadim zog ein Taschentuch aus der Hosentasche und wischte sich den Schweiß von der Stirn. Sein Gesicht wurde hart und feindselig.

»Man hat mich mehr als einmal zum Schweigen gebracht und jetzt rede ich«, sagte er mit einem scharfen Blick, der mich verstummen ließ. »Ich möchte, dass du genau zuhörst. Du weißt es vielleicht nicht, aber ich war es, der meine Schwester warnte, dass die Soldaten ihr Haus zerstören würden. Sie flehte mich an, den Mund zu halten, man würde mich noch verhaften. Also hielt ich den Mund, und ihr habt euch gütlich getan, ihr habt aus ihrem Haus einen Haufen Schutt gemacht, ihr habt behauptet, ihr Sohn wäre ein Attentäter, und ich sage dir auch heute – es ist nicht wahr.

Ihr findet immer Erklärungen, Ausreden, Rechtfertigungen, aber vielleicht ist es langsam an der Zeit, auch unsere Erklärungen, Ausreden und Rechtfertigungen anzuhören. Nicht immer seid ihr diejenigen, die recht haben.«

Ich sah, wie er sich versicherte, dass er die ganze Szene aufgenommen hatte und dass jedes Wort dokumentiert war.

Nun begriff ich. Das war es also, er wollte nur seine eigene Geschichte erzählen. Ich war nichts anderes als eine Statistin in seinem Film.

»Du musst wissen, dass ich mit Gerüchten lebe, und in der letzten Zeit sagen die Gerüchte, dass meine tote Mutter ausgegraben wird, und dann, lebendig oder tot, wird man auch mich aufstören. Ich leugne ja gar nicht, dass ich schon seit Jahren nicht mehr weiß, was wirklich wahr ist, aber ich weiß genau, dass meine Mutter Staub ist, und dass auch ich in euren Augen Staub bin. Du solltest dir übrigens klarmachen, dass sich hier, in Jerusalem, Gerüchte verwirklichen.«

Während er sprach, filmte er weiter, er richtete das Objektiv auf mein Gesicht, meine Augen. Seine Kamera verfolgte mich, jede meiner Bewegungen, jeden Wimpernschlag.

Eine Statistin, sagte ich mir, von diesem Moment an bin ich nur noch eine Statistin.

Ich atmete tief, spürte den Wind in meinen Haaren und betrachtete die Berge von Jerusalem.

Mit Gott kannst du keinen Vertrag schließen, hatte meine Mutter immer gesagt, wenn ich verzweifelt war, aber du musst weitermachen. Sie hat mich nie in Ruhe gelassen.

Wieder haben wir eine Gelegenheit vertan, fasste ich dieses Treffen zusammen.

Ich war enttäuscht, dass es mir nicht gelungen war, auch nur eine einzige Frage zu Nadims Mutter zu stellen, zu seinem Zuhause oder zu seiner Familie. Wir waren ihr so nahe gewesen, seiner Familie, seiner Großmutter, seinen Onkeln – und hatten nur gestritten.

Am Abend sagte ich zu Dani, mir komme es so vor, als wären wir die meiste Zeit nicht wir selbst, Nadim und ich. Ich wäre alle Juden und er alle Araber, ich wäre die Armee und er die Hamas, ich der Besatzer und er der Besetzte, und nur in manchen Momenten wären wir, trotz allem, Freunde.

»Und was für einen Film wollt ihr dann drehen?«, fragte Dani erstaunt.

»Ich glaube, am Schluss wird es ein Kriegsfilm«, sagte ich verzweifelt.

»Das ist die leichteste Übung«, erwiderte er.

Jetzt frage ich mich verwundert, wie ich nach dem Treffen auf dem Friedhof noch daran glauben konnte, dass es überhaupt einen Film geben würde.

Zwei Tage später sagte Nadim am Telefon: »Ich habe eine Geschichte für dich.«

Sein Eifer war für mich ein Zeichen: Komm, fangen wir neu an.

Die Szene auf dem Friedhof wurde gestrichen.

In der Gefahr wirft die Eidechse ihren Schwanz ab, und dann wächst er nach. So waren wir, wir warfen alles ab, was wir nicht erfassen konnten, um uns vor den Raubtieren zu schützen. Und hofften, dass etwas Neues wachsen würde.

»Mach deinen Computer an und schreib«, sagte Nadim, »das wird ein tolles Kapitel.« Seine Stimme am anderen Ende der Leitung klang heiter, als er fragte, ob ich endlich die Finger auf der Tastatur hätte.

»Gestern habe ich einen Anruf bekommen, dass eine Gruppe von Siedlern einen Palästinenser bedrohte. Ich sprang ins Auto und fuhr los, um den Vorfall zu filmen, doch auf halber Strecke traf ich auf eine fliegende Straßensperre.«

»Eine fliegende Straßensperre?« Ich verstand nicht, was er meinte.

»Hoppla.« Nadim freute sich über meine Unwissenheit. »Du weißt doch sicher, dass sich bei der Armee alles drittelt. Sie haben drei Formen von Straßensperren: Es gibt Absperrungen zur Trennung zwischen israelischem Territorium und den besetzten Gebieten aus Gründen der Sicherheit, es gibt Straßensperren innerhalb der besetzten Gebiete, zwischen unseren Dörfern, um uns das Leben schwer zu machen und damit wir nicht vergessen, wer der Herr im Haus ist, und es gibt fliegende Straßensperren. Sie tauchen ganz überraschend auf, tagsüber oder mitten in der Nacht, und jedes Mal an einem anderen Ort. Die Soldaten kommen für eine oder zwei Stunden und ziehen dann weiter. Diese Straßensperren sind dazu da, uns verrückt zu machen. Gibt es Fragen?«

Ich schluckte. »Nein, Herr Feldwebel«, sagte ich.

»Also schreib deinen Befehlshabern, dass Nadim, der bekannte Friedenskämpfer, fast im Feuer deiner Soldaten umgekommen wäre. Mein Bericht ist folgender:

Gestern um ein Uhr dreiundvierzig fuhr der besetzte Mann auf der Straße von Jerusalem nach Nablus, als ihn plötzlich ein Soldat anhielt und fragte: ›Wohin?‹ Ich antwortete: ›Nach Nablus.‹ Er fragte: ›Wozu?‹ Ich antwortete: ›For shooting.‹ Doch da hörte ich plötzlich ein Klicken, er spannte das Gewehr, und ich begriff augenblicklich, dass das mein Ende bedeuten könnte. Im letzten Moment hob ich meine Kamera und begann zu schreien: ›Pictures, shooting pictures.‹ Ich warf die Kamera in seine Richtung, sie krachte auf die Straße. In meiner Verblüffung fasste ich mir mit beiden Händen an den Kopf und brach in hysterisches Gelächter aus.«

»Es gibt also keine Kamera mehr?«, fragte ich erschrocken. Das war es, was mich in diesem Moment am meisten bedrückte.

»Marias Kamera benutze ich nur für unseren Film«, beruhigte er mich. »Es war die Kamera vom Bürgerhaus in Ramallah, die ihr mir schon einmal zerlegt habt. Es hat mich damals viel Zeit gekostet, sie wieder zu reparieren.« Dann fuhr er fort, mir die Szene zu beschreiben. »Als der Soldat sah, wie ich lachte, wollte er mich so schnell wie möglich loswerden. Vermutlich hielt er mich für einen Verrückten. ›Los, nimm deine Kamera und verschwinde!‹, schrie er mich an. Natürlich gehorchte ich diesem Befehl. Ich sammelte die zerbrochenen Teile der Kamera vom Boden auf und verschwand.« Das Gerät sei leider gestorben, sagte er, nach dem früheren Trauma habe es sich diesem endgültig ergeben und würde nie wieder filmen.

»Du bist der geborene Erzähler«, lobte ich ihn und gab zu, dass ich nach seinen Geschichten förmlich süchtig war.

Er bedankte sich auf seine eigene Art. »Meine Liebe, es ist ein Glück, dass ich dich habe. Es ist nicht einfach, Verrückte zu finden, die solche Geschichten gern hören.«

»Wo bist du jetzt?«, fragte ich.

»Wo soll ich schon sein? Da, wo ich seit zehn Jahren jeden Morgen um diese Zeit bin. Ich sitze im Auto und warte darauf, dass einer eurer Soldaten mir ein Zeichen gibt – he, Kerl, du bist dran, fahr weiter. Vielleicht weißt du es nicht, aber das sind die verzauberten Momente, die ihr mir schenkt, Momente, in denen ich im Auto sitze, bei Hitze und Kälte, morgens und nachts, ausgerüstet mit Wasserflaschen und einem Dutzend Tafeln Schokolade, und mir CDs von Fayrouz anhöre.«

»Du scheinst das zu genießen«, sagte ich.

»Ehrlich gesagt, ich habe mich an dieses Vergnügen gewöhnt. Nur manchmal ist es ein bisschen lästig, vor allem wenn man auf die Toilette muss, aber über so etwas spricht man nicht. Zu euren Gunsten muss ich sagen, dass ihr mir beigebracht habt, mich in dieser Hinsicht zu beherrschen.« Er lachte bitter, und mir, auf der anderen Seite der Leitung, stockte der Atem. Ich schwieg.

»Übrigens, im Moment befinde ich mich an einem zauberhaften Fleckchen Erde, neben einem Olivenhain, und in den Hügeln liegt eine Siedlung, in der man ganz ruhig lebt und Vieh hütet, ein paar Schafe und viele Hütehunde. Eine Pastorale des vorderen Orients.« Wieder dieses Lachen. »Ich dachte, dass wir beide, du und ich, uns in der nächsten Woche an dieser Straßensperre vergnügen könnten.«

Ich schwieg.

Die Straßensperren erschreckten mich. Wieder rief ich abends Dvora an.

»Es wäre so leicht, jetzt die Hände zu heben und aufzugeben«, schimpfte sie. »Du hast etwas Wichtiges angefangen, also zieh es bis zum Ende durch.«

Und welches Ende wird das sein?, fragte ich mich. Ich war wütend auf sie und auf ihre Illusionen.

Plötzlich glaube ich, dass diese Geschichte vielleicht mit dem Urteil des Obersten Gerichtshofs endet, plötzlich glaube ich, dass alles gut ausgeht. Dass die Richter diesmal zuhören und Laila den Passierschein bekommt. Sie würde fahren können, wohin sie will. Was wäre das für ein gutes Ende, was für ein Glück für uns alle.

*

»Das wird kein leichter Tag werden«, sagte ich wenige Wochen später zu Dani. »Ich gehe mit Nadim zu einer Straßensperre an einem verzauberten Ort.« Ich lächelte schief und bekannte, dass ich mich sowohl verwirrt als auch schuldig fühlte.

»Ist das etwas Neues?«, spottete er. »Vor fünfunddreißig Jahren habe ich eine diplomierte Angsthäsin geheiratet, und irgendwann hat sie sich in eine irrationale Heldin verwandelt«, er klang, als spräche er zu sich selbst. Ich bedankte mich für diese Ermutigung.

»Du bist blass«, sagte Nadim besorgt, als wir uns trafen.

Ich schwieg.

Er zeigte mir den Proviant, den er für die Fahrt eingepackt hatte. Ich sah Wasserflaschen und Pitabrote und Baklawah. Auf seine Art versuchte er, mich zu beruhigen. Er zeigte mir auch die Schokoladentafeln im Handschuhfach.

»Was hast du vor?«, fragte ich verwundert beim Anblick der Unmengen Proviant.

Er lächelte. »Das ist eine Geschichte für dich.« Er hielt mir eine ganze Tafel hin und schlug vor, ich solle sie in meine Handtasche stecken. »Für den Notfall«, fügte er hinzu.

»Hör zu«, hob er an, als wir losfuhren. »Ich war immer ein schwieriges Kind, und von dem Moment an, als ich reden konnte, habe ich den Mund nicht mehr zugemacht. Ich habe meine Eltern nicht zur Ruhe kommen lassen. Im Grunde habe ich ihnen Angst gemacht. Wenn man besetzt ist, sollte man ein stilles, gehorsames Kind sein. Ich erinnere mich noch genau an die Schläge auf den

Hintern, die ich von meinem Vater bekam. Er versuchte einfach, meinen Charakter zu ändern, er fürchtete, ich würde in Schwierigkeiten geraten. Aber meine Mutter …«, seine Stimme begann zu zittern, »meine Mutter war es, die eine Lösung für mein ständiges Quasseln fand. Jedes Mal, wenn sie mit mir das Haus verließ, nahm sie eine Tafel Schokolade mit, und wenn wir einen Soldaten oder einen Polizisten trafen, stopfte sie mir den Mund mit Schokolade voll. Du wirst es nicht glauben – damals liebte ich deine Soldaten.« Er lächelte. »Übrigens, bis heute wird in meiner Familie über mich gelacht. Es heißt, ich wäre nur wegen der Besatzung dick geworden.«

Ich lachte auch, obwohl es mir die Kehle zuschnürte.

Nadim erzählte weiter: »An all meinen Geburtstagen bekam ich von jedem Familienmitglied Schokolade. Ich habe auch, in der Hoffnung, damit die Mädchen für mich einzunehmen, immer Schokolade in der Klasse verteilt.«

Er sprach, und ich hörte zu, während wir weiterfuhren. Gedankenlos aß ich eine ganze Tafel Schokolade. Zwischen einem Bissen und dem nächsten schaute ich hinaus in die Landschaft. Ich sah Berge, Hügel, Hirten mit Kipot und Schläfenlocken, ihre Herden kletterten die Hänge hinauf und hinunter. Und plötzlich war ich eine andere, ich fügte mich in das uralte Bild, das Nadim, wie mir jetzt einfiel, eine Pastorale des vorderen Orients genannt hatte.

Wie in den Tagen Abrahams, dachte ich.

Ich befand mich in einer anderen Zeit.

»Wir sind angekommen«, verkündete Nadim plötzlich.

Diesmal zeigte Nadim Mut, er hob die Kamera.

Der Soldat schob den Kopf durch das Autofenster. »Wohin?«, wollte er wissen und verlangte nach unseren Ausweisen. Nach einer hastigen Suche in meiner Handtasche hielt ich ihm meinen blauen Pass hin, und fast hätte ich dazu gesagt: Du siehst meinem Sohn aber sehr ähnlich.

»Wohin?«, fragte der Mann noch einmal.

Nadim zog seine Papiere heraus, mir schien, ich hatte mehr Angst als er.

»Nach Ramallah«, sagte er zu dem Soldaten.

»Beide?«, fragte der Soldat.

»Ja«, antwortete ich.

Der Soldat wandte sich an mich. »Die Zufahrt ist Israelis verboten«, sagte er höflich. »Es ist gefährlich, glauben Sie mir.« Er gab uns unsere Ausweise zurück und deutete auf die Warnschilder.

»Und was ist das?«, fragte er mit einem Blick auf die Kamera.

»Wir machen einen Film«, antwortete ich.

»Für einen Film lohnt es sich nicht zu sterben«, stellte er fest.

Wir wendeten.

Schließlich hatten wir nur die Absperrung filmen wollen. Wir hatten nie vorgehabt, nach Ramallah zu fahren. Der Soldat blickte uns nach, er schien erleichtert aufzuatmen. Zum Abschied winkte er sogar.

»Dieser Soldat war wirklich nett«, bemerkte ich. Ich war froh, dass wir wieder weggefahren waren, ich war froh, mit einem palästinischen Freund im Auto zu sitzen, und ich war auch froh, dass draußen ein Soldat stand. Ich genösse die Vorteile beider Welten, sagte ich. Nadim warf mir einen verdutzten Blick zu und schüttelte verwundert den Kopf. Er machte die Kamera aus und trat aufs Gas.

»Jetzt ist es offensichtlich«, sagte er schnell, »jetzt begreife ich, dass wir im Moment der Wahrheit Besatzerin und Besetzter sind. Dieser Soldat schützt dich *meinetwegen*, und die Straßensperre schützt dich vor *mir*. Ich bin aus einem anderen Film, für mich ist diese Straßensperre ein Ort der Erniedrigung und Verachtung.« Er machte eine Pause, um Luft zu holen, dann setzte er seinen Monolog fort. »Sie hat keine Ahnung, was es bedeutet, hier drei Stunden zu verbringen. Sie kommt gar nicht auf die Idee, dass eine Soldatin aufgetaucht wäre, wenn Laila im Auto gewesen wäre. Sie hätte Laila aus dem Auto gezerrt und bis auf die Unterhosen untersucht.« Nadim wurde immer wütender. »Und wenn ich derjenige wäre, der zu dem netten Soldaten gesagt hätte, dass ich einen Film mache, hätte er mich wegen Widerstands gegen die Armee eingesperrt.« Er drückte noch fester aufs Gas, der Motor heulte auf, das Lenkrad zitterte.

Ich erschrak und dachte, mit dieser Geschwindigkeit fahren wir schnell himmelwärts.

Nadim war noch immer zornig. »Es gehört nicht zu den Aufgaben eines Soldaten, Zivilisten zu kontrollieren.«

»Kommst du nicht auf die Idee, dass der Soldat nicht aus eigenen Beweggründen so handelt? Du weißt doch, dass bei uns jeder Achtzehnjährige, ganz gleich ob Junge oder Mädchen, eingezogen wird.«

Ich sagte, auch dieser nette junge Mann sei im Schwertertanz des Nahen Ostens gefangen.

»Er ist schließlich erst achtzehn und man hat ihm befohlen, an einer Straßensperre zu stehen.«

Nadim antwortete hitzig: »Dieser Soldat musste keine Aufgabe an einer solchen Stelle übernehmen. Er hätte sich dem Befehl verweigern können.«

Das sagt ausgerechnet jemand, der es nicht wagt, sich den Befehlen seines Vaters zu widersetzen, dachte ich, und laut sagte ich: »Dieser Soldat hat den Gesetzen seines Landes zu gehorchen, so einfach ist das.«

Wieder warf Nadim mir einen verächtlichen Blick zu. »Also wirklich, ich weiß, dass deiner Meinung nach die Demokratie die höchste aller Errungenschaften ist, neben dem Kommunismus und ein paar anderen Träumen, die liberale Leute wie dich begeistern. Diese Ideologien sind pleite gegangen.«

Während das Auto zurück nach Jerusalem raste, grübelte ich

über den Schaden nach, den meine Bemerkung über den netten Soldaten verursacht haben könnte, aber ich dachte auch an die Regime der arabischen Länder, an die Stellung der Frau und die Ehre der Familie. Ich vermied es, Nadim anzuschauen, während ich mich fragte, ob er je Selbstkritik geübt hatte.

Begriff er überhaupt, dass man Laila an Straßensperren kontrollierte, weil sein Volk Frauen mit Sprengstoffgürteln am Körper losschickte, die sie und uns töteten? Ich jedenfalls geriet bei dem Gedanken in Panik, was alles passieren könnte, wenn unsere Soldaten ihre Befehle nicht ausführen würden. Obwohl all meine Träume auf den Frieden gerichtet waren, wusste ich doch, dass der Tag, an dem wir hier ohne Soldaten würden leben können, noch fern war.

Ich dachte, Nadim müsse einsehen, dass auch sie ihren Anteil an der Geschichte hatten und an der Situation eine Mitschuld trugen. Dieser Soldat riskierte täglich, bei einem Anschlag umzukommen.

Schließlich versank jeder von uns in seiner Enttäuschung und in seinem Zorn. Ich hätte Nadim gern an meinen Überlegungen teilhaben lassen, aber ich wusste, er würde nicht zuhören. In Jerusalem fuhren wir an Yad Vashem vorbei. Es wird wirklich Zeit, dass Nadim sich bemüht, auch etwas von meiner Geschichte zu verstehen, dachte ich. Nicht für das Buch oder den Film, sondern einfach um meinetwillen. Ich fragte ihn, ob er bereit sei, das Museum zu besuchen.

»Nie im Leben«, sagte er kurz. In seinen Augen sah ich Hass.

Auch ich, was soll ich machen, hasste Nadim in diesem Augenblick.

In meinem Kopf hallte das Echo von Charlottes Stimme wider: Jeder braucht jemanden, den er hassen kann.

Zum Abschied hielt er mir zwei Tafeln Schokolade hin, als ich aus dem Auto stieg. Eine für unterwegs, sagte er, und eine für Dani und die Kinder.

»Ich glaube, dass du es irgendwann verstehen wirst«, fügte er plötzlich hinzu, ganz ohne Zorn.

»Was werde ich verstehen?«

»Du wirst verstehen, dass ich jeden Tag auf ein Wunder warte, das es Laila und mir ermöglicht, so wie du zu leben, und Mustafa und Nader, so zu träumen, wie deine Kinder träumen.«

Am Ende dieses Tages kehrte ich mit zwei Tafeln Schokolade nach Hause zurück.

Später rief ich Dvora an. »Er ist überhaupt nicht bereit, etwas über unsere Seite zu erfahren«, sagte ich. Das war nichts Neues, ich wiederholte eine alte Klage.

»Jossi und ich haben uns getrennt«, unterbrach sie mich.

Obwohl ihre Trennung schon seit einiger Zeit in der Luft gelegen hatte, verschlug es mir bei dieser Nachricht erst einmal die Sprache. Dann erkundigte ich mich, ob ich ihr irgendwie helfen könne.

»Was ist wirklich geschehen?«, fragte ich.

»Wir sind langsam gestorben«, antwortete sie. »Ich habe ihn damals geheiratet, weil ich an seinem Traum teilhaben wollte. Du erinnerst dich doch noch, was wir damals alles geträumt haben. Ich liebte das Land und die Heimat und einen Marineoffizier. Einen Kerl aus einer Genossenschaftssiedlung.« Dvora verbarg wie so oft ihre Gefühle vor mir. »Und ich, wie soll ich es sagen, ich bin ganz anders als Jossi. Ich wache jeden Morgen mit dem Geruch von Krematorien in der Nase auf und denke, dass es uns verboten ist, so verroht und kaltblütig zu sein, dass wir bei Unrecht nicht schweigen dürfen. Von Anfang an waren wir ein ungleiches Paar. Wie hieß es bei uns im Viertel? Ich habe Dachboden gesagt, und er hat Nudeln geantwortet.« Auch in diesem schmerzhaften

Augenblick brachte sie uns ein bisschen Jiddischkeit zurück. Sie waren also immer ein Pferd und ein Esel, nebeneinander an eine Deichsel gespannt, dachte ich.

»Es ist nicht einfach, aber wir haben endlich die Kraft gefunden, diese Sache zu beenden. Manchmal muss man sich in Frieden trennen, das ist nicht zu ändern.«

Was mache ich jetzt mit ihr?, fragte ich mich bekümmert. Dvora eignet sich nicht für Umarmungen, sie ist nicht gut im Jammern, und sie ist keine Freundin, der man einen Schokoladenkuchen vorbeibringt, um sie zu trösten.

»Erzähl mir, was bei dir los ist.« Ausgerechnet sie versuchte jetzt, zur Routine zurückzukehren. »Warum hast du mich angerufen?«

»Ein andermal«, sagte ich, um das Gespräch zu beenden.

Sie blieb hartnäckig. »Nun, erzähl schon, ein bisschen Ablenkung tut mir gut.«

»Auch Nadim und ich haben uns getrennt«, sagte ich mit einem halben Lächeln und erzählte ihr, was passiert war.

Dvora fasste sich schnell. »Du hast vermutlich wieder einmal vergessen, wer hier der Besatzer ist«, sagte sie. »So ist es eben an Straßensperren: man hätte Laila wirklich bis auf die Unterhose durchsucht, du musst verstehen, dass du es mit einem Mann auf dem Höhepunkt seiner Verzweiflung zu tun hast. Nun spiel nicht die Beleidigte. Korrigiere einfach diese unglückliche Formulierung über den netten Soldaten, und behalte so etwas in Zukunft für dich. Vergiss nicht, dass ihr beide recht habt. Aber er leidet mehr. Du musst ihn anrufen, für ihn ist die Situation letztlich viel grausamer.« Sie vergaß ihre eigenen Probleme und redete weiter über Nadim. »Mir scheint, dass nur du ihm die Chance gibst, überhaupt über all das zu sprechen. Mit Laila kann er nicht über seine Gefühle sprechen, er kann nicht mit seinem Vater über seine

Träume sprechen, und Freunden und Verwandten gegenüber muss er vorsichtig sein, das weißt du doch. Nadim kann nie wissen, wer ein Kollaborateur ist und wer für den Frieden kämpft.«

Bei Dvora würde Nadim immer gewinnen, aber dieses Thema wollte ich heute nicht erörtern, angesichts ihres Kummers. Ich wollte keine Fragen und keine Distanz, bei Kummer und Schmerz sollte man nicht streiten.

Ich gönnte mir ein paar Tage, um mich zu beruhigen, doch auch dann brachte ich es nicht über mich, Nadim anzurufen. Von ihm hörte ich kein Wort.

Schließlich war es Maria, die anrief und sich erkundigte, wie es mir gehe. Bei dieser Gelegenheit beklagte sie sich, dass es ihr schon seit vielen Tagen nicht gelungen sei, Nadim zu erreichen.

Wie üblich war sie nicht wütend über sein Abtauchen, sie machte sich lediglich Sorgen.

»Vielleicht fährst du zu ihm?«, schlug sie vor. »Vielleicht gehst du zu seinem Arbeitsplatz? – Oder soll ich vielleicht zu ihm fahren?«

Als sie das sagte, kam mir zum ersten Mal der Gedanke, dass sie vielleicht ein bisschen in Nadim verliebt war.

Jetzt, in dieser Nacht, denke ich, für sie war er vielleicht ein Wüstenprinz, ein Lawrence von Arabien, und ich frage mich, ob sie ihn liebte, ob er sie liebte oder ob er sie sich auf kleiner Flamme warm hielt, für schlechte Zeiten.

Und ich denke auch daran, dass Nadim und ich nie über Liebe gesprochen haben.

Nach diesem Telefongespräch mit Maria rief ich ihn an.

»Was ist los?«, fragte ich.

Nadim klang bedrückt. »Lailas Vater geht es sehr schlecht, man hat ihn in ein Krankenhaus nach Kairo gebracht, um sein Leben zu retten. Morgen wollen wir zu ihm, und ich kann nur hoffen, dass Michelle es schafft, uns rechtzeitig hinzubringen.«

»Und was ist mit deinem Film?«, fragte ich, dumm wie ich war. Eine unpassende Frage. Vielleicht wollte ich ihn aufmuntern, ihm zeigen, dass ich daran interessiert war, weiterzumachen.

»Bullshit«, sagte er, »alles ist bullshit. Nur ein großer Politiker könnte etwas an der Situation ändern, und wir haben keinen. Außerdem habe ich dir eben gesagt, dass wir nach Kairo fahren.«

Ich wollte nicht auf eine Erwiderung verzichten. »Und danach?«, fragte ich.

»Was danach ist, weiß nur Allah.«

Wieder meinte ich, Lailas Stimme zu hören. »So habe ich mir mein Leben nicht vorgestellt.« Ich sah sie vor mir, wie sie aus der Küche zu uns herübergespäht hatte. Ich sah ihre Schuhe mit den hohen Absätzen vor mir, die im Auto lagen, ich sah die Koffer, die sich im Hausflur getürmt hatten, und wieder dachte ich, dass der Film von Laila handeln müsste.

Wohin wird das alles führen?, fragte ich mich, während Nadim, am anderen Ende der Leitung, schwieg.

»Filme eure Fahrt nach Ägypten und erzähle Lailas Geschichte«, sagte ich. Ich war selbst überrascht von meinem Vorschlag. »Vielleicht sollte dein Film von ihr handeln.«

Ich hörte ihn am anderen Ende atmen. Dann sagte er: »Darüber reden wir später.«

*

Später verschwand er.

Den ganzen Sommer über tauchte Nadim nicht mehr auf.

In jenem Jahr verschwanden auch unsere Sponsoren, und sogar Marias Interesse ließ nach.

Monatelang schickte ich Nadim von Zeit zu Zeit eine Kurznachricht. Ich wollte wissen, was los war.

Nichts.

Kein Anruf, keine Mail, keine SMS.

Wieder hatte ihn die Depression gepackt, nahm ich an, aber diesmal wollte ich ruhig abwarten.

Mit der Zeit bringt man auch einem Bären das Tanzen bei, sagte ich mir, um das Schweigen zwischen uns erträglicher zu machen.

Ich erinnerte mich an Nadims Schwächen und an seine Ängste. Aus Italien hätte er angerufen. In meiner freien Zeit korrigierte ich die Geschichten, die ich schon geschrieben hatte. Ich tat es, um mich zu ermutigen und um die Hoffnung nicht aufzugeben, dass aus diesen Geschichten doch noch ein Buch werden könne.

Es ist schon nach drei Uhr nachts. Ich bin müde, vielleicht sollte ich endlich schlafen gehen. In der Dusche, unter dem Wasserstrahl, und mit der Zahnbürste in der Hand, suche ich zum wer weiß wievielten Mal nach einer Erklärung, warum Nadim vor der Hauptverhandlung wieder verschwunden ist. In Gedanken wiederhole ich die letzten Emails, die er mir geschickt hat.

»Ich versuche, mich um meine Angelegenheiten zu kümmern«, hat er vor einigen Wochen geschrieben, ohne weitere Erklärung.

Und ich – was brauche ich von all dem überhaupt zu verstehen? Ich will zu Bett gehen und das Licht ausmachen. Versuchen, an nichts zu denken und ruhig zu werden, um wenigstens noch ein paar Stunden zu schlafen.

*

Mitte Oktober rief Nadim an. »Ich bin bereit, einen Film über Laila zu drehen«, verkündete er. Am nächsten Tag wollte er sich mit mir in einem Café treffen, in das er gerne ging.

Anfang November, an dem Tag, an dem der erste Regen fiel, fuhr ich wieder nach Jerusalem.

Am frühen Vormittag saß ich mit Nadim in einem Café in Katamon, einem ruhigen Stadtteil Jerusalems.

»Dieser Ort tut mir gut«, erklärte er mir seine Wahl.

»Wie war es in Kairo?«

Er versuchte ein Lächeln. »So gut es eben möglich war.«

»Und wie geht es Lailas Vater?«, erkundigte ich mich.

»So gut es eben möglich ist.«

Nadim hatte sich offenbar in diese ausweichende Antwort verliebt – aber vielleicht beschrieb sie seine Situation auch einfach auf umfassende Art.

»Wie lange wart ihr dort?«, fragte ich vorsichtig, ich hatte Angst, Druck auf ihn auszuüben.

»Den ganzen Juli«, sagte Nadim.

Seine kurzen Antworten zwangen mich, weitere Fragen zu stellen. »Und warum haben wir uns dann nicht wenigstens im August getroffen?«

»Ramadan«, sagte er.

»Na und?«, fragte ich.

»Ich habe gefastet«, antwortete er.

»Seit wann befolgst du religiöse Gebote?«

»Was willst du?«, fuhr er mich an. »Ramadan ist der wichtigste Monat in meinem Leben.« Er kam gar nicht auf die Idee, dass ich das nicht gewusst hatte. »Es ist der einzige Monat im ganzen Jahr, an dem ich weiß, wer ich bin. Vergiss nicht, ich habe keinen Staat, ich habe keine Hymne, ich habe keine Fahne. Alles, was mir bleibt, ist die Religion, und die Moschee ist der einzige Ort, der mir offensteht. Es ist der Ort, der mich definiert, und die Religion ist, was ich an meine Kinder weitergeben kann. Nur durch sie kann ich Mustafa und Nader zeigen, wer ich bin und wer sie sind. In diesem einen Monat stelle ich mir keine Fragen über mein Leben, ich lebe es einfach.«

Trotz meiner Überraschung verstand ich ihn, ich sagte, auch in unserer Geschichte habe ausschließlich die Religion lange Zeit unsere Identität und die Synagoge unser Zuhause bestimmt. Ich war nicht sicher, ob ihm dieser Vergleich gefiel, aber er hörte zu.

»Warum hast du dich nicht gemeldet, wenn du doch im Land warst? Warum hast du nicht mit mir gesprochen? Hast du nie daran gedacht, mich anzurufen?«

»Das verstehst du nicht«, sagte er, in die Enge getrieben.

»Vermutlich ist es nicht üblich, mit fremden Frauen zu sprechen, wenn man fastet, oder?«

Ich wollte einen Scherz machen, aber Nadim wurde blass.

Ich vertiefte mich in die Speisekarte.

Nadim brach schließlich das Schweigen. »Es hat eine ganze Weile gebraucht, mich von der größeren Idee zu verabschieden«, beantwortete er schließlich die Frage, die ich ihm am Telefon gestellt hatte. »Du weißt besser als alle anderen, dass ich wie ein Idiot darauf gehofft habe, dass du und ich nach Hollywood kommen.« Er lachte. »Vermutlich kann ich das nur dir sagen. Hätte ich gewusst, was diese verdammte Besatzung für meine Ehe bedeutet, hätte ich mich vielleicht anders entschieden. Ich hätte Laila nicht in Gefahr gebracht. Ich bin ein Idiot, es hat lange gedauert, bis ich kapiert habe, dass ich sie nicht retten kann, dass ich nur davon träumen kann, dass ein Wunder sie rettet.«

Ich schwieg betroffen, und auch er schien erschrocken darüber zu sein, dass er mir plötzlich sein Herz ausgeschüttet hatte.

Er saß zusammengesunken da und schenkte mir keinen Blick. Seine Augen waren starr auf die Speisekarte gerichtet.

Es war der Besitzer des Cafés, der uns aus unserer Verwirrung rettete.

»Michael Muallem«, stellte er sich vor und sagte, er freue sich, dass Leute wie wir in sein Café kämen. Für ihn sei dieser Ort nicht einfach nur ein Café, erklärte er, für ihn sei er ein Konzept. Er deutete auf die bunten Bilder an der Wand und sagte, er habe sie gemalt. Zwischen den Farben Rot, Orange und Schwarz blitzten Buchstaben hervor, *SCH-A-L-O-M*.

Michael Muallem warf Nadim ein paar Sätze auf Arabisch zu.

»Von der Armee?«, fragte Nadim misstrauisch.

»Von zu Hause«, antwortete Muallem. »Meine Mutter kommt aus Syrien und mein Vater aus dem Irak.«

Wir bestellten Kaffee und Croissants. Danach wandten wir uns wieder unserer Kooperation zu.

Nadim räusperte sich. Dann sagte er zögernd: »Wir haben schon lange nicht mehr über das Buch gesprochen. Wie geht es denn voran?« Und bevor ich antworten konnte, bat er mich, ihm die Geschichten zu geben, die ich schon geschrieben hatte, Salam würde sie übersetzen, damit er sie endlich auch lesen könne.

Mir war sofort klar, dass er Anmerkungen machen wollte, kontrollieren. Er würde um Worte kämpfen. Was für mich ein Terrorist war, war für ihn ein Märtyrer, und mein Sechs-Tage-Krieg war für ihn der Krieg von 1967. So war es zwischen uns, daran war nichts zu ändern.

Zum ersten Mal kam ich aber auch auf die Idee, er wolle sich vielleicht selbst ein Bild davon machen, wie ich überhaupt schrieb, schließlich würde er ja die Hauptfigur in diesem Buch sein.

»Vielleicht willst du eines meiner früheren Bücher lesen?«, schlug ich vor.

Nadim reagierte nicht auf meinen Vorschlag, kein Muskel in seinem Gesicht bewegte sich, es war, als wären meine Worte nicht bis zu seinem Trommelfell vorgedrungen.

Ich dachte daran, dass ich dieses Thema schon mit Dvora besprochen hatte. »Wie erklärst du dir, dass er nie ein Buch von mir lesen wollte?«, hatte ich sie gefragt.

»Er hat genug eigene Sorgen«, hatte sie geantwortet und hinzugefügt, außerdem solle ich mir einmal vorstellen, sein Vater käme zu Besuch und würde Nadim lesend vorfinden, in einem Buch, auf dessen Einband eine Frau mit blauen Augen und blondem Haar abgebildet war. Dann wäre Nadim gezwungen, seinem Vater zu sagen, es handle sich um ein Buch über das Leiden des jüdischen Volkes während der Schoah, ein Buch, das eine Schriftstellerin der Besatzer geschrieben habe, die außerdem seine Freundin sei.

Und ich erinnerte mich, dass wir an dieser Stelle beide angefangen hatten zu lachen.

Der Gedanke an diese Szene ließ mich lächeln. Nadim stellte keine Fragen, er sagte nur, er wolle zu unserer Zusammenarbeit zurückkehren. Dann schwieg er wieder, und ich dachte: Auch er führt Selbstgespräche.

Schließlich, als der Kaffee getrunken und die Croissants gegessen waren, verabredeten wir ein Arbeitstreffen, das in drei Wochen stattfinden sollte, und diesmal verabschiedeten wir uns mit einer optimistischen Umarmung.

»Es wird einen Film geben und es wird auch ein Buch geben«, verkündete ich abends strahlend.

»Wirklich?« Dani war skeptisch.

»Warum glaubst du nicht daran?«

»Weil es bei uns so etwas wie ein Naturgesetz gibt. Bei uns gibt es am Schluss immer nur Krieg.«

*

Drei Wochen später, an einem stürmischen, verregneten Tag, als der Winter schon die Herrschaft übernommen hatte, trafen wir uns wieder in Muallems Café.

Als ich mich setzte, zog Nadim eine zusammengerollte Zeitung aus der Tasche.

»Ich habe eine Überraschung für dich«, sagte er, und ich sah ein triumphierendes Funkeln in seinem Blick.

»Dunkle Transaktionsabkommen in Silwan« lautete die Schlagzeile der Zeitung, die er aufgeschlagen vor mich hinlegte. *»Unser Gerichtsreporter berichtet, dass in den letzten Jahren im Osten Jerusalems beträchtliche Teile der Bevölkerung enteignet wurden. Aus den Beschwerden der Bewohner ergab sich, dass Grundstücke und öffentlicher Besitz ›privatisiert‹ und ohne Ausschreibungen an Vereine der ideologischen Rechten vergeben wurden. Der Staat Israel drängt die Bewohner aus Silwan hinaus. Neuerdings plant die Stadtverwaltung von Jerusalem, die Häuser in El-Bustan, einem Teil Silwans, zu räumen und mit der Begründung abzureißen, die Siedlung sei illegal errichtet worden. Gemeinsam mit dem Verein Elad plant sie, dort einen archäologischen Park anzulegen. Vermutlich wird auch der Friedhof nahe dem Goldenen Tor Teil des Areals sein …«*

»Weißt du noch, dass du von fünfzig Verrückten gesprochen hast?«, erinnerte er mich, als ich den Artikel gelesen hatte. »Und dass du wolltest, dass wir zur Stadtverwaltung gehen?«

Unbehaglich rutschte ich auf meinem Stuhl herum. »Ich freue mich herauszufinden, dass man sich auf dich verlassen kann«, sagte ich, obwohl ich wusste, dass ich es bedauern müsste.

»Ich hoffe, du wirst nie mehr an meinen Worten zweifeln«, erklärte Nadim abschließend.

Ich versprach ihm, mir Mühe zu geben.

Muallem trat hinter der Bar hervor, um uns zu begrüßen. Wir bekamen das Frühstück, das wir bestellten, einschließlich der Schokoladencroissants, auf Kosten des Hauses.

»Und jetzt lass uns über den Film sprechen«, sagte Nadim. In der einen Hand hielt er ein Croissant, in der anderen die Niederschrift eines Telefonats, das er mit einem Beamten des Innenministeriums in Ost-Jerusalem geführt hatte.

Nadim: Guten Tag, mein Name ist Nadim Abu Heni, und ich bitte um einen Termin im Innenministerium, wegen einer Familienzusammenführung mit meiner Frau, Laila Abu Heni.

Der Beamte: Ich sehe in Ihren Akten, dass Ihre Frau die befristete Aufenthaltsgenehmigung bis Ende 2011 hat.

Nadim: Ich weiß, das ist das Problem, diesmal erbitte ich einen Termin, um eine dauerhafte Aufenthaltsgenehmigung zu beantragen.

Der Beamte: Wir werden Sie hinsichtlich eines möglichen Termins benachrichtigen.

Nadim: Wann wird das sein? Es sind jetzt schon fast sechzehn Jahre vergangen, ich möchte wissen, wann man mir mitteilt, dass ich einen Antrag auf eine dauerhafte Aufenthaltsgenehmigung stellen kann.

Der Beamte: Geduld, man wird Sie benachrichtigen, Sie werden von uns hören, wenn es so weit ist.

Nadim: Geduld habe ich, aber um zu erfahren, wann es soweit ist, brauche ich einen Termin.

Der Beamte: Mein Herr, Sie stören mich bei der Arbeit.

Er legt den Hörer auf.

»So wird unser Film anfangen. In der ersten Einstellung wird im Hintergrund die Stimme des Beamten zu hören sein, und die Zuschauer werden das Gebäude des Innenministeriums im Ostteil der Stadt sehen. Dann schwenkt die Kamera auf uns beide, wir spazieren durch Jerusalem und ich erzähle dir von Laila, wie wir uns zum ersten Mal begegnet sind, von unserer Hochzeit und den Kindern.« Nadim sprach voller Eifer.

»Wäre es nicht besser, wenn Laila selbst erzählt?«, fragte ich.

Nadim verzog das Gesicht, als hätte er aus Versehen Essig getrunken. »Bist du für oder gegen mich? Laila wird in diesem Film nicht auftauchen.«

»Warum eigentlich nicht?«

»Begreifst du es wirklich nicht?«

Ich sah die Angst in seinen Augen.

Und ich sah auch, wie der Vorhang fiel, ich sah Dunkelheit.

Vermutlich war ich kurz eingeschlafen.

Ich fahre erschrocken hoch, es ist wieder der alte quälende Traum.

Ich mache die Augen auf, ich höre, wie die Zeitung auf die Türschwelle fällt und begreife, dass der Morgen naht.

Dani schläft noch tief und fest.

Trotz der frühen Stunde stehe ich auf, hole die Zeitung und werfe einen Blick auf die Schlagzeilen.

Die Orthodoxen und die wirtschaftliche Situation tragen den Sieg davon. Der Frieden ist wieder verschoben worden.

Mir ist klar, dass an Schlaf nicht mehr zu denken ist, ich koche Kaffee, und vom Küchenfenster aus beobachte ich, wie unten vor dem Haus die Straße erwacht. Silbriges Licht verdrängt die Dunkelheit, im Westen kann ich schon das Meer sehen. Ich muss lächeln, ein Araber, der das Meer liebt. Ich möchte so gern glauben, dass auch Nadim sich nach der Zeit sehnt, in der wir alle paar Wochen aus unserem Alltag ausbrachen und gemeinsam träumten.

Ich schloss die Augen und atmete tief durch. Ich wollte nicht, dass die Worte, die an mein Ohr drangen, Cinecittà zerstörten.

»Hör zu, ein Freund von mir ist Rechtsanwalt. Er hat sich auf Menschenrechte spezialisiert«, sagte ich. Obwohl ich Joram,

Dafnas Mann, lange nicht gesehen hatte, wusste ich, dass ich mich an ihn wenden konnte.

Nadim runzelte verständnislos die Stirn.

»Vielleicht machst du ja einen Dokumentarfilm, in dem du den juristischen Prozess beschreibst, der nötig ist, um eine unbefristete Aufenthaltsgenehmigung zu bekommen. Der Film dokumentiert diesen Prozess, und Laila taucht nur im Hintergrund auf.«

»Sag mir, wann«, drängte Nadim. Er hatte Hoffnung geschöpft.

Noch aus dem Café rief ich Joram an. »Ich brauche dich«, sagte ich.

Die Fahrt von Jerusalem nach Tel Aviv verbrachte ich mit Dafna.

Ich blätterte in meinem Album der Erinnerungen, und mir fiel ein, wie wir zusammen zu der Beerdigung ihres Freundes Dudi gegangen waren, der im Krieg gefallen war. Und ich erinnerte mich daran, wie sie mir mitgeteilt hatte, sie würde Tel Aviv verlassen und nach Jerusalem ziehen, und eines Tages würde sie Augenärztin sein. Immer war Dafna diejenige gewesen, die plauderte, die lachte und Diskussionen anregte.

Joram war ein ruhiger Mann mit Brille, einem gutmütigen Lächeln und klugen Ansichten.

In den letzten Jahren hatte ich wiederholt versucht, ihn einzuladen, zum Schabbat, zu Feiertagen, aber Joram hatte stets gesagt, er sei noch nicht so weit. Wir trafen uns nur an Gedenktagen, und nie fragte ich ihn, ob er wusste, dass Dafna an jenem schrecklichen Tag in dem Café gesessen hatte, weil sie dort auf mich wartete.

*

»Was gibt es Neues?«, fragte Dani, als ich nach Hause kam.

»Eine Revolution«, antwortete ich. »Diesmal ist alles anders. Jetzt beginnen wir mit den Filmarbeiten.«

Dani lachte laut. »Oslo Nummer fünf, Camp David Nummer acht, ihr zeichnet euch mit Anfängen aus.«

*

Am Ende der Woche saß ich in Jorams Büro. Aus den Augenwinkeln sah ich Dafnas Foto, das auf dem Tisch stand. Wie unabsichtlich streichelten seine Finger ihr Gesicht. Am liebsten hätte ich mich bei Joram für die Störung entschuldigt und wäre wieder verschwunden. Aber er bat mich zu bleiben. Ich hatte Angst, in Tränen auszubrechen. Er sagte, er habe oft daran gedacht, dass Dafna das Haus so fröhlich verlassen hatte, weil sie wusste, dass sie mich treffen würde. Das, sagte er, sei ihm ein Trost. Ich brachte kein Wort heraus.

Joram bat seine Sekretärin, uns Kaffee zu bringen, und erkundigte sich nach Dani und den Kindern.

Dann fing er an, über das Gesetz der Familienzusammenführung zu sprechen. Er erklärte mir, dass die Entscheidung, die Familienzusammenführung vorläufig auszusetzen, im Jahr 2002 gefallen war. Das Parlament hatte diese Entscheidung 2003 bestätigt und die Notstandsmaßnahme noch einige Male verlängert. »Nach Beginn der zweiten Intifada hatte sich herausgestellt, dass eine wachsende Anzahl der an Attentaten Beteiligten Palästinenser aus Gaza und den besetzten Gebieten stammten. Das Gesetz zur Familienzusammenführung hatte es ihnen ermöglicht, an einen israelischen Personalausweis oder einen Daueraufenthalt zu gelangen. An jedem fünften Attentat war ein Palästinenser beteiligt, der sich auf diese Art die israelische Staatsbürgerschaft verschafft hatte.«

Wie so oft waren mir die Hintergründe nicht bekannt gewesen. Ich sagte, mir gehe es nur um Nadim und Laila. Er fragte nach den Details. »Erzähl mir so viel wie möglich von ihrem Fall«, bat er. Damit gehe er ein Risiko ein, erklärte ich, denn schon ein paar wenige Fragen genügten, und ich finge mit allen möglichen Geschichten an.

Er lächelte. »Na und, wer mag keine Geschichten?«

Jorams Sekretärin kam mit zwei Tassen Kaffee herein und unterbrach für einen Moment unser Gespräch. Bevor sie wieder hinausging, bat er sie, die Tür zu schließen, wir wollten nicht gestört werden.

Ich erzählte die ganze Geschichte, von Rom bis Jerusalem.

»Ich habe auch eine Geschichte«, sagte Joram, als ich geendet hatte. Er lehnte sich zurück, die Hände in die Taschen seines Jacketts geschoben.

»Vor zwei Jahren bin ich mit meiner Mutter in die Ukraine gereist, um dort den Mann zu treffen, der sie im Krieg gerettet hat. Als wir ankamen, merkte ich gleich, dass ihm unser plötzliches Auftauchen in seinem Haus nicht recht war. Dann erklärte er, es gäbe Beweise dafür, dass die Juden und ihr Geld heute die Welt beherrschten. Er weigerte sich zu sagen, warum er meine Mutter gerettet hatte, und er wollte auf keinen Fall als Gerechter unter den Völkern ausgezeichnet werden. Doch meine Mutter sagte mir, sie lasse sich nicht von den Worten eines senilen alten Mannes von neunzig Jahren beeindrucken, eines Mannes, der die meiste Zeit seines Lebens unter Nazis und Kommunisten gelebt habe. Ihrer Meinung nach zählte nur das, was er getan hatte. Damals war er ein junger Mann gewesen. Mehrere Jahre lang hatte er sie in einem Heuschober im Hof versteckt und ihr jeden Tag etwas zu essen gebracht. Nach Kriegsende schlug er ihr vor zu bleiben, aber meine Mutter zog es vor, nach Israel auszuwandern. »In gewisser Weise habe ich ihn im Stich gelassen«, sagte sie zu mir.

Am Ende ihres Lebens wollte sie noch einmal zu ihm fahren und sich bei ihm bedanken. Ich nehme an, er war in sie verliebt gewesen und hatte das Gefühl, sie habe ihn betrogen – aber niemand weiß, was einen Menschen dazu bringt, so zu handeln.

Am Schluss akzeptierte der Ukrainer, vermutlich gegen seinen Willen, die Auszeichnung als Gerechter unter den Völkern. Du hättest meine Mutter an jenem Tag sehen sollen. Sie strahlte und sagte, von diesem Moment an sei sie bereit zu sterben. Anderthalb Jahre später ist sie dann auch gestorben, ganz plötzlich, im Schlaf.«

Joram zog ein Foto aus seiner Brieftasche. »Meine Mutter«, sagte er. »Erinnerst du dich noch an sie?«

Ich erinnerte mich an seine Mutter, an ihre aufrechte Haltung, ihre schmale Figur, wie zerbrechlich sie aussah. Ich erinnerte mich auch an ihre Gesichtszüge. Aber als ich das Foto ansah, wurde mir schwarz vor Augen. Es war meine eigene Mutter, die mir entgegenblickte, nein, hör auf, du irrst dich, beruhigte ich mich, schließlich hatte auch meine Mutter so ausgesehen, sich so gekleidet, und auch sie hatte wie Jorams Mutter in die Kamera gelächelt, zaghaft, mit immer traurigen Augen.

Ich versank in dem Anblick, bis die Sekretärin wieder ins Zimmer kam und Joram mitteilte, ein Klient warte in einer dringenden Angelegenheit im Sitzungsraum. Ich erhob mich, um zu gehen. Joram bestand darauf, mich zum Fahrstuhl zu begleiten. Auf dem Weg sagte er, er werde in Nadims Namen beim Obersten Gerichtshof einen Antrag stellen, und er werde kein Honorar verlangen.

»Das kommt nicht in Frage«, sagte ich mit Nachdruck.

»Auch ich träume davon, ein Gerechter unter den Völkern zu werden«, sagte Joram. »Diese Chance zu einer guten Tat darfst du mir nicht vorenthalten.«

*

Um unser nächstes Treffen hatte ich Nadim gebeten.

Wir trafen uns wieder in Muallems Café. Ich war aufgeregt, ich wollte Nadim mitteilen, dass Joram sich Lailas Falles annehmen würde, dass die Aussichten nicht schlecht stünden. Doch Nadim saß zusammengesunken auf seinem Platz. Das iPhone in der Hand, war er in die Nachrichten vertieft.

»Jetzt kommt also der Frühling«, rief er mir entgegen, mit einem schiefen Lächeln. Er sprach von den Umstürzen, die die arabische Welt erschütterten, und erinnerte mich daran, dass Lailas Eltern noch immer in Kairo waren.

»Vergiss das Buch, vergiss den Film«, sagte er.

Der arabische Frühling würde den ganzen Nahen Osten in Brand stecken, sagte er, wir könnten das Spiel vergessen, unsere Karten seien nichts mehr wert. Etwas ging immer schief, ich hatte es ja gewusst. Ich stellte keine Fragen und verlangte keine Erklärungen. Ich schwieg und beobachtete durch das Fenster wie sich draußen ein paar orthodoxe Jugendliche zusammenrotteten und einer jungen Frau mit Minirock und eng anliegendem Oberteil hinterher liefen.

Kaum hatte sie das Café betreten, fing sie an zu schreien. »Ich bleibe hier nicht«, rief sie so laut, dass auch Nadim erschrocken den Kopf hob. Ich begriff, dass sie hier als Kellnerin arbeitete. Sie stampfte mit dem Fuß auf und warf wütend ihr Haar zurück.

Muallem nahm sie in den Arm und drückte sie an sich, er wollte sie überreden, nicht zu kündigen. »Ich will mit solchen Kriegen nichts zu tun haben«, sagte sie fest.

Muallem stieß einen hässlichen arabischen Fluch aus. »Sieh nur, was mit uns geschieht«, sagte er zu Nadim. »Glaub ja nicht, dass nur ihr in Schwierigkeiten steckt. Es ist nicht zu glauben, diese Leute kommen hier her und kontrollieren, ob das Essen auch koscher ist. Und ob meine Kellnerin züchtig angezogen ist.« Er deutete auf zwei Orthodoxe, die vor dem Café standen.

Nadim antwortete nicht, er war schon wieder mit seinem I-Phone beschäftigt.

Auch ich schwieg. Ich musste erst einmal verdauen, was Nadim gesagt hatte. Muallem war nun vermutlich auch von uns enttäuscht, er hantierte hinter der Theke ohne aufzublicken.

Nadim las weiter. Mir war klar, dass es ihm nicht nur um den arabischen Frühling oder um die Tagesnachrichten ging. Sein Verhalten hatte auch mit mir zu tun. Ich atmete tief ein.

»Also, Nadim, was ist los?«, fragte ich.

»Ich habe deinen Text auf Arabisch gelesen«, sagte er.

»Und?«

»Sie werden mich umbringen«, sagte er.

»Vielleicht sagst du mir, wer dich umbringen will.«

»Ich muss wie ein Chamäleon die Farbe wechseln«, sagte Nadim. »Es geht nicht anders.«

»Dann wird es also kein Buch geben?«, flüsterte ich mit trockenem Mund.

Er versuchte, einen Kompromiss zu finden. »Vielleicht schreibst du nur über dich selbst, über deine eigenen Erlebnisse in Ost-Jerusalem.«

Und das sollte es gewesen sein? Ich hatte die reine, komplizierte Wahrheit berichten wollen, ich hatte sie gewissenhaft aufgeschrieben, Buchstabe um Buchstabe, Wort um Wort, wie man eine Zeugenaussage aufnimmt, und was würde ich jetzt schreiben? Erzählungen? Poesie?

Was geschah mit einem dokumentarischen Text, wenn er sich in Fiktion verwandelte?

Auf der Rückfahrt rief ich Dvora an.

»Vorläufig solltest du alles ruhen lassen«, empfahl sie mir. »Es ist, als hätte Anne Frank dir während des Kriegs ihr Tagebuch gegeben und du bringst es zu einer Zeitungsredaktion, damit alle erfahren, was den Juden angetan wird. Du gehst davon aus, dass die Alliierten sich aufmachen, um sie zu retten, doch du kannst nicht verhindern, dass auch die Deutschen davon hören, das Versteck entdecken und vor den Alliierten dort auftauchen.«

»Du übertreibst«, sagte ich. »Wir sind nicht in Deutschland, und das hier ist nicht der Zweite Weltkrieg.« Dvora reagierte nicht auf meine Erwiderung. Es war, als spräche ich zu einer Wand.

Den ganzen Abend und die ganze Nacht über saß ich am Computer. Ich änderte Namen, Orte und Ereignisse. Es geht um Leben und Tod, ihm darf nichts passieren, sagte ich mir bei jedem Ausstreichen, bei jeder Änderung.

So saß ich vor dem Text, der sich allmählich veränderte.

Mit den Streichungen und den Änderungen von Namen, Orten und Ereignissen nahmen die Ausschmückungen und Beschreibungen zu. Gegen Morgen las ich den verletzten und verstümmelten Text durch. Ich klebte Scherben und Splitter zusammen, wie eine Töpferin einen zerbrochenen Tonkrug repariert, der trotzdem nie wieder der Krug sein wird, der er einmal gewesen ist.

Dann packte mich ein Migräneanfall.

Ich ging in mein Zimmer, ließ die Rollläden herunter, schloss die Vorhänge und legte mir ein nasses, kaltes Tuch auf die Stirn, um Gedanken, Schmerz und Enttäuschung zu kühlen.

*

Heute Morgen bin ich trotz des Kaffees noch immer müde. Ich werfe mich im Wohnzimmer in einen Sessel und schließe die Augen. Nadims Geschichten wirbeln mir durch den Kopf, und wie so oft frage ich mich, ob ich alle Details ausreichend verwischt habe, ob ich die Ereignisse und die Menschen unkenntlich genug gemacht habe, Nadim, Laila, Mustafa und Nader.

*

Jorams Sekretärin rief an. »Herr Rechtsanwalt Schiff bittet darum, dass Herr und Frau Abu Heni oder ihre Bevollmächtigten bald die Vollmacht unterschreiben, die ihm grünes Licht zum Weitermachen gibt.«

Ich rief Nadim an. »Wo bist du?«

»Ich amüsiere mich«, sagte er fröhlich.

»Wo?«

»Wo wohl?«

Ich verstand ihn kaum, die Hintergrundgeräusche waren zu laut.

»An einer Straßensperre«, rief er.

»Und wie fühlst du dich?«, fragte ich vorsichtig.

»Wunderbar«, antwortete er.

»Wunderbar?«

Wegen der belgischen Schokolade, die Michelle ihm geschickt habe, erklärte er mir. Bitterschokolade, mit Orange. »Eine Schokolade, die mir das Aroma der Orangen von Jaffo auf die Zunge bringt.«

Er lachte und meinte, es sei Michelle zu verdanken, dass er sich zu einem Schokoladenfachmann entwickle. Er sei ein Anhänger belgischer Schokolade geworden und halte nicht mehr viel von der zionistischen.

Er sei der einzige, der es schaffe, Politik in ein Stück Schokolade zu packen, sagte ich anerkennend.

Ich schaltete auf Lautsprecher. Vermutlich wartete er in einer langen Schlange und hatte Lust, ein bisschen zu plaudern. Es war eine der seltenen Gelegenheiten für ein lockeres Gespräch. Während ich mit dem Braten hantierte und Reis aufsetzte, hielten wir einander auf dem Laufenden. Nadim zählte die Wagen, die vor und hinter ihm in der Schlange warteten, und ich informierte ihn, wie weit der Braten war.

Er erzählte mir, ein paar palästinensische Autofahrer hätten sich miteinander angelegt, sie würden regelrecht aufeinander einschlagen, weil jeder der erste in der Reihe sein wollte.

»Einer von ihnen wird noch Faustkampfweltmeister von Palästina werden.« Er brach in lautes Gelächter aus.

»Wie hältst du das aus?«, fragte ich ernst.

»Ich bin süchtig nach Straßensperren«, verkündete Nadim fröhlich. »Das sind meine Schokoladestunden. Und außerdem denke ich mir gerade einen Film über einen palästinensischen Ringkämpfer aus, der sein Talent an einer Straßensperre entdeckt. In ein paar Jahren wird er bei der Olympiade eine Medaille für Palästina gewinnen.« Er lachte noch lauter, als er mir sein Drehbuch erzählte.

»Ich nehme an, ich habe dir schon gesagt, dass mein Leben aus einer einzigen Warteschleife besteht«, fuhr er fort. »Immer warte ich auf etwas, und während des Wartens phantasiere ich mir das Leben zusammen, das ich haben könnte. Zum Beispiel könnte ich der hübschen Soldatin am Schlagbaum schöne Augen machen und ihr anbieten, ihr Jerusalem zu zeigen. Sie wäre einverstanden und stiege bei mir ein – und schon hätten wir die Schlange der Wartenden verlassen und spazierten durch Silwan.«

»Ist sie wirklich so hübsch?«, fragte ich.

»Was spielt das für eine Rolle? Sie ist Offizierin bei der Armee«, betonte er, was wirklich wichtig war, und spann die Szene weiter. »Dann sind wir im Olivenhain meines Großvaters, es dämmert, die Sonne geht unter. Wir sind ganz allein, nur wir beide, und sie gibt mir ihre Waffe. Sie befiehlt mir zu schießen, und ich schieße.«

»Wohin?«, hörte ich die Stimme des Soldaten an der Straßensperre fragen. Unsere Unterhaltung ging zu Ende. Der Reis auf dem Herd war angebrannt und es gelang mir gerade noch, Nadim zu sagen, weshalb ich angerufen hatte.

*

Zum verabredeten Zeitpunkt machten wir uns auf den Weg zum Büro des Rechtsanwalts Joram Schiff.

»Wir werden am Ende also doch einen Film haben«, sagte Nadim und lächelte.

Ich erinnerte ihn an das Wichtigste. »Und vielleicht auch einen Passierschein für Laila.«

Joram erwartete uns an der Tür zu seinem Büro. Nach dem Händeschütteln und vor dem Hinsetzen packte Nadim seine Kamera aus. Joram zögerte, dann bat er Nadim, das Gerät zur Seite zu legen. »Wir werden diskrete Themen besprechen.«

Nadim legte die Kamera mit ausdrucksloser Miene auf den Tisch. Ich wusste, in diesem Moment war ihm wieder einmal ein Traum gestorben. Aber man würde ihm einen anderen Traum bieten.

Inzwischen breitete Joram einen Aktenordner voller Dokumente auf dem Tisch aus.

»Diesen Akten habe ich entnommen, dass Laila Abu Heni vor sechs Jahren einen Antrag auf Familienzusammenführung gestellt hat. Ihr Rechtsanwalt hat damals allerdings einen Sammelantrag gestellt, mit zwei weiteren Klientinnen.«

Nadim sah aus, als würde sich ein Gewitter in seinem Kopf zusammenbrauen.

»Das war ein Fehler«, murmelte Joram. »Ein großer Fehler.« Dann schwieg er.

»Die beiden anderen waren Terroristinnen, und vor diesem Hintergrund wurde der Antrag abgelehnt.« Joram beschrieb die Einzelheiten, die in den Akten auftauchten, und reichte Nadim das relevante Dokument.

»G-a-m-i-l.« Nadims Lippen zitterten, als er den Namen des Rechtsanwalts murmelte, der den Antrag unterschrieben hatte. »Aber ich hatte ihm nur Lailas Geschichte erzählt …« Er wandte sich verzweifelt an mich. »Das weißt du doch. Ich bin ein großer Angsthase, aber damals habe ich meinen Mut zusammengenommen und einen Antrag für einen ständigen Aufenthalt gestellt. Gamil … ich glaube es nicht, ich glaube es einfach nicht.« Nadim fiel es sichtlich schwer, seine Gedanken zu ordnen.

Ich erstarrte. Joram reagierte gefasst.

»Laila hat als Feigenblatt gedient«, sagte er, »solche Fälle hat es öfter gegeben. Man hat ihren Namen benutzt, um die anderen beiden Frauen zu tarnen, es war ein Versuch, auch ihnen eine ständige Aufenthaltsgenehmigung zu besorgen.«

Er wandte sich an Nadim. »Wir werden einen regulären Antrag auf Familienzusammenführung stellen. Ihre Frau ist mit einem israelischen Staatsbürger verheiratet, ihre Kinder sind Israelis. Es ist das Grundrecht eines jeden Bürgers, seine Frau, die Mutter seiner Kinder, in das Land zu bringen, in dem er lebt.« Er legte Nadim ermutigend die Hand auf die Schulter.

Als wir Jorams Büro verließen, zitterten Nadims Knie, er hielt den Kopf gesenkt. »Sag mir«, fragte er, »woher zum Teufel soll man in diesem Teil der Welt wissen, auf wen man sich verlassen kann?«

Dann zog er eine dunkle Brille aus der Tasche.

Einen Moment lang stelle ich mir vor, ich würde in einer Vermissten-Sendung auftreten und müsste die Hörer bitten, meinen Freund zu finden, Nadim Abu Heni, der mir irgendwo abhanden gekommen wäre. Wie würde ich ihn beschreiben? Braune Haare, von der Statur her füllig bis dick, neigt dazu, in traurigen und schmerzlichen Momenten zu lachen. Er trägt gestreifte Hemden und Designerunterhosen und er hat eine Brille, die er aber nur aufsetzt, wenn es kritisch wird. In seinem Auto gibt es Schokoladentafeln in Großhandelsmengen, Damenschuhe mit hohen Absätzen und einen Hidschab für den

Notfall. Wird in der letzten Zeit oft mit einer Filmkamera gesehen, und mit glänzenden Augen.

*

Es war einer jener heißen Tage, wie es sie in jedem Frühling nur ein paarmal gibt.

Ich traf Nadim am Eingang zu Muallems Café. Er stand neben seinem Wagen, räumte die Sitze leer und nahm die Hand der Fatima ab, die am Spiegel hing.

Ich lachte. »Bist du unter die Autowäscher gegangen?«

»Nein, ich beseitige Spuren, die mich verraten könnten«, antwortete er und erzählte, dass man ihm beim letzten Mal, als er eine arabische Zeitung auf der Rückbank seines Wagens liegen ließ, die Scheiben zerschlagen hatte. »Wenigstens haben sie nichts gestohlen«, sagte er, wie üblich optimistisch. Auf dem Rücksitz sah ich ein Buch von David Grossman liegen, *Aus der Zeit fallen*.

»Was ist das?«, fragte ich. »Wer liest hier Hebräisch?«

»Ein Mittel, um sich zu schützen«, sagte er und erklärte, er habe zwei Bücher von Grossman im Sonderangebot gekauft. »Ein Buch für das Auto und ein Buch für unterwegs, für Kontrollen im Einkaufszentrum, auf der Post und bei Ämtern.«

»Was soll das heißen?«

»Wenn ein Mensch vom Sicherheitsdienst ein Buch von Grossman in deiner Tasche entdeckt, ist die Kontrolle zu Ende.«

»Da sieht man mal wieder, wie mächtig gute Literatur ist«, sagte ich, und als ich das Lächeln auf seinem Gesicht sah, dachte ich, je verzweifelter er ist, umso mehr wird er zu einem Cousin von Scholem Alejchems Tewje. Und ich überlegte, dass wir in der letzten Zeit immer öfter gemeinsam lachen konnten.

Wieder einmal hätte ich Nadim am liebsten umarmt.

»Nun, wie geht es weiter?« Muallem empfing uns an der Tür. Er wollte die Meinung eines Fachmanns über den Arabischen Frühling und die Angelegenheiten des Nahen Ostens hören.

»Die Nachrichten sind nicht berauschend«, antwortete Nadim. »Allah wird wissen, warum.«

Muallem versuchte ein Lächeln. »Wenn du mit ihm sprichst, könntest du Allah auch nach mir fragen. Mein Gott antwortet schon nicht mehr, und meine Lage wird immer ernster. Jetzt wollen sie mich rauswerfen und hier ein Lehrhaus und eine Mikwe errichten.«

Nadim fing an zu lachen, er sagte, es sei wirklich eigenartig, egal, wo er sich aufhalte – immer würde sich der Platz in einen heiligen Ort verwandeln. »Am Schluss stellt sich noch heraus, dass ich euer Messias bin.«

Ich erinnerte Muallem an seine eigenen Worte. »Du hast doch selbst gesagt, dass es dir gefällt, wenn die Menschen sich untereinander mischen.«

»Ja, aber sie sind es, die nicht bereit sind, sich mit mir zu mischen. Seit einiger Zeit muss ich auch noch den Kellner spielen – es ist ihnen gelungen, alle meine Mädchen zu vertreiben.«

Ich schaute aus dem Fenster. An allen Balkons hingen Transparente, die die baldige Ankunft des Messias verkündeten. Ich sah fromme Mädchen, die zur Schule eilten, Jeschiwa-Schüler, die sich nach dem Gebet draußen auf der Straße versammelten, und zwei junge Männer in Jeans und T-Shirt, die auf Fahrrädern vorbeifuhren.

Nadim lebte auf. »Vielleicht möchtest du, dass Laila, meine Frau, hier arbeitet?«, fragte er. »Sie wäre auf jeden Fall züchtig angezogen.« Die Idee schien ihm zu gefallen.

»Was verstehst du unter züchtig angezogen?«, fragte ich unsicher.

»Neulich habe ich geträumt, dass Laila mit einem Hidschab herumlief«, sagte Nadim. »Sie ist auf der Straße an mir vorbeigegangen und ich habe sie nicht erkannt.«

Ich fasste Mut und fragte: »Sag mir, was du wirklich empfindest, wenn du eure Frauen in ihren schwarzen Gewändern siehst?« Solche Themen hatte ich bisher nicht anzuschneiden gewagt.

»Nun, so kann ich mir vorstellen, dass sie unter der Kleidung nackt sind«, sagte Nadim. »Ihr versteht nicht, wie sexy eine verhüllte Frau ist, man sieht nur ihre Augen und alles andere bleibt der eigenen Phantasie überlassen.« Er war offenbar außerstande, meine Frage ernsthaft zu beantworten. Doch Muallem hatte seine eigenen Sorgen. »Diese Scheißkerle ruinieren mir noch das ganze Geschäft.« Er deutete auf die Gruppe Orthodoxer, die im Eingangsbereich standen. »Schert euch zum Teufel«, zischte er, bevor er sich, starr vor Wut, daranmachte, die neuen Gäste zu bedienen.

»Komm, reden wir wieder über den Film«, schlug ich Nadim vor.

Er war blass geworden und rutschte unbehaglich auf seinem Stuhl herum. Mir wurde klar, dass er mir etwas sagen wollte.

»Nun?«, fragte ich.

»Ach, meine Liebe«, sagte er. »Ich hatte nicht die Kraft, dir zu sagen, dass in den letzten Monaten alle Organisationen, die versprochen hatten, uns zu unterstützen, geschlossen wurden. Keiner glaubt mehr an Frieden im Nahen Osten. Im letzten Monat habe ich viele Überstunden gemacht, um Salam das Geld für die Übersetzung deines Textes zu geben, und um Jaser zu bezahlen, den jungen Mann, der mir mit dem Trailer geholfen hat, den ich auf Marias Bitte hin gefilmt habe.« Er sagte, auch Michelle habe ihre Arbeit bei der Organisation aufgegeben. Seiner Meinung nach sei das aber kein allzu großes Unglück, Lailas Vater sei ohnehin gestorben.

»Das tut mir leid«, murmelte ich.

»Nur Maria hat noch nicht aufgegeben«, informierte Nadim mich in sachlichem Ton. »Sie organisiert bereits für die nächsten zehn Jahre Friedenskongresse. Sie begreift einfach nicht, dass eine Tasse Kaffee nicht zum Frieden führt. Ebenso wenig wie ein Film oder ein Buch.«

Ich begriff, dass er auch auf Maria sauer war. Er sagte, es tue ihm leid, dass wir uns auf Träume eingelassen hatten. Und mit einem halben Lachen fügte er hinzu, auch mir sollte es leid tun. Denn wenn wir einen Film über alles gedreht hätten, was in Rom, Tel Aviv und Jerusalem geschehen war, hätten wir wohl den Oscar bekommen. »Aber nur du hättest nach Hollywood fliegen können, um ihn in Empfang zu nehmen, mich hätte man noch vor der Verleihung umgebracht.«

Er lachte. »And the Oscar goes to the Jews«, deklamierte er. Ich wisse doch, flüsterte er mir ins Ohr, dass es am Schluss immer die Juden seien, die den Oscar bekämen.

Ich schnappte nach Luft. Ich versuchte zu verstehen, was hier ablief. Nadim sprach leise weiter. Manchmal, wenn er die Augen schließe, habe er deutlich ein Bild vor Augen: Wir beide säßen in einem kalten, dunklen Vernehmungsraum. Ich würde einfach nur dasitzen und schweigen, so wie jetzt. Und er allein würde sprechen.

»Meine Privatdetektivin«, sagte er und fing an zu lachen. Es war ein hemmungsloses Gelächter. Ich erschrak. Sein Lachen machte mich traurig, doch schließlich steckte es mich an. Ich hatte keinen Grund zu lachen, aber ich lachte, bis ich mich zusammenkrümmte und mir die Tränen kamen.

Meine Mutter tauchte in meiner Erinnerung auf. »Wenn man schreit, ist das ein Zeichen, dass man wütend ist«, sagte sie, »und wenn man weint, tut etwas weh, aber wenn man lacht …«, sie seufzte, »nun, dann ist es ein Zeichen dafür, dass man verzweifelt ist.«

Endlich hörte ich auf zu lachen und schwieg. Mein Schweigen erstickte schließlich auch Nadims Gelächter.

Als wir uns verabschiedeten, sagte Nadim beiläufig, er werde Mustafa zur Ausbildung nach Italien schicken. Mustafa werde, wie er damals, Jerusalem und seine Familie verlassen und nach Rom ziehen. Maria werde sich darum kümmern. »Du und Maria – ihr beide habt offenbar eine neue Tradition begründet«, schloss er und schenkte mir ein bitteres Lächeln.

Auf der Fahrt nach Tel Aviv zwang ich mich, nicht in eine tiefe Depression zu versinken.

Seine Privatdetektivin? Wie war Nadim bloß auf diesen Gedanken gekommen. Was hatte ich falsch gemacht? Ich überlegte fieberhaft. Was wollte er überhaupt? Ich zweifelte an unseren Träumen, an unserem Film, an unserem Buch, an unseren Diskussionen. Friedensbemühungen? Haha, war das vielleicht nur eine fixe Idee? Ich war vollkommen durcheinander. Vielleicht war das die Natur von Beziehungen zwischen Feinden. Und vielleicht hatte ich insgeheim ja wirklich davon geträumt, eine Gerechte unter den Völkern zu werden? Oder einen Preis für ein außerordentliches Buch zu bekommen? Sollte Nadim doch zum Teufel gehen! Ich stoppte den Sturm in meinem Kopf, doch in meiner ganzen Verwirrung wusste ich, Laila war noch da, sie würde ich nicht aufgeben, mein Gewissen würde mir keine Ruhe lassen. Ich hatte mir selbst versprochen, dass wenigstens für sie alles gut enden sollte, und ich wollte nicht, dass sie enttäuscht wurde. Am Schluss würde es ein Buch geben, in dem auch ihre Geschichte erzählt wurde.

Was kann ein Mensch alleine schon ausrichten?, fragte ich mich. Wirklich, was?

»Manchmal bleibt uns nichts anderes übrig, als abzuwarten«, hätte meine Mutter gesagt.

»Ruh dich aus«, schlug Dani vor, als ich nach Hause kam. Und besorgt stellte er fest: »Du siehst krank aus.«

Joram schickte eine Email mit der erfreulichen Nachricht, dass es einen Termin für die Verhandlung gab.

Wir würden uns alle am Obersten Gerichtshof in Jerusalem treffen, am 18. Juni 2012, vormittags um elf Uhr.

Es fiel mir schwer, das zu glauben. »Noch ein ganzes Jahr?«, Ich war enttäuscht und fragte mich, wie Nadim reagieren würde.

Ausgerechnet er war es, der mich beruhigte. »Was sind schon zwölf Monate nach so vielen Jahren ohne Hoffnung?«, sagte er. »Wir sollten diese Nachricht feiern.«

Doch dann verschwand er erneut.

Meine Kraft war zu Ende, ich rief ihn nicht mehr an.

Nach zwei Monaten meldete er sich wieder.

Er sei operiert worden, erklärte er, er habe Gallensteine gehabt.

»Wie geht es dir?«, fragte ich. »Und wie bekommt man überhaupt Gallensteine?«

»Also wirklich«, er klang, als überraschte ihn meine Frage. »Vermutlich waren das die Steine, die ich während der Intifada nicht nach euch geworfen habe. Sie sind in meinem Körper gewachsen.« Ich hörte das Lachen in seiner Stimme. »Was sagst du, ist das nicht ein hübsches Detail für dein Buch?«

Erfreut stellte ich fest, dass Cinecittà doch noch nicht gestorben war. »Ich habe jetzt, da ich im Bett liege, Zeit genug, um über das Drehbuch nachzudenken.«

Er schlug ein Treffen Mitte September vor.

*

Im August 2011 war das Land in Aufruhr.

Der Protest der Zelte änderte die Gesprächsthemen auch bei uns. In jenem Sommer demonstrierten die jungen Israelis, und ganz oben auf der Liste ihrer Forderungen standen bezahlbarer Wohnraum und ein besserer Lebensstandard. In jenem Sommer diskutierte man über soziale Gerechtigkeit, und keiner sprach mehr vom Frieden.

Sie hatten ihren Arabischen Frühling, bei uns ging es um soziale Gerechtigkeit.

Damals erwog Dvora zum ersten Mal die Möglichkeit, dass sie vielleicht ihre Zeit vergeudet hatte.

»Mit Jossi oder mit den Palästinensern?«, fragte ich.

»Vermutlich habe ich bei keinem von beiden erreicht, was ich wollte, vermutlich habe ich Hufeisen für tote Pferde geschmiedet.« Wieder gebrauchte sie eine Redewendung aus unserer Kindheit. So hatte man früher bei uns gesagt, wenn ein Projekt von vornherein zum Scheitern verurteilt war. Sie seufzte. »Vielleicht gibt es kein Licht, bevor es vollkommen dunkel geworden ist.«

Ich war bedrückt, der Glaube an Frieden erwies sich als Illusion.

Auch Maria war beunruhigt. Sie rief mich an und bat mich, Nadim zu überreden, nach Italien zu kommen. »Er hat einen Beruf«, sagte sie, »er kann sich hier seinen Lebensunterhalt verdienen.«

Ich lächelte.

Sie sagte auch, für Mustafa sei bereits alles organisiert.

*

»Ende Januar wird es wieder einen Friedenskongress in Rom geben«, teilte mir Nadim am Telefon mit, und er schlug vor, wir sollten uns treffen.

Als ich unser Café betrat, fielen mir die grauen Fäden auf, die Nadims Haar durchzogen. Dabei war es erst ein paar Monate her, dass wir uns zuletzt gesehen hatten. Er schien auch einige Kilo abgenommen zu haben.

»Ende des Monats wird es einen Kongress in Rom geben«, wiederholte er, was er schon am Telefon gesagt hatte. Seine Stimme war trocken und sein Blick leer.

Ich sprach aus, was wir beide wussten: »Zu diesem Kongress werden wir nicht fahren.«

Maria habe einen Verleger gefunden, sagte er, und sie bitte darum, ihr möglichst schnell das Manuskript zu schicken.

»Wann hast du mit ihr gesprochen?«, erkundigte ich mich.

»Ich spreche mit niemandem mehr«, sagte er leise, »sie hat mir eine Nachricht hinterlassen. Aber ich bitte dich, ihr zu antworten, sag ihr, dass unser Traum von einer Koproduktion gestorben ist. Sag ihr, meine Freunde seien der Ansicht, gemeinsame Initiativen wären nur gut für die Juden, denn wen man kennt, bringt man nur ungern um.«

»Nadim«, rief ich, aber mehr wusste ich nicht zu sagen.

Nadim reagierte nicht auf meine Verunsicherung.

Er fing an von einem hollywoodreifen Film zu erzählen, den er drehen würde. Über einen Fälscher, der ihm helfen würde, nach Amerika zu kommen, oder nach Kanada oder an irgendeinen anderen Ort in der Welt. Er sagte, die Details seien noch nicht ausgereift, aber er wisse schon einen Titel: *Nadim wird im Westen geboren*.

»Eine wahre Geschichte?«

»Natürlich«, sagte er.

»Wie könntest du einen solchen Film machen? Du hast doch selbst gesagt, vor wahren Geschichten würdest du dich hüten.«

Ich war verwirrt, ich begriff nicht, was er mir sagen wollte, doch ich sah, in welchem Zustand er war.

»Sag, kennst du jemanden, der eine solche Geschichte für wahr hielte?«, fragte er mich erstaunt.

»Nadim, bist du in Ordnung?«, fragte ich. »Ich verstehe dich nicht mehr.«

»Ich verstehe mich selbst nicht mehr.« Trotz des Ernstes seiner Worte brach er erneut in Lachen aus.

Unser Traum von einer Koproduktion ist gestorben.

Du dumme Kuh, wach auf, er hat dir schon damals einen Hinweis darauf gegeben, dass er dich eines Tages verlassen wird, dass er vielleicht von hier weggeht. Ist er möglicherweise schon in Kanada? Oder in irgendeinem arabischen Land? Wieder beschleicht mich die Vorstellung, wir würden einander nie mehr wiedersehen.

Muallem kam zu uns herüber. »Das war's, Ende der Woche wird geschlossen.« Er machte sich daran, seine Bilder von den Wänden abzuhängen. Er wolle sie nur im Auto verstauen, sagte er, gleich sei er wieder da. Aus dem Augenwinkel sah ich die Parkscheibe mit dem dreieckigen Symbol und der Anemone an seinem Wagen. Das Kennzeichen der Kriegsversehrten.

Als er zurückkam fragte ich auf Hebräisch: »In welchem Krieg?«

»Spionage«, sagte er schnell und leise. »Ich war ein Soldat, der sich als Araber getarnt hat.«

Beide hofften wir, Nadim hätte nichts verstanden.

Nadim erschrak. »Du bist ein Geheimagent?«, fragte er.

»Schau mich nicht so an«, sagte Muallem. »Dieses Café ist eigentlich Teil meiner Rehabilitation, und die Bilder gehören zu meiner Beschäftigungstherapie. Ich lag ein Jahr lang im Krankenhaus, aber niemand konnte mir helfen. Bis heute irre ich nachts umher. Dann male ich meine Träume auf große Leinwände, und morgens komme ich hierher und serviere euch Kaffee und Tee.«

Wir schwiegen.

»Los, trinkt ein Glas Wein aufs Haus.« Muallem versuchte, die Stimmung zu heben, seine und unsere.

Doch gleich darauf erschrak er und entschuldigte sich bei Nadim. »Was bin ich nur für ein Idiot.« Er zögerte, dann fragte er: »Ganz unter uns, hast du noch nie ein Glas Wein getrunken?«

»Doch, als ich in Italien war«, antwortete Nadim mit einem verlegenen Lächeln.

»Du überraschst mich immer wieder«, sagte ich.

Er grinste »Bei euch heißt es doch – verhalte dich in Rom wie ein Römer. Und ich habe dir ja erzählt, dass ich eine italienische Freundin hatte. Sie hat mich zum Trinken verführt.«

»So ist das bei ihm, immer passiert etwas aus irgendeinem Grund oder wegen irgendeiner anderen Person, er selbst ist nie dafür verantwortlich«, sagte ich zu Muallem.

Muallem war neugierig, er wollte mehr erfahren.

Nadim ließ auch ihn an seiner Liebesgeschichte teilhaben. »Es war eine Kinoromanze. Ihre Eltern waren gegen mich, wie du dir vorstellen kannst. Sie machten ein Mordstheater, aber Mona gab nicht nach.« Er lächelte mich an. »Es war fast Cinecittà.«

»Und wie hat deine Familie reagiert?«, fragte Muallem.

»Meine Familie hat sie sehr gemocht«, sagte Nadim.

»Warum habt ihr euch dann getrennt?«, wollte Muallem wissen.

»Weil sie nicht zum Islam übertreten wollte«, antwortete Nadim. Ich hoffte, er mache einen Witz, von dieser Version der Geschichte hatte ich bisher noch nichts gehört. Aber Nadim war es ernst.

Ich sah, dass auch Muallem erschrak.

Ich stellte keine weiteren Fragen. Wieder hatte ich etwas gelernt, mir war klar geworden, worauf man bei meinem Gentleman und Ritter gefasst sein musste: Plötzlich gab es eine Änderung im Drehbuch, plötzlich war man an einem Ort, an dem es keine Kompromisse gab, und trotzdem ging es weiter.

»Übrigens«, sagte Muallem, »ihr seid zur Eröffnungsfeier eingeladen.« Er legte eine Visitenkarte mit der Adresse seines neuen Cafés auf den Tisch. Ich nahm an, dass Nadim ablehnen würde. Aber er sagte: »Klar, du hast einen Besuch gut.«

»Du bist wirklich immer für eine Überraschung gut«, sagte ich zu Nadim, und fügte hinzu, ich würde ihn nicht verstehen.

Er lächelte. »So bin ich eben, ein Tag Honig, ein Tag Zwiebel.«

Dann wollte er wissen, wie es wirklich um mein Buch stand.

Ich erzählte ihm, dass ich viele Details geändert, dass ich seine Geschichten von der Realität in die Fiktion geführt hatte.

Er lachte. »Das ist nicht wirklich schwer.« Aber auch mit der Fiktion solle ich vorsichtig sein, bat er. »Man kann nie wissen.«

Leise fuhr er fort: »Ich habe drei Bitten. Ich bitte dich, dass das Buch zuerst im Ausland erscheint.« Er erklärte, er fürchte um sein Leben.

»Aber Nadim, wer würde dir etwas tun?« Nach drei Jahren konnte er mir doch vertrauen, dachte ich.

»Ich weiß es nicht«, antwortete er offen. »Ich weiß es wirklich nicht. Aber eines Tages wirst du es bestimmt herausfinden.« Er legte mir die Hand auf die Schulter.

»Und die zweite Bitte?«, fragte ich.

»Ich bitte dich, das Buch meiner Mutter zu widmen, Mona Abu Heni.« Als er ihren Namen aussprach, musste er schlucken.

Er zog die Hand zurück, schlang die Arme um sich, als wollte er sich selbst umarmen.

Er war wirklich durcheinander. Vor gar nicht langer Zeit hat er mich aufgefordert, jede Identität zu verwischen, alle Namen, Orte und Daten zu ändern, und jetzt wollte er, dass ich das Buch seiner Mutter widmete. Ich behielt meine Gedanken für mich.

»Und nun die dritte Bitte«, sagte Nadim und lächelte wieder. »Versprich mir, dass nur ich das Recht bekomme, dein Buch zu verfilmen. Du kennst mich doch, du weißt, dass ich Träume brauche.«

Ich versprach es ihm.

Nadim lehnte sich zurück. Ich sah ein Aufblitzen in seinen Augen, ich erkannte Cinecittà.

*

Trotz allem, unsere Koproduktion atmete noch, und am Ende des Weges wartete der Termin am Obersten Gerichtshof. Er stand wie ein Leuchtturm in der brandenden See.

*

Anfang September rief Nadim an. Wir müssten uns unbedingt treffen, sagte er. Wir verabredeten uns in einem Café.

Nadim wartete mit seiner Kameraausrüstung auf mich. »Sie hat etwas mit einem Araber«, zischte ein junger Orthodoxer, glücklich, ein Opfer gefunden zu haben. Für ihn und seine Freunde von der Jeschiwa waren Nadim und ich eine willkommene Abwechslung vom Thorastudium.

»Ich habe eine neue Idee«, sagte Nadim, er zerbarst fast vor Begeisterung. Er plante, Asylant zu werden. Er würde sich in den nächsten Wochen einen neuen Pass kaufen, erzählte er, er würde Asyl in einem der westlichen Länder beantragen und ein neues Leben anfangen.

»Sprichst du über das Leben oder über einen Film?«, erkundigte ich mich.

»Über beides«, antwortete er.

»Aber warum brauchst du dafür einen falschen Pass?«

»Weil ich leider nicht den internationalen Kriterien eines schutzwürdigen Flüchtlings entspreche.« Er schaute mich an. »Was soll ich denn machen? Ihr foltert mich nicht genug, und ich bin nicht ausreichend gefährdet. Außerdem habe ich Besitz und eine Arbeit. Die Seele eines Menschen spielt keine Rolle, wenn es um Asyl geht.«

Er zog seine dunkle Sonnenbrille aus der Tasche und setzte sie auf, strich sich die Haare aus der Stirn. »Sehe ich jetzt nicht aus wie Martin Scorsese?«

»Bist du verrückt?«, rief ich.

Er lachte. »Schon lange. Aber auch Verrückten muss man zuhören.« Er erzählte, er habe einen Fälscher getroffen, der bereit sei, ihm einen syrischen Pass zu besorgen, Papiere eines Rebellen, der für seine Freiheit gekämpft hatte und dabei umgekommen war. Er sprach mit der Geschwindigkeit eines Schnellfeuergewehrs, die Wörter platzten förmlich aus seinem Mund, seine Augen funkelten.

»Was für ein Irrsinn«, sagte ich leise. »Alles hier ist irrsinnig.«

»Ist das was Neues?«, fragte er und lachte noch lauter.

Ich wusste nicht, wo mir der Kopf stand, aber ich wollte hören, was er vorhatte.

»Du bist meine Freundin«, sagte er. »Sag mir, was ich tun soll.«

Ich empfahl ihm, eine Tablette gegen Depressionen zu nehmen.

»Ich habe heute schon die ganze erlaubte Dosis genommen«, sagte er, und ich wusste nicht, ob er mich auf den Arm nahm oder ob er es ernst meinte. Im Grunde wollte ich es auch gar nicht wissen.

Als wir das Café verließen, waren die Orthodoxen verschwunden. Ich fragte mich, ob sie eine Fata Morgana gewesen waren. Oder ob sie verstanden hatten, dass man uns besser in Ruhe ließ, Nadim und mich.

Die Schlagzeilen der Zeitungen verkündeten im Januar 2012, dass der Oberste Gerichtshof bei einer Sondersitzung mit einem Plenum von elf Richtern alle Anträge auf Einbürgerung palästinensischer Ehegatten mit sechs zu fünf Stimmen abgelehnt habe.

Die Mehrzahl erkannte den verfassungsrechtlich geschützten Anspruch auf ein Familienleben an, doch wurde entschieden, dass dieses Familienleben nicht unbedingt in Israel stattfinden müsse. Der Wunsch nach einem gemeinsamen Familienleben könne auch in Judäa, Schomron und im Gazastreifen verwirklicht werden. Das Notstandsgesetz aus dem Jahr 2002 sei angemessen und entspreche den Vorschriften des Grundgesetzes. Ein Richter, der die Ablehnung des Antrags unterstützte, schrieb, dass die Achtung der Menschenrechte nicht in staatlichen Selbstmord führen dürfe.

In einem Minderheitenvotum hielten die anderen fünf Richter fest, die Verletzung der Rechte von Ehepaaren widerspreche den Grundrechten, und die Einschränkungen würden insbesondere die arabischen Bürger Israels treffen, also Araber mit israelischem Pass. Damit widerspreche der Beschluss dem Gleichheitsgrundsatz.

»Tausende Familien israelischer Araber und Palästinenser warten seit Jahren auf ein Urteil des Obersten Gerichtshofs. Die gestern veröffentlichte Entscheidung hat für sie gewiss jede Hoffnung zunichte gemacht.«

Joram rief an.

»Sag Nadim, dass wir nicht aufgeben.« Er klang zuversichtlich. »Wir werden uns darauf berufen, dass hier ein besonderer Fall vorliegt.«

Ich rief Nadim an.

Seine Stimme klang kühl und abweisend. »Hör zu, drei Jahre lang hast du mir Träume versprochen, die mich aus der Realität, in der ich lebe, gerissen haben. Jetzt lass mich mein eigenes Leben führen.« Er war hart und kompromisslos.

Ich erstarrte innerlich.

Vielleicht sollte ich wirklich aufhören, ihn zu belästigen, sollte er doch seine eigenen Probleme lösen und ich die meinen.

Dieser Gedanke zerriss mir das Herz.

*

Nach ein paar Wochen, in denen Nadim keinen Anruf annahm, hinterließ ich ihm eine Nachricht auf seinem Anrufbeantworter: »Was ist los?« Dann ging ich dazu über, nur noch Kurznachrichten zu schicken.

»Ich muss dir ein paar Dinge sagen«, textete ich, nachdem Maria mir mitgeteilt hatte, die Geschichten, die ich ihr geschickt hatte, stünden kurz vor einer Veröffentlichung. »Wie geht es dir?«

»Danke, es könnte nicht schlimmer sein«, schrieb er zurück.

Du weißt doch, dass ich Träume brauche, hörte ich ihn plötzlich so nah und klar, wie ich nachts die Hilferufe am Strand von Jaffo vernahm. Ich hörte Nadims Not. An jenem Morgen schob ich seinen Aufschrei nicht beiseite, ich gab ihm Raum in meinem Inneren.

»Können wir telefonieren oder uns treffen?«, beharrte ich.

»Lass dir von meinen Problemen nicht das Leben schwer machen.«

»Vergiss nicht, dass ich deine Freundin bin, ich bin immer für dich da, denk daran.«

»Du hast keine Ahnung, wie schlimm meine Lage ist, ich hoffe, ein Wunder geschieht und eines Tages ändert sich alles.«

»Sag, wenn ich etwas tun kann, ich lasse dich nicht im Stich.«

»Danke, aber im Krieg ist es wie im Krieg«, antwortete er in einer letzten Kurznachricht.

Danach kam nichts mehr.

*

»Steh auf, es ist schon neun«, fährt Dani mich an. Ich befinde mich noch immer auf dem Sessel im Wohnzimmer. Ich habe meinen Kaffee nicht ausgetrunken und die Morgenzeitung nicht gelesen, ich bin einfach eingeschlafen, trotz der Erinnerungswellen, die mich überschwemmt haben.

Ich beeile mich, ich dusche und ziehe mich an. Dann klingelt das Telefon. Es ist Dvora, die mir, wie sie gestern versprochen hat, viel Erfolg wünscht.

»Wie wird es laufen, was glaubst du?«, frage ich.

»Keine Ahnung.« Sie seufzt. »Die palästinensische Bewegung, die sich Anti-Normalität auf die Fahnen geschrieben hat, wird immer stärker.«

Ich muss laut lachen. »Was soll das heißen, Anti-Normalität? Glaubt wirklich irgendjemand, dass hier irgendetwas normal ist?«

»Auch die Palästinenser haben begriffen, dass der Frieden nicht mehr angesagt ist. Sie sind der Meinung, dass jeder, der für den Frieden arbeitet und Kontakt mit Israelis wie uns hält, Verrat an Allah begeht, deshalb jagen sie die Friedenskämpfer aus ihren eigenen Reihen.«

»Komm endlich«, ruft Dani, er wartet bereits an der Tür.

Ich beende das Gespräch ziemlich verzweifelt.

»Nur noch einen Moment, ich will mich noch rasch schminken«, sage ich zu Dani. Als ich vor dem Spiegel stehe, den Lippenstift in der Hand, versuche ich, Dvoras Worte beiseite zu schieben. Da höre ich plötzlich die Stimme meiner Mutter:

»Viel Erfolg, mein Kind«, sagt sie, »mögen wir nur Gutes erfahren.«

Das Urteil

Drei Richter betraten den Sitzungssaal.

Dani und ich saßen angespannt im Publikum. Joram in Hochform. Die Richter lauschten seinen Ausführungen und hoben angesichts mancher Details die Augenbrauen.

Sie verlangten von dem anwesenden Vertreter des Innenministeriums, er solle die Entscheidung, Laila das Aufenthaltsrecht zu verweigern, näher erklären. Sie wollten verstehen, mit welcher Begründung man eine Frau so viele Jahre ans Haus gefesselt hatte.

»Wegen der Sicherheitslage haben wir es vorgezogen, lieber zu vorsichtig als zu großzügig zu sein«, antwortete er.

»Und wir sind hier, um die Sache zu prüfen und die private Situation zu betrachten«, erklärte der Vorsitzende.

»Unserer Meinung nach muss man in diesem Fall, angesichts der Umstände und der Persönlichkeitsstrukturen der Beteiligten, das Risiko eingehen und großzügig sein.«

Nach einer kurzen Verhandlung verkündete der vorsitzende Richter mit lauter Stimme das Urteil.

»Laila Abu Heni, die Antragstellerin, bekommt die unbefristete Aufenthaltsgenehmigung. Sie kann als freier Mensch kommen und gehen und die Grenzen dieses Landes passieren.«

Es war ein einstimmiger Beschluss.

Im Saal herrschte Schweigen.

Dani, Joram und ich lächelten, wir konnten es kaum fassen.

»Pssst«, flüsterte mir jemand ins Ohr. Nadim war im richtigen

Moment gekommen. Er saß hinter mir. »Ich verstehe kein Hebräisch«, flüsterte er, »aber mir scheint, als hätten sie zu meinen Gunsten entschieden.« Er hatte die Stimmung richtig erfasst.

Ich drehte mich zu ihm um und sah seine Augen leuchten. Unauffällig schob ich die Hand nach hinten.

Seinen Händedruck spüre ich heute noch. Nadim ließ meine Hand lange nicht los.

Dann, als die Richter den Saal verlassen hatten, fielen wir einander in die Arme wie bei einer großen Familienfeier. Auch Dvora war aufgetaucht. »Ich musste einfach dabeisein«, sagte sie. »Ich bin ein bisschen zu spät gekommen, aber ich habe das Urteil noch gehört.« Nur Nadim stand etwas abseits und murmelte immer wieder: »Ein Wunder, mir ist ein Wunder geschehen.«

Ich wollte feiern. »Was haltet ihr von Kaffee und Kuchen?«, fragte ich.

Nadim sah mich an und machte eine Bewegung mit dem Kopf.

Hinter uns standen zwei Fremde, eine Frau in einer Burka und ein Mann.

»Verstehst du?«, fragte Nadim flüsternd.

»Ja, ich verstehe«, flüsterte ich zurück.

»So ist das«, sagte er. »Wir wissen nicht, ob sie es auf dich oder auf mich abgesehen haben.«

Dani, Joram und Dvora gingen zum Feiern in die Cafeteria.

Nadim lief mit schnellen Schritten auf den Ausgang zu. Ich blieb neben ihm.

»Mein Auto steht auf der anderen Straßenseite«, sagte er.

»Kann ich dich wenigstens dorthin begleiten?«, fragte ich.

Er lächelte, ich begleitete ihn, hinter uns hörten wir die Schritte des Mannes und der Frau in der Burka.

»Laila weiß noch nichts«, sagte er leise. Er stieg ins Auto, ließ den Motor an und fuhr davon.

Mein Blick fiel auf die beiden Fremden. Sie waren stehengeblieben. Ich eilte zur Cafeteria. Dort warteten Kaffee und Kuchen auf mich.

»Ab heute müssen wir für ihn beten«, erklärte Dvora. »Für sie beweist der Ausgang der Gerichtsverhandlung, dass er ein Kollaborateur ist. Wir können nur hoffen, dass das Innenministerium die Prozedur nicht in die Länge zieht, und dass Nadim am Leben bleibt.«

Aber in diesem Moment wollte ihr niemand zuhören.

Inzwischen ist viel Zeit vergangen. Bis heute hat Laila den Passierschein nicht bekommen. Joram sagt, die Beratungen im Innenministerium seien noch nicht abgeschlossen, aber er werde nicht locker lassen. Von Nadim habe ich nichts mehr gehört. Abends, wenn ich die Augen schließe, sehe ich manchmal, wie er seine Wohnung betritt und mit der Aufenthaltsgenehmigung winkt, und ich sehe das Leuchten in Lailas Augen.

Und wenn ich die Augen aufmache, höre ich meine Mutter, die sagt, trotz allem darfst du nie aufgeben.

Von den drei Frauen in Jaffo habe ich seit der Verhandlung nicht mehr geträumt.

Epilog

Gaza Krieg – Waffenruhe

Jerusalem, August 2014

Ich erwartete ihn in einem kleinen Café im Ostteil der Stadt.

Ich beobachtete ihn, als er ankam. Er sah aus wie jemand, der von seinem Schatten verfolgt wird, er schaute immer wieder zur Seite und zurück.

»Es ist gut, dich zu sehen«, sagte er, und ließ sich seufzend auf einen Stuhl fallen.

Ich betrachtete ihn, es war derselbe Mann, nur seine Augen waren noch unruhiger, und sein Lächeln schien eingeschrumpft, und diesmal wand er sich nicht, er fing an zu sprechen.

»Ich bin innerlich ganz zerschlagen. Es könnte gefährlich sein, mit mir über Probleme zu sprechen, ich könnte völlig wegdriften, ich könnte versinken. Ich habe das Gefühl, dass der ganze Schmerz, der sich im Lauf der Jahre angesammelt hat, mit Zins und Zinseszins auf meinem Kopf sitzt. Nach diesem Krieg, nach der Radikalisierung auf beiden Seiten, auf eurer und unsrer, sehe ich keine Lösung am Horizont. Die Ausschreitungen und die Krawalle sind schon bis in unser Viertel vorgedrungen, sie haben mein Haus erreicht, die Kinder und Laila haben Angst, allein auf die Straße zu gehen, es ist heute nirgends einfach, Araber zu sein.«

Seine Worte trafen mich tief.

»Oh weh, meine Liebe«, sagte er, als er meine Tränen sah. »Gut, du hast mich verstanden.« Seine Stimme klang entschuldigend. »Jetzt sag du etwas, erzähle mir von dir, von Dani, von den Kindern.«

Ich blieb stumm.

Die Kellnerin legte Speisekarten auf den Tisch.

Wir bestellten uns ein Frühstück zusammen.

Doch noch bevor der Kaffee kam, klingelte sein Telefon.

»Eine Auseinandersetzung«, sagte er. Ich begriff, dass man ihn gerufen hatte, um zu fotografieren.

Dann lächelte er plötzlich und sagte, wenigstens verdiene er in diesen Tagen gut, seine Fotos würden in die ganze Welt verschickt. »Aber ich verliere dabei das Leben«, fasste er zusammen. Sein Lächeln war wie weggewischt.

Und dann, schon im Gehen, erkundigte er sich nach dem Buch. Ich sagte, es werde bald erscheinen.

Nadim senkte den Blick und sagte, er glaube noch daran, dass er eines Tages den Film drehen werde, doch nach kurzem Zögern fügte er hinzu: »Vielleicht wird ja auch ein anderer einen Film über uns machen. Schließlich werden wir am Schluss zusammen sterben, Isis wird schon dafür sorgen, dass wir beide niedergemetzelt werden.«

»Wir haben immer einen Grund, optimistisch zu sein«, sagte ich.

Und wie immer versprachen wir, uns bald wieder zu treffen.

Und plötzlich, ich weiß nicht wieso, bedankte ich mich aus tiefstem Herzen bei ihm.

Er fragte nicht, warum. »Ich danke dir auch«, sagte er und ging.

Ich blieb noch lange in jenem Café in Jerusalem sitzen und schrieb eine Danksagung an Freunde, an Spender, an Vereine, und den Rechtsanwalt, der uns zur Seite gestanden hatte, und sogar an das Oberlandesgericht des Staates Israel.

Danke auch an Sascha, Gesine, Nicola. Danke an jeden, der diese Geschichte ermöglicht hat.

Mein besonderer Dank gilt Mirjam Pressler, der begnadeten Übersetzerin, die all meine Bücher begleitet hat und bei diesem Buch auch gefordert war, ein erstes Lektorat vorzunehmen, und wie immer erfüllte sie diese Aufgabe kraft ihrer großen Begabung.

Ich bedanke mich auch bei Patricia Reimann, die diese Geschichte zu den Lesern bringt.

Ich war nicht allein auf diesem Weg.

dtv
Barbara Honigmann
Chronik meiner Straße
Roman

dtv
Barbara Honigmann
Soharas Reise
Roman

dtv
Barbara Honigmann
Bilder von A.